古詩海

唐五代诗鉴赏

本社编

2

李 白

李白（701—762），字太白。祖籍陇西成纪（今甘肃天水附近），先世于隋末流徙西域，李白即生于中亚碎叶，五岁随父迁居绵州（今四川江油）。早年就学蜀中，二十五岁出蜀。后以安陆（今湖北安陆）为中心漫游各地。天宝初应诏赴长安，供奉翰林。天宝三载弃官去京，浪迹南北。安史乱起，入永王李璘幕府，永王兵败，坐系浔阳狱，长流夜郎。中途遇赦，辗转于长江中游，病卒于当涂（今属安徽）。

李白诗歌的主题可概括为理想与现实的矛盾。他反权贵、轻王侯，傲岸不屈，狂放不羁。其诗具有强烈的主观感情色彩，以大胆的夸张、奇特的想象和豪放的语言，构成众多个性化的意象，表现了宇宙的浩渺阔大，具有典型的盛唐文化气势充沛、浩大的特点。有《李太白全集》。 　　　　（袁行霈）

古 风

（五十九首选二）

大雅久不作，吾衰竟谁陈？

王风委蔓草，战国多荆榛。

龙虎相啖食，兵戈逮狂秦。

正声何微茫，哀怨起骚人。

扬马激颓波，开流荡无垠。

废兴虽万变，宪章亦已沦。

自从建安来，绮丽不足珍。

圣代复元古，垂衣贵清真。

> 群才属休明，乘运共跃鳞。
>
> 文质相炳焕，众星罗秋旻。
>
> 我志在删述，垂辉映千春。
>
> 希圣如有立，绝笔于获麟。

李白《古风》五十九首，非一时一地之作。它远绍《古诗十九首》和阮籍《咏怀》八十二首，近承陈子昂《感遇》三十八首和张九龄《感遇》十二首。以政治抒情为主，间有人生感慨和历史回顾，大多是由现实的社会生活特别是政治事件触发的。多用比兴手法，或显或隐地流露出对政治时局的讥刺。体裁均为五言古体，风格质朴。

此为第一首，论述《诗经》以后诗歌的演变过程，批评建安以来之绮丽，赞扬唐诗之复古而达到文质炳焕，故或可以一篇诗论视之。然从李白本人诗歌创作的实际状况，以及诗中欲效法孔子修订《春秋》而有所删述来看，显然又不仅限于论诗，而是从诗风演变这一侧面，考察政治的兴衰与得失。李白向往周初政治之清明，其《古风》之三十五曰："大雅思文王，颂声久崩沦。"可以参看。班固《两都赋序》曰："昔成康没而颂声寝，王泽竭而诗不作。"是此诗首句"大雅久不作"的出处。诗的崩沦是由政治的衰败引起的，诗一开始就指向了政治。而生于春秋末世的孔子，他那种感叹自己衰老、惋惜盛世已去的心情向谁陈述呢？孔子之后，随着历代政治的几经变迁，诗都未能恢复它在周文王时的那种正声。直到唐代，才恢复了远古代的清明政治，诗歌创作也随之出现了空前繁荣的局面。李白说他自己志在总结战国以来政治之得失，像孔子那样修一部新的《春秋》，只有到了衰老道穷的时候，才肯停笔。诗中的"吾衰"见于《论语·述而》："甚矣吾衰也！久矣吾不复梦见周公。""吾衰竟谁陈"的主语是孔子，孔子的感叹是一种政治感叹。诗从孔子的感叹开始，以自己向慕孔子结束。细玩全诗的语气，应是诗人早年或盛年之作，表现了李白欲在政治上有所作为的远大志向。

此诗风格古朴，从春秋战国，经秦汉、六朝，到唐代，一路说来，笔法并无多大变化，只是用了一些比喻和典故，而不见诗人惯用的夸张和奇特的想象。可是我们不能不佩服他所用语言的高度概括能力，例如以"龙虎相啖食，兵戈逮狂秦"表现战国时代的政局，以"哀怨"二字突出屈原诗歌的特点，以"激颓波"和"开流"评价扬雄、司马相如上承《楚辞》开创汉代大赋的历史地位，以"绮丽"二字总结六朝诗歌在艺术上总的趋势，以"文"和"质"二者的互相辉映来把握唐代诗歌的总体风貌，都相当形象和准确。另外，此诗仅从字面上看似乎是在进行冷静的历史思考，如果深入下去，仍然可以体会到李白诗特有的那股激情，那种追求理想的非凡魄力。"希圣如有立，绝笔于获麟"，毕竟只有李白才能发出这样宏亮的声音。

（袁行霈）

西上莲花山，迢迢见明星。

素手把芙蓉，虚步蹑太清。

霓裳曳广带，飘拂升天行。

邀我登云台，高揖卫叔卿。

恍恍与之去，驾鸿凌紫冥。

俯视洛阳川，茫茫走胡兵。

流血涂野草，豺狼尽冠缨。

此为第十九首，是至德元载（756）正月安禄山在洛阳称帝后所作。当时李白在安徽宣城一带。

游仙是李白惯用的题材，此诗亦属游仙之类，但与一般游仙诗有很大的差别，即诗人不但没有忘怀人世，相反还对时事政治倾注了极大的关注。

首二句，"莲花山"是华山最高峰，上有池，生千叶莲花，据说服之能成仙。"明星"是神话中华山上的仙女。诗一开篇便说自己登上莲花山，远远地看见了仙女明星。以下四句描写明星的仪态服饰，她的素手拿着莲花，凌虚而行。虹霓制成的下衣拖着宽宽的衣带，飘拂着升向天空。从第七句到第十句，写仙女明星邀请诗人登上云台（华山的一个峰），施礼拜见另一仙人卫叔卿。诗人于是恍恍然跟她一起去了，驾着鸿雁凌空飞翔。诗的最后四句写自己从天上"俯视洛阳川，茫茫走胡兵。流血涂野草，豺狼尽冠缨"。这里所说的"胡兵"，显然指安禄山的军队，"冠缨"是官服。"豺狼尽冠缨"指安禄山在洛阳称帝后，乱封伪官。

　　同样写安史之乱，杜甫是细致地观察这场战乱的各个方面，从不同的角度具体地反映它带给国家和人民的深重灾难，"三吏""三别"等许多诗篇都是如此。而李白却是自天上俯视，大处落笔，从总体上描绘出这场战乱给国家和人民造成的严重后果，很能体现李白诗歌创作的浪漫特色。

　　　　　　　　　　　　　　　　　　　　　　　　　　　（袁行霈）

子夜吴歌·秋歌

长安一片月，万户捣衣声。
秋风吹不尽，总是玉关情。
何日平胡虏，良人罢远征？

　　首二句描绘长安城上一片孤月高悬，城中千家万户传出捣衣之声。"一片"与"万户"的对比，月之孤清与捣衣声之繁密的对比，视觉形象与听觉形象的对比，竟如此鲜明强烈，使读者一接触此诗，就被紧紧吸引住了。"捣衣声"也是秋声，但不是自然界之秋声。捣衣是秋天制作寒衣的一个过程，捣衣的又总是妇女。这有色有声的图画背后，原来还若隐若现地有万户妇女在那里。寒衣是为她们的丈夫预备的，丈夫离家远征，在玉门关一带。捣衣声里便也包涵着"玉关情"。其中有不安，有思念，有祈愿，还有种种复杂的感情。秋风吹啊吹啊，既吹不断这捣衣声，更吹不尽这捣衣声中所包涵的"玉关情"。这声这情回荡在长安城的大街小巷，互相应和，撩动人心。而"玉关情"归结起来，不过是两句话，这就是："何日平胡虏，良人罢远征？"她们希望战争取得胜利，早日赢得和平，丈夫得以平安回家。这两句话似乎是诗人的从旁补白，又似乎是万家思妇共同默念的祈祷，总之，它是当时广大人民的强烈心声。

（袁行霈）

关 山 月

明月出天山，苍茫云海间。

长风几万里，吹度玉门关。

汉下白登道，胡窥青海湾。

由来征战地，不见有人还。

戍客望边邑，思归多苦颜。

高楼当此夜，叹息未应闲。

　　"关山月"是乐府旧题，歌辞多写离别的哀伤。李白此诗也是如此。他从征人和思妇两处落笔，而以一轮明月贯穿两地，声情凄恻而摇曳。

　　首四句，"天山"指今甘肃境内的祁连山，从更西的玉门关看来，天山就算是东边了。明月从天山升起，越过苍茫的云海，被长风吹过几万里，照临玉门关上，又越过玉门洒向更西的荒漠。明月每晚走着相同的路线，而这也正是征人戍客出塞的路线。他们仰望明月，自然会想起自己的处境，想起月升之处的家人，那万千感慨诉诸言外，读者不难体会。

　　中间四句，"白登"是山名，在今山西大同东，汉高祖曾率军与匈奴战于此地。"青海"，青海湖，在今青海东北部，唐军曾多次在这一带和吐蕃作战。这四句意谓汉、胡双方的战争由来已久，互有进退，在战争中不知有多少人阵亡，现在的征人也难幸免。

末四句写征人远望当归，怀念故园，而在同一轮明月之下，独处高楼的思妇更是如坐愁城。"未应"是揣测之辞，是征人的拟想呢，还是诗人的推测？诗人并没有坐实，留待读者自己玩味。

（袁行霈）

下终南山过斛斯山人宿置酒

暮从碧山下，山月随人归。

却顾所来径，苍苍横翠微。

相携及田家，童稚开荆扉。

绿竹入幽径，青萝拂行衣。

欢言得所憩，美酒聊共挥。

长歌吟松风，曲尽河星稀。

我醉君复乐，陶然共忘机。

终南山在唐都长安城南，唐代士人多隐于此。题中的斛斯是复姓，杜甫有《过斛斯校书庄》诗，《全唐诗》引《文苑英华》注云："即斛斯融。"李白过访的斛斯山人与杜甫过访的斛斯校书当是一人，时隐终南山。

前四句写"下终南山"。唐代诗人多有游终南山的诗，李白《望终南山寄紫阁隐者》诗云："出门见南山，引领意无限。秀色难为名，苍翠日在眼。……何当造幽人，灭迹栖绝巘。"这一次，真的去游了，却略去上山、游山，而从下山写起。首句着一"暮"字，见得诗人游山直到日落，其景色之美与游兴之浓，俱见于言外。山而曰"碧"，亦寓赞颂之意。那么，他是否恋恋不舍呢？当然是，但他先不说自己舍不得离开山，而说山舍不得让他走。"山月随人归"，何等多情！行文至此，恋山之情终不可遏，"却顾"两句，便随之喷薄而出。"却顾"，返顾也。回望所来之径，苍翠满眼，令人神往，怎忍断然下山，回到争名逐利的长安？因而想到留宿，转入题中"过斛斯山人宿"的描写。

"田家"指斛斯山人家。宾主携手到达田家，接着才是"童稚开荆扉"，大约早在上山之时，双方便已约好，所以山人届时在门外路旁迎候。一见李白从苍苍翠微中走来，就携手同行，来到庄前叩门，儿童即开门迎进院中。友谊之深与相见之欢，已不难想见。"绿竹入幽径，青萝拂行衣"两句写入门后情景。柴扉与住室之间，幽径深曲，绿竹茂密，青萝拂衣，与满山苍翠融合无间。只十个字，便写出了终南山中田家院落的特色，主人的山林隐逸之趣与作者的羡慕赞叹之情，也自然流露，使得下面的"欢言得所憩"各句，有水到渠成之妙。"憩"，休息也。前面加"所"，指代适于休息的地方。作者满心欢喜地说："您居然得到这么好的栖身之所！"他自己，也自然为了能在这里得到暂时的休息而欢喜无量。写"置酒"的几句是全诗的结穴。"美酒聊共挥"，活画出宾主交欢、开怀畅饮的神态。"长歌吟松风"，妙在正隅双关。古杂歌有《风入松曲》，他们唱的正是这支曲子。而他们之所以唱这支曲子，乃是眼前景触发的。李世民《望终南山》诗云："迭松朝若夜。"孟郊《游终南》云："长风驱松柏，声拂万壑清。"可见当时的终南山苍松成林。李白与斛斯山人在终南山田家把酒长歌，其《风入松》曲与万壑松风交响，无怪乎边歌边饮，直到银河星稀，陶然共醉。《庄子·天地》篇云："有机事者，必有机心。"机事，指机巧活动。诗人与山人在如此超尘绝俗的环境里长歌畅饮，远离尔诈我虞、勾心斗角的现实，自然忘却一切"机心"，从身躯到心灵，都得到宁静的休息了。这真是"得所憩"！

　　题目是叙事性的，分三个层次。诗也分三个层次，叙事极清楚。而读其诗，却绝不像记流水账。其奥秘，乃在于熔叙事、写景、抒情于一炉。叙事语即写景语，亦即抒情语。从内容和风格上看，这首诗与陶谢田园山水诗一脉相承；然而俊逸英迈之气仍不可掩，自是太白本色。

（霍松林）

古朗月行

小时不识月，呼作白玉盘。

又疑瑶台镜，飞在青云端。

仙人垂两足，桂树何团团？

白兔捣药成，问言与谁餐？

蟾蜍蚀圆影，大明夜已残。

羿昔落九乌，天人清且安。

阴精此沦惑，去去不足观。

忧来其如何？凄怆摧心肝。

《朗月行》，乐府《杂曲歌辞》名，以鲍照所作为最早。李白用乐府古题，故加"古"字。

此诗当作于天宝后期。明皇荒淫，外戚擅权，权奸当道，边将谋叛，李白因借咏月以抒忧愤。前四句，以"小时不识月"领起，先"呼"月为"白玉盘"；继而感到它比"白玉盘"更其飞光闪亮，便"疑"那是"瑶台"的明镜，飞挂在青云之端。望月而"呼"，表现出儿童的稚气可掬；由"呼"到"疑"，表现出儿童的奇想飞跃；而月状之团圆与月光之明净以及小主人公对月儿的爱恋、赞美之情，也洋溢于纸上。第五句至第八句，写继续望月，用从大人口中听来的神话传说摹写月中情景。《太平御览》卷四引虞喜《安天论》云："俗传月中仙人桂树，今视其初生，见仙人之足渐已成形，桂树后生焉。"从傅玄《拟天问》云："月中何有？白兔捣药。"小主人公按这些说法观察月中阴影，仿佛真的有"仙人垂两足"，而"桂树"为什么是圆的呢？白兔似乎已经捣好了药，但又同谁去吃它呢？连发两问，生动地表现出童年李白的好奇心态与探索精神。

　　"蟾蜍"以下六句，从"小时"跳到现在，从追忆回到现实。时间的跨度如此巨大，而文气之所以毫无断裂之感，乃在于仍用神话传说继续写月。据《淮南子》中的《精神训》《说林训》及高诱注："月中有蟾蜍"，而"蟾蜍"就是"虾蟆"，它是"蚀月"的。"蟾蜍蚀圆影，大明夜已残"两句中的"圆影""大明"，遥承"白玉盘"与"瑶台镜"。"小时"所见的皓月何等团圞，何等皎洁！可如今它已被虾蟆吃残，其中的"仙人足""桂树"和"白兔"，当然已不复可见了！这里的蟾蜍蚀月，显然有比拟象征作用，然而比拟象征什么以及下两句中的羿射九乌何所指，历来的笺注家和诗论家都还没有合理的解释。陈沆《诗比兴笺》云："月，后（皇后）象；日，君象。禄山之祸兆于女宠，故言蟾食月明，比喻宫闱之蛊惑。九乌无羿射，以见太阳之倾危，而究归诸阴精沦惑，则以明皇本英明之辟，若非沉溺声色，何以安危乐亡而不悟耶？"这与萧士赟的注释是一脉相承的。然而诗中的朗月分明是被赞美的形象，"圆影""大明""阴精"，又都是月的同义语，怎么能够既说日象君、月象后，又把蟾蜍蚀月解释为贵妃惑君呢？诗人明说"羿昔落九乌，天人清且安"，凭什么又说"九乌无羿射，以见太阳之倾危，而究归诸阴精沦惑"呢？细玩诗意，诗人赞颂明月而痛恨蚀月的虾蟆，于是寄希望于后羿似的英雄来射落虾蟆，使"小时"所见的皓月复现太空。然而这样的英雄终不可见，只好听任蟾蜍继续蚀月，眼看昔日朗照乾坤的"大明""阴精"已逐渐沦没，迷惑莫辨了！全诗是以"观"月开始的，"白玉盘""瑶台镜"，"仙人垂足""桂树团团""白兔捣药"，都值得"观"。而当"观"到"蟾蜍蚀月""大明已残""阴精沦惑"之时，便只能发出"不足观"的浩叹，并且以"去去"这样的决绝之词，表现彻底的绝望。

沈德潜《说诗晬语》云："事难显陈，理难言罄，每托物连类以形之。郁情欲舒，天机随触，每借物引怀以抒之。比兴互陈，反复唱叹，而中藏之欢愉惨戚，隐跃欲传，其言浅，其情深也。"这段话，正可以用来说明这首《古朗月行》的艺术特点。全诗所概括的，可以说是唐明皇由励精图治到荒淫误国，唐王朝由开元极盛到天宝乱离的全过程。如果质直敷陈，很可能写得十分冗长而缺乏诗味。诗人的高明之处，正在于托物连类，比兴互陈，借助瑰奇的神话驰骋丰富的想象，从而写出了"小时"所观之月与现在所观之月的巨大变化，而欢愉、忧愤之情，亦借此得到充沛的抒发，使读者低徊唱叹，联想无穷。比方说，读前八句，难道不会由月亮的圆洁可爱联想到君主贤能、朝政清明吗？难道不会由作者童年的幸福生活联想到开元盛世吗？读后半篇，难道不会由蟾蜍蚀月联想到惑君蠹政祸国的各种邪恶势力吗？难道不会由大明夜残、射蟾无人联想到唐王朝由盛转衰的局势已无法挽回吗？全诗以"忧来其如何，凄怆摧心肝"作结，正见出这并非单纯咏月之作。

（霍松林）

李　白

长 干 行

妾发初覆额，折花门前剧。

郎骑竹马来，绕床弄青梅。

同居长干里，两小无嫌猜。

十四为君妇，羞颜未尝开。

低头向暗壁，千唤不一回。

十五始展眉，愿同尘与灰。

常存抱柱信，岂上望夫台？

十六君远行，瞿塘滟滪堆。

五月不可触，猿声天上哀。

门前送行迹，一一生绿苔。

苔深不能扫，落叶秋风早。

八月胡蝶黄，双飞西园草。

感此伤妾心，坐愁红颜老。

早晚下三巴，预将书报家。

相迎不道远，直到长风沙。

《长干行》，乐府《杂曲歌辞》名，古辞系写长干里（今南京秦淮河之南）一带妇女的爱情生活。李白的这首诗，也继承了这一传统。

全诗以第一人称的"妾"领起，用女主人公自白的方式，写出了她的爱情史和心态变化史。主人公是一位年轻的商人妇。她的自白，是在离愁别绪的煎熬中进行的，抚今思昔，一开头先追忆童年的乐事。首二句讲自己：头发初覆前额，顶多不超过十岁，所以天真烂漫，折取花枝在门前游戏。三、四句讲"郎"：他拿竹竿当马骑，来找"妾"玩耍，绕床追逐，投掷青梅，多快活！那青梅，当然是从梅树上摘下的，正与女子"折花"相类。江南春夏之交梅子黄熟，今所"弄"者既为"青梅"，则季节自然是百花争艳的春天。其时其景，其事其情，何等迷人！于是绾合双方，备加赞美："同居长干里，两小无嫌猜。"爱情的种子，就从这里发芽、开花了。

第七句以下，以"十四""十五""十六"的年龄序数和"五月""八月"的时令序数分层次，历述初婚时的娇羞、继之而来的热爱和远别之后的刻骨相思，最后以渴望丈夫归来、闻讯远迎结束。"十四""十五"两层，着墨不多，却为以下吐露相思之情作好了有力的铺垫。年仅十四，童年时代的玩伴忽然以丈夫的身份呼唤她，自然感到害羞，因而"低头向暗壁，千唤不一回"，这当然还谈不上夫妻之乐。到了十五岁，爱情日深，发愿即使化为灰尘，也同在一起。这并不是说丈夫从不出门，而是说他未曾远行，并且每次出门，都按约定的时间回来。丈夫既然"常存抱柱信"（见《庄子·盗跖》），作妻子的，又何必天天上山望夫呢？然而好景不长，到了她十六岁的时候，丈夫就远行了，不能按约定的时间回来了。

丈夫看来是入蜀经商的，所以先写蜀道之难行。滟滪堆在瞿塘峡口，夏季水涨，淹没水中，舟人不敢过。谚云："滟滪大如襆，瞿塘不可触；滟滪大如马，瞿塘不可下。"（见《太平寰宇记》卷一四八）此处特写入蜀必经的滟滪堆，而以"五月"点出丈夫入蜀之时正值江水暴涨；以"不可触"暗示万一触礁，则后果不堪设想；又以"猿声天上哀"烘托氛围。寥寥数语，曲尽妻子神驰三峡、为丈夫的安全担惊受怕的内心活动。

此下八句触景生情，极富艺术感染力。"门前送行迹，一一生绿苔"两句，在艺术构思上可能受庾肩吾"全由履迹少，并欲上阶生"（《咏长信宫中草》）启发，却更其超妙，吴文英名句"惆怅双鸳（绣鞋，代指双足）不到，幽阶一夜苔生"（《风入松》）即从此脱胎。"送行迹"之"送"，据《唐诗品汇》卷三、《全唐诗》及通行《李太白全集》则作"迟"，注云："一作旧。"迟，待也。门前等待丈夫所留足迹已生绿苔，意味着好久不去等他了，有何情味？而说送行之迹或旧日同行之迹遍生绿苔，则离别之久与思念之深，俱蕴含无遗。接下去，更以"八月"点明时光流逝，以"落叶秋风"写出景物凄凉，以"蝴蝶双飞"反衬空房独守，而终之以感物伤怀，红颜憔悴，言愁既至十分，盼归亦见言外。最后四句，正面写盼归，都像遥对丈夫喊话："你何时船下三巴，预先捎个信来，我好迎接你！我是不怕路远的，我要一直赶到长风沙迎接你！"据陆游《入蜀记》卷三，长风沙在距金陵七百里的长江中（在今安庆东五十里处），"旧最湍险"。去时愁触滟滪堆，归时愁过长风沙，所以一心想着迎接丈夫安全回家，不顾路远啊！

《唐宋诗醇》评此诗:"儿女子情事,直从胸臆中流出。萦回曲折,一往情深。"这说得很中肯。然而这并非李白自抒其情,也并非"儿女子"自抒其情,而是李白根据他对小商人生活和"儿女子"爱情的了解,驰骋想象,创造了一个自称"妾"的人物,设身处地,让她以自白的方式倾诉一切。读此诗,这个人物便活现眼前。从南朝杂曲古辞《长干行》到崔颢的《长干行》和崔国辅的《小长干曲》,其中的抒情主人公都自称"妾"。这说明李白的这首诗是前有所承的。然而把那个"妾"的形象塑造得如此丰满、如此传神,把她的爱情经历、性格发展和心灵世界展现得如此淋漓尽致、感人肺腑,却不能不归功于李白的独创。而且,这个人物在唐代及其以后,具有一定的普遍意义。"青梅竹马""两小无猜",久已成为人们惯用的成语,并在爱情生活中发挥作用。　　　　　　（霍松林）

乌 栖 曲

姑苏台上乌栖时，吴王宫里醉西施。

吴歌楚舞欢未毕，青山欲衔半边日。

银箭金壶漏水多，起看秋月坠江波。

东方渐高奈乐何！

　　李白初入长安前在江南漫游时，曾遍览吴越及六朝风物，写过《越中览古》《苏台览古》等多首咏史怀古诗。这首《乌栖曲》用的是乐府西曲歌旧题，它再现了昔日姑苏台吴王宫里的淫乐情景，含蓄地揭示了这一遗迹铭刻的历史教训。

　　姑苏台是春秋时吴王游乐之地，遗址在今苏州西南。诗人抓住这一具有典型意义的地点落笔，并点出"乌栖时"这一富于象征意义的时间。夕阳西下，寒鸦栖枝，既点明了乐府本题，又为全诗渲染了幽暗悲凉的气氛，吴王宫里的沉醉、淫乐，被置于昏林暮鸦的背景中，从而暗示了诗篇的主题。接下去两句，承前继写吴王宫里的歌舞盛况。"吴歌楚舞"句紧贴"吴王宫里醉西施"的叙述，以"欢未毕"反跌出时间的推移。诗人在"欢未毕"的叙述中笔锋暗转，"青山"句始将主要笔墨花在淫乐过程中时间流逝的描写上。"银箭金壶"以下三句，诗人变换笔法，避实就虚，用笔更其含蓄，以明写时间的推移来暗示吴王寻欢作乐的夜以继日。壶和箭都是古代计时的工具，壶中贮水，水中插标有刻度的箭，以漏水的刻度计时。"东方渐高奈乐何！"以单句陡然收住全诗，给人的印象特别突出，发人深思。句中"高"即"皜"的假借字，指黎明时发亮的天色。"奈乐何"三字是对全诗的总结，也是诗人对为乐难久的浩叹。

此诗意深词婉，是李白雄奇奔放的乐府诗的别调。全诗以时间为线索，开头和结尾处点出的时间"乌栖时"与"东方渐高"构成一个循环，暗示了吴宫荒淫生活的昼夜相继。同时，暮鸦、落日、残月等意象又暗寓着纵欲者的悲剧结局。　　　　（王启兴　林春生）

蜀 道 难

噫吁嚱，危乎高哉！

蜀道之难难于上青天！

蚕丛及鱼凫，开国何茫然！

尔来四万八千岁，不与秦塞通人烟。

西当太白有鸟道，可以横绝峨眉巅。

地崩山摧壮士死，然后天梯石栈相钩连。

上有六龙回日之高标，下有冲波逆折之回川。

黄鹤之飞尚不过，猿猱欲度愁攀援。

青泥何盘盘，百步九折萦岩峦。

扪参历井仰胁息，以手抚膺坐长叹。

问君西游何时还？畏途巉岩不可攀。

但见悲鸟号古木，雄飞雌从绕林间。

又闻子规啼夜月，愁空山。

蜀道之难难于上青天，使人听此凋朱颜！

连峰去天不盈尺，枯松倒挂倚绝壁。

飞湍瀑流争喧豗，砯崖转石万壑雷。

其险也若此，嗟尔远道之人胡为乎来哉！

剑阁峥嵘而崔嵬，一夫当关，万夫莫开。

所守或匪亲，化为狼与豺。

朝避猛虎，夕避长蛇，

磨牙吮血，杀人如麻。

锦城虽云乐，不如早还家。

蜀道之难，难于上青天，侧身西望长咨嗟！

"蜀道难"是乐府古题，李白这首《蜀道难》作于唐玄宗天宝（742—756）初年在长安送友人入蜀时。诗人以送友人为创作的契机，歌咏蜀道的奇险壮美，表现出非凡的气质和艺术才能。

此诗在结构上有两条内在的线索：一是时间上由远古写到近古，再到眼下送别，最后望归；另一条线索是空间的，由太白山到青泥岭，再到剑阁，终于锦城，是自秦入蜀的路线。这两条线索交错贯穿全诗。

自开头至"然后天梯石栈相钩连"为第一个段落。诗以惊叹语开篇，表现出强烈的情绪并成为全诗的基调。蚕丛、鱼凫，传说中古蜀国开国的两个国王。这一段极言蜀地历史之悠远，又以鸟道，即高入云的山路，带出五丁开山的悲壮故事，至此叙述了蜀道的来历。地理的阻隔似乎割断了历史，蜀地的远古历史是茫昧难明的，通人烟只是近古秦蜀之间栈道修通后的事。

"上有六龙回日之高标"至"使人听此凋朱颜"为第二段。上文运用神话传说为蜀道蒙上了一层神秘的色彩，烘托出艰险奇异的气氛，这一段则具体写蜀道的峻险高危。古神话中说：羲和每日驾着六龙拉的车子载着太阳在空中运行；六龙回日，是说山峰高标接天，连羲和都得为之回车。与险峻的高山相映、更显出道路险绝的，是山下湍激回旋的河流。山峦的高峻险阻，即使善飞如黄鹤，善攀如猿猱，也都为之发愁。这是艺术表现中的烘云托月法。诗中接着以旅人行于蜀道上的感受写蜀道之难：山道九曲高危，仰首看参、井等星宿，几乎手可抚触，不由得叫人呼吸紧张，抚胸长叹。仅几句细节动作描写，即勾画出人行蜀道之困危状态，给人以惊心动魄的感受。至此，诗人笔锋一转，以虚拟的问答形式，借问友人何日回归，引出旅人的羁旅愁思。诗中描绘了洪荒丛林中悲鸟的号鸣，月夜子规的啼叫，这些都能增添旅人的悲凉孤独之感，也更让人感到蜀道之难实难于上青天。以自然环境气氛烘托人的主观感受，是中国古典诗歌中常见的借景抒情、寓情于景的表现方法，李白在本诗中加以运用，更是想落天外，出人意表。

　　"连峰去天不盈尺"至诗的结语为第三段，特写蜀道之险。山峰连绵，似欲接天；绝壁上枯松倒挂，如坠似落；飞瀑直泻；流水撞击山岩，发出巨大的声响，如万壑雷鸣。这些形声的交互作用，产生了令人惊心动魄的艺术效果。接着诗中以一个设问句进一步写蜀道之险，诗人以远道人为何而来此险地一问，引出地势险要的关塞剑阁。剑阁，在今四川剑阁北，即大剑山和小剑山之间的一条栈道，又名剑门关，是天然要塞。由地势之险要联想到社会环境的险恶，诗中化用西晋时人张载《剑阁铭》中"一夫荷戟，万夫趑趄。形胜之地，匪亲勿居"之语，兼以猛虎、长蛇，"杀人如麻"，进一步突出其环境之险恶。至此,诗篇归结为望"君"早归之意。西望锦城,慨叹蜀道之难,这是作者的感慨,又是行者的嗟叹,同时也是此诗留给读者的深切感受。

此诗笔法神奇莫测,凭传说想象落笔,完全摆脱了真实空间感觉的拘束,由蚕丛鱼凫写到五丁开山,从悲鸟号古木想到"猛虎"、"长蛇"能"杀人如麻",融神话传说、想象和艺术夸张为一体,以"蜀道之难,难于上青天"的咏叹,为这首五音杂呈的乐章确定回环往复的基调。因而全诗"奇之又奇",博大浩渺,又有其内在的和谐与统一。诗中的飞瀑转石、绝壁险壑,无不源于诗人的壮阔胸襟,以及非凡的艺术想象。飞动笔触的勾画,诗人情感的奔放激越,表现在语言上的特色是自由跳脱,诗句与文句的交错叠现。形式粗犷,富于奇谲之美。

关于这首诗的意旨,有种种寓意之说,迄无定论。明代的胡震亨《李诗通》和顾炎武《日知录》中都认为是"自为蜀咏","别无寓意"。不管怎么说,这首诗以主要笔墨描绘由秦入蜀之路的奇险壮丽,则是显然的。

(王启兴　林春生)

长 相 思

长相思，在长安。

络纬秋啼金井阑，微霜凄凄簟色寒。

孤灯不明思欲绝，卷帷望月空长叹。

美人如花隔云端。

上有青冥之高天，下有渌水之波澜。

天长路远魂飞苦，梦魂不到关山难。

长相思，摧心肝！

　　《长相思》属乐府《杂曲歌辞》，本题多写思妇之情，六朝时萧统、徐陵、陈后主等人都写过《长相思》。李白此诗沿用旧题，却别有寓意，大约是诗人离开长安以后，有感于政治理想实现无期而作。

　　全诗整体上由"美人如花隔云端"句联结前后两个段落构成。前一段写相思之苦，着笔于描写环境氛围及相思者的情态。诗人在相思的独特情境中描绘了一个幽栖孤独者的形象：秋夜的纺织娘在雕金井栏边鸣叫，清冷的月光映着冰凉的竹席，似能感觉到微霜正砭入肌肤，相思人独枕难眠，甚为凄凉。面对昏暗的孤灯，他愁思欲绝，起身卷起帷幔，怅望皓月，深深长叹。那如花美人远隔云端，可望而不可即。"美人如花隔云端"承接上段，挑明相思之苦，又引出下段的渺茫追求。

诗的后一段写对美人的执意追求，其上天入地，魂梦神游的想象，与《离骚》中"浮游而求女"的情景神似。这段描写与"美人"句对相思对象的泛化处理，共同表现出托兴意味。字面上诗歌依然紧承上段写诗中人苦于相思而梦萦神绕，上下求寻意中"美人"，然而上有高远幽邃的青天渺不可及，下有波荡浪涌的渌水漫无边际，天长路远，关山难越，就连梦魂也难以追求得到。引发于秋景，感触于孤栖，诗中的主人公已是"思欲绝""空长叹"，而追求之不得，更使其悲恸难耐，"长相思，摧心肝"了。这正是前段"思欲绝"情绪的进一步发展。诗以这两句作结，语气短促有力，既照应开头，又显得执着深沉，哀怨不绝。

这首诗借男女情事抒发政治热情，运用了古诗多以美人喻政治理想的传统。全诗只反复抒写相思之情，但"长安"这一特定的地点和"美人"这一具有象征意义的人物，显然都暗示诗别有寓意。因而此诗意旨含蓄深沉，又具有形象美。诗的句法参差变化，韵律和谐流畅；"美人"句以一单句嵌入偶句之间，打破了句式和音节上的整齐感，但又将全诗分成两个均衡的部分，更别具一种对称整饬美。

（王启兴　林春生）

梁　甫　吟

长啸梁甫吟，何时见阳春？

君不见朝歌屠叟辞棘津，八十西来钓渭滨！

宁羞白发照清水？逢时壮气思经纶。

广张三千六百钓，风期暗与文王亲。

大贤虎变愚不测，当年颇似寻常人。

君不见高阳酒徒起草中，长揖山东隆准公，

入门不拜骋雄辩，两女辍洗来趋风。

东下齐城七十二，指挥楚汉如旋蓬。

狂客落魄尚如此，何况壮士当群雄！

我欲攀龙见明主，雷公砰訇震天鼓。

帝旁投壶多玉女。

三时大笑开电光，倏烁晦冥起风雨。

阊阖九门不可通，以额扣关阍者怒。

白日不照吾精诚，杞国无事忧天倾。

猰貐磨牙竞人肉，驺虞不折生草茎。

手接飞猱搏雕虎，侧足焦原未言苦。

智者可卷愚者豪，世人见我轻鸿毛。

力排南山三壮士，齐相杀之费二桃。

　　吴楚弄兵无剧孟，亚夫咍尔为徒劳。

　　梁甫吟，声正悲，

　　张公两龙剑，神物合有时。

　　风云感会起屠钓，大人岘岘当安之。

　　古乐府楚调曲《梁甫吟》，声调凄切悲凉。李白借乐府古题以抒发政治上受到挫折后的悲愤情怀，写作时间当在天宝三年（744），诗人因兀傲不羁而被"赐金放还"，离开长安以后。

　　此诗起句突兀，以感慨和反诘发端，既是全诗悲烈情绪基调的奠定，也是理解全诗主旨的关键。"何时见阳春？"是一种失望的感慨，又是一种希望的等待，句本《楚辞·九辩》："恐溘死而不得见乎阳春。"接着，两组"君不见"引起的段落各自说到一段历史故事：西周辅助武王灭殷的吕尚（即姜太公），当初长期埋没于蒿莱间，流落于棘津（今河南延津东北）、朝歌（殷代京城，在今河南汤阴）以贩、屠谋生，八十岁还在渭水边垂钓，十年之后才知遇于周文王，得以施展经世之略。垂钓十年，共三千六百日，故说"三千六百钓"。又汉初自称高阳（今河南杞县西）酒徒的郦食其，穷愁潦倒。当刘邦起兵经过陈留高阳，郦生前去谒见，其时刘邦正在让两个女子洗脚，靠在床上不动。郦生长揖不拜，并以雄辩使刘邦立刻停止洗脚，以礼相待。后来郦生代刘邦游说，取得齐国七十余城，成为楚汉之争中的风云人物。诗人对吕尚、郦食其两个历史人物遭遇的叙述，寄寓着他对明主知遇的渴望，也是对自己一时困厄的安慰和鼓励。故以"狂客落魄尚如此，何况壮士当群雄"二句收束首段，由古及今，由人及己。

李白诗歌有强烈的感情色彩，抒写方法常常是直泻奔放式的，他的感情之潮又往往是大起大落、变幻莫测的。当诗人由理想的向往回到现实中时，他的乐观情绪便一下子转变为愤激和失望。"我欲攀龙见明主"至"亚夫哈尔为徒劳"为第二段落，即充分宣泄了这种强烈的感情。诗人先借用屈原《离骚》的笔法，在一个迷离惝恍、奇幻荒怪的神话境界中，象征性地描写自己初入长安时的遭遇和当时奸邪弄权、政令无常的现实。然后从各个不同的生活侧面，综合运用多种典故，或明或暗地抒写了内心的忧思和痛苦，展示出一幅幅现实社会生活的画面：诗人意欲乘飞龙以见"明主"，可是雷公凶猛地擂鼓想轰走他，所谓的"明主"身旁又多是一些玩投壶游戏的女宠。他们遮天蔽日，喜怒哀乐都能使天地为之变色，以致言路壅塞，下情不得上达，诗人以额叩关，竟触怒了天门的守卫神。这一节描写似幻似真，那幻怪的天国、狰狞的神话人物，无不是现实社会、人生的投影。接着诗人变换笔法，多方面运用典故，行文婉转曲折，若断若续：人君不能体察我的一片悃诚，反而认为我是"杞人忧天"；朝臣中贤奸不一，其奸邪一流，如食人之恶兽猰㺄，鱼肉人民；其贤良一类，则如驺虞之不肯有伤草木。诗人自信有足够的勇气和才能，经得起艰难险阻的考验，故先化用曹植《少年行》之句，谓己胆勇足可擒飞猱，搏猛虎，复用"焦原"之典以明己志。焦原是传说中春秋时莒国的一块大石，宽五十步，下临百丈深溪，没有人敢走近它。诗人化而用之，谓己敢于践义不苟，履险不辞。但可悲的是世道不公，愚者逞强使智者有志难申，以致为时人所轻视。试看古代力能排山的三位壮士，因被齐相谗言，导致了为二桃所杀的悲剧。本来有剧孟那样的能人，但没有周亚夫那样的慧眼赏识，一切便都是徒劳。至此，诗人的悲愤已表露得淋漓尽致了。

"梁甫吟，声正悲"二句，收煞住全诗汹涌奔腾的感情激流，同时又与篇首遥相呼应。正当诗人的哀感发展到极点时，突然生出自慰自解的意念：正如干将莫邪剑终当会合，自己也不会永远无遇，只要时机一到，也会如吕尚一样，从屠夫钓徒一变而为辅弼之臣，因而应安于困厄，以待时机。

在这首诗中，诗人所流露的情绪极其复杂，感情变幻不定，失望与希望交替选现，最终后者战胜前者，诗人的身心努力向积极光明的方面挣扎。诗以对理想的热烈追求结束，因而最终使这首悲慨个人遭际的作品还洋溢着积极乐观的昂扬情调。这首诗在艺术上的突出特点是：诗思多变，不时变换表现手法；幻觉与现实意象交错出现，给人以印象鲜明的感觉；点化成句和典故的灵活运用，加强了诗的含蓄性；意境奇幻多姿，可以感发读者的奇思异想，得到美的享受。

（王启兴　林春生）

战 城 南

去年战，桑干源；今年战，葱河道。

洗兵条支海上波，放马天山雪中草。

万里长征战，三军尽衰老。

匈奴以杀戮为耕作，古来唯见白骨黄沙田。

秦家筑城备胡处，汉家还有烽火燃。

烽火燃不息，征战无已时。

野战格斗死，败马号鸣向天悲。

乌鸢啄人肠，衔飞上挂枯树枝。

士卒涂草莽，将军空尔为。

乃知兵者是凶器，圣人不得已而用之。

《战城南》为乐府旧题，属《鼓吹曲辞》，汉《铙歌》十八曲之一。汉乐府古辞描写战争激烈残酷，朝出战而暮死，尸骨不葬，为乌鸟所食的情景。李白这首诗虽袭用旧题，但"指当时之事而言"（萧士赟语），有很强的现实性与针对性。因为唐玄宗好大喜功，纵容边将，轻启外衅，战争频仍，诗人有感而作。正如萧士赟所说："开元、天宝中，上好边功，征伐无时，此诗盖有所讽者也。"（《分类补注李太白诗》卷三）

本诗可以分为三个层次，脉络很清晰。由"去年战"至"三军尽衰老"八句为首段，由追忆去年发生的战争入手，极写边地战争的频繁。去年战争在桑干河一带，今年则在西北的葱岭激战，从时间和空间上表明边塞战火延续不断，且披复北方到西北广袤的地带。四句十二字，两两相对，紧扣题意而叙写，有引人入胜之妙。"洗兵"二句，进一步从广阔的空间来描绘征战之地在旷远的绝域。晋左思撰《魏都赋》，写魏武帝曹操帅军南征北战，扫灭群雄，声威远播，赋中有句云："洗兵海岛，刷马江洲。"李白化用其意而写当时战争。这就是说，在西域的条支国海边，洗去兵刃上的尘垢；在终年积雪的天山中放牧战马。这两句描写具体，意境阔远中见凄迷之致，遂成一种悲壮的气概。"万里"两句，承上作结，将士们终年转战大漠瀚海，行程万里，日复一日，年复一年，青春在战争中消逝，诗情因此更加深沉。

"匈奴以杀戮为耕作"等六句，是诗篇第二个层次。如果说首八句是概括唐玄宗时边地战争的现实，那么这六句则变换了角度，这就是诗人的情思由现实转向历史，从对历史的回顾中引发深沉的感慨。匈奴自秦汉以来在秋高马肥之时，不断南下侵扰，杀戮掠夺，祸患无穷。所以西汉辞赋家王褒在《四子讲德论》中作了精到的描述：匈奴为"百蛮"之最强者，"业在攻伐，事在射猎。……其未耜则弓矢鞍马，播种则捍弦掌拊，收秋则奔狐驰兔，获刈则颠倒殪仆"。李白则用极为精炼的诗歌语言，概括为"匈奴以杀戮为耕作，古来惟见白骨黄沙田"两句。匈奴"业在攻伐"，因而秦代筑长城以御之，汉代仍然烽火不熄。秦汉时期的历史事实，很可引以为鉴，应有正确的措施处理边地少数民族关系，否则会导致"烽火燃不息，征战无已时"的严重后果。这是诗人从敏锐的洞察力、深刻的历史反思中得出的结论。

"野战格斗死"以下六句，集中描绘战争的残酷、战场的可怖景象。战士格斗而死，可见战争的激烈；败马悲鸣，更深一层渲染悲壮凄惨的气氛。激战过后，战场上乌鸢乱飞，啄食死者肚肠，衔飞而挂枯枝，其惨象令人目不忍睹。这种重彩浓笔的描写，具体可感，又引人深思。诗人创造性的艺术想象，杰出的艺术表现力于此可见。"士卒"两句发自诗人心灵深处的感喟，极有启发性，士卒横尸疆场，或血染草莽，指挥战斗的将军们，又得到什么呢？谴责之意十分明显。

结尾两句用《六韬》中语："圣人号兵为凶器，不得已而用之。"这当然是理性的概括，诗人用来结束全诗，可以说是顺理成章，毫不蛇足，全诗篇反而因此显得气足神完。

全诗命意遣句，显受汉乐府《战城南》（战城南，死北郭）影响，而格局恢宏，气势跳荡，变古朴为纵逸，寓思理于流走，则远非刻鹄类鹜者所能企及。

（王启兴　林春生）

远 别 离

远别离，古有皇英之二女，

乃在洞庭之南，潇湘之浦。

海水直下万里深，谁人不言此离苦？

日惨惨兮云冥冥，猩猩啼烟兮鬼啸雨。

我纵言之将何补？

皇穹窃恐不照余之忠诚，雷凭凭兮欲吼怒。

尧舜当之亦禅禹。

君失臣兮龙为鱼，权归臣兮鼠变虎。

或云尧幽囚，舜野死。

九嶷联绵皆相似，重瞳孤坟竟何是？

帝子泣兮绿云间，随风波兮去无还。

恸哭兮远望，见苍梧之深山。

苍梧山崩湘水绝，竹上之泪乃可灭。

　　这是一首有政治寓意的古题乐府诗，诗篇通过楚文化中的娥皇、女英及尧、舜的远古神话传说，以离合变化、迷离惝恍的文笔，表现出诗人对当时朝廷权柄旁落、政治混乱的忧虑。据此诗意，诗当作于唐玄宗信任权臣李林甫、杨国忠和藩镇安禄山，政治黑暗腐败的天宝后期。

　　传说帝尧曾经将女儿娥皇与女英嫁给舜，舜至南方巡狩，死在苍梧（今湖南宁远）之野，二女往寻，自溺于湘江，神魂游于洞庭湖与潇湘江边。李白这首诗就是从上述传说写起的。生离死别，永无见期，谁能说那不是最深沉的痛苦？其痛苦当如海水一样深不可测！接着诗中渲染的环境气氛即承接上文而来：日色惨淡，云光晦暗，猩猩凄厉的啼鸣在烟雨迷濛中有如游荡神魂的哭声——这是潇湘洞庭间的景象，当时社会政治局面不也正是这样昏乱阴暗吗？至此，诗的笔法突然一变，改用抒情的笔调直写自己的感受：皇天不能明察我的忠心，雷声阵阵，又响又密，好像在对我怒吼。在这种情况下，我还有什么可说的呢？由生离死别的悲苦，写到晦暗而凄恻的情境，突然联想到现实政局，却依然接写苍天惊雷，寓政治环境于自然环境，文似断而实连。

　　接下来是一段特征很明显的议论：君主失去贤臣，即使他强似蛟龙，也只能如虫鱼一样任人摆布；一旦大权旁落，如鼠一样的奸邪小人，就会得道逞能，凶恶如虎。贤如尧舜，一旦失去权势，尧也得禅位于舜，舜最终又得禅位于禹。根据《史记·五帝本纪》张守节《正义》引《竹书纪年》记载：尧年老德衰，为舜所囚。又有《国语·鲁语》韦昭注：舜征伐南方有苗国，死于苍梧之野。所以诗中说"或云尧幽囚，舜野死"。尧舜的结局是历史无可挽回的悲剧。如今舜的葬身之地不知究竟在何处，传说中舜野死于九嶷山（今湖南境内），而九峰连绵相似，后人已无法查考。传说舜的眼中有两个瞳子，人称重华，他的坟地既已无法辨认，帝子二妃唯能在绿竹间咽泣，随洞庭潇湘风波而飘泊无定。远远望去，但见苍梧群山迷茫，湘水无绝，二妃洒在湘竹上的泪斑也永远不会磨灭。诗中由"君失臣""权归臣"的议论复归于抒写二妃与舜的生死之别，与前文呼应，体现了艺术结构上的完整性，同时又使全诗笼罩在一种凄迷悲凉的情绪氛围中，有感人至深的艺术效果。

这首诗与李白的许多乐府诗篇一样杳冥惝恍，纵横变幻，句式跳脱流走，又有愤激不平之气鼓荡其间。全诗整体由叙述到抒情、议论，再抒情，诗人对现实政治的种种感慨即深寓其中。整首诗给人以似断似续的感觉，体现出诗人言出天地外、思出鬼神表的风格，因而使诗的主旨显得比较隐晦曲折。 　　　　（王启兴　林春生）

李　白

将　进　酒

君不见黄河之水天上来，奔流到海不复回！
君不见高堂明镜悲白发，朝如青丝暮成雪！
人生得意须尽欢，莫使金樽空对月。
天生我材必有用，千金散尽还复来。
烹羊宰牛且为乐，会须一饮三百杯。
岑夫子，丹丘生，将进酒，杯莫停。
与君歌一曲，请君为我侧耳听：
钟鼓馔玉不足贵，但愿长醉不愿醒。
古来圣贤皆寂寞，惟有饮者留其名。
陈王昔时宴平乐，斗酒十千恣欢谑。
主人何为言少钱，径须沽取对君酌。
五花马，千金裘，
呼儿将出换美酒，与尔同销万古愁。

《将进酒》为乐府古题，多写饮酒放歌的内容，李白此制，即抒发饮中怀抱。诗的作年有开元二十四年（736）、天宝三载（744）后、天宝十一载等说。李白天宝元年奉诏入京时，儿子伯禽不过三、五岁，开元间显然不可能"呼儿将出换美酒"，此诗当是天宝中、后期的作品，也即是在诗人入朝三年、赐金放还的失意经历之后。诗中岑夫子指岑勋，丹丘生指元丹丘，均为作者结交多年的好友。

全诗如飞流直下，一气呵成；若以内容细分，大致有三个层次。起首至"会须一饮三百杯"为第一层，抒发酣饮的豪兴。两组"君不见"的排比，擘空而至，兴起盛年不再、白头蹉跎的感慨；"人生"二句顺势束住，化积郁为开旷；"天生"四句递进，非此等雄豪，不能洗涤胸中块垒。自"岑夫子"至"惟有饮者留其名"为第二层，是劝酒时的行歌。"岑夫子"数句辞短音促，激荡的节奏应合澎湃起伏的心绪；"钟鼓"四句虽承前段的雄豪而再作旷达语，却多了理性思索的成分，于傲岸中同时现出一种沉冷的愤激。自"陈王昔时宴平乐"至篇末为第三层，写行歌后的余兴。以曹植"归来宴平乐（洛阳宫观名），美酒斗十千"（《名都篇》）的故实起兴，带起今日饮酒的情状，而必欲一醉方休；淋漓痛快，愈转愈急，却于"与尔同销万古愁"戛然止结，依然揭出酒力按抑下的"愁"字。全诗开合吞吐，波澜起伏，充溢着回肠荡气的韵致。

本诗在语言上尤具特色，一是词语生动鲜明，饱含呼之欲出的形象感和慷慨奔放的感情色彩；二是多铿锵隽永的警句，一片神奇而无丝毫陈腐。这一切又自然天成，全不费力，读来更有一新耳目、震烁人心的效果。

李白的诗中往往同时并存着无名的伤愁与奇逸的豪气，前者意味着现实与超前的理想境界的差距，而挣脱现实、向理想跃升的努力，则是后者的成因。醉意中精神得到解放，更易于达到理想的彼岸。李白饮酒题材的诗作往往精彩飞动，扣人心弦，道理正在于此。（史良昭）

襄 阳 歌

落日欲没岘山西，倒著接䍦花下迷。

襄阳小儿齐拍手，拦街争唱白铜鞮。

傍人借问笑何事？笑杀山公醉似泥。

鸬鹚杓，鹦鹉杯，

百年三万六千日，一日须倾三百杯。

遥看汉水鸭头绿，恰似蒲萄初酦醅。

此江若变作春酒，垒曲便筑糟丘台。

千金骏马换小妾，笑坐雕鞍歌落梅。

车旁侧挂一壶酒，凤笙龙管行相催。

咸阳市中叹黄犬，何如月下倾金罍！

君不见晋朝羊公一片石，龟头剥落生莓苔。

泪亦不能为之堕，心亦不能为之哀。

清风朗月不用一钱买，玉山自倒非人推。

舒州杓，力士铛，李白与尔同死生。

襄王云雨今安在？江水东流猿夜声。

李白自述经历，有"酒隐安陆（今属湖北），蹉跎十年"语。本诗即属这一时期的作品，作于开元二十二年（734）出游襄阳时，可以作为"酒隐"二字的注脚。

全篇按意可分三段。从起首至"笑杀山公醉似泥"为第一段，状写自己在襄阳醉酒的情形。西晋山简镇守襄阳时，常外出饮酒大醉，骑骏马上，倒戴着白帽回来，襄阳小儿还将此情形作成了歌谣，李白在此借以自比。岘山在襄阳城南，"白铜鞮"是渊源于襄阳的乐曲，六句无不是本地风光，却巧妙地绘现出诗人的一幅醉酒行乐图。这一段气氛狂豪而天真，决定了全诗的基调。

从"鸬鹚杓"至"凤笙龙管行相催"为第二段，写出诗人醉态中的意兴。尽管已是烂醉如泥，还是希望杯中物多多益善。诗人畅想眼前的汉水都变作了春酒，酿酒的酒曲便可同桀时的糟丘比并；又畅想自己骑着骏马，载酒行歌，后一想显然是受山简乘骏马的启示。这一段充满着活泼的快意，在醉态上是前段的继续，文气上则是前段的递进。

从"咸阳市中叹黄犬"至篇末为第三段，抒发饮酒的感慨。与前段的醉语相比，此段已警醒得多，可视作酒力渐消的状态。既与清醒的现实渐渐接近，则虽豪狂依旧，却多了几分沉冷的怀想。开元十八年李白曾初游长安，无成而南下。因而他说秦朝李斯，弃市咸阳，不得善终，还不如我今日之月下纵饮、金杯频举来得痛快。即如这襄阳近旁的荆州，晋代都督羊祜曾建立功名，后人为纪念他而立的堕泪碑，如今也免不了破败荒芜。有此波折，自然坚定了及时行乐、共酒生死的决心。末两句是添一倍写法，再度以古证今。这一段抑扬反复，与诗人酒后心绪的起伏相应。

乐府古题有《襄阳乐》，以襄阳行乐为题材，本篇实为诗人改题制作的乐府诗。李白的乐府歌行，往往在关合歌题或歌题本事的前提下，参以新意，横放杰出，本诗即体现了这样的特点。今人或谓诗中山简、羊祜为襄阳官守事，而指此诗为怨怼当时的荆州长史韩朝宗，或为韩父亡故而作。从乐府本意及诗中率真的情调来看，难以成立。作诗的当年，李白确曾作《与韩荆州书》，有干谒用世之意，但"用世"与"酒隐"于李白原如孪生。

诗人另有《襄阳曲》短歌四首，所谓"襄阳行乐处，歌舞白铜鞮""头上白接䍦，倒著还骑马""上有堕泪碑，青苔久磨灭"云云，与此诗的意旨相同。

本诗除了借旧题阐新意外，在结构与语言上颇为人称道。全诗清畅贯注，而抑扬起伏，摇曳生姿，诗中时杂诘问、呼语，笔势奇幻。语言不事斧凿，却生动而醋满，时出俊语豪句，造成有棱有角的效果。如"清风朗月不用一钱买，玉山自倒非人推"二句，即被欧阳修誉为"惊服千古"。

（史良昭）

庐山谣寄卢侍御虚舟

我本楚狂人，凤歌笑孔丘。

手持绿玉杖，朝别黄鹤楼。

五岳寻仙不辞远，一生好入名山游。

庐山秀出南斗旁，屏风九叠云锦张，

影落明湖青黛光。

金阙前开二峰长，银河倒挂三石梁，

香庐瀑布遥相望，回崖沓嶂凌苍苍。

翠影红霞映朝日，鸟飞不到吴天长。

登高壮观天地间，大江茫茫去不还。

黄云万里动风色，白波九道流雪山。

好为庐山谣，兴因庐山发。

闲窥石镜清我心，谢公行处苍苔没。

早服还丹无世情，琴心三叠道初成。

遥见仙人彩云里，手把芙蓉朝玉京。

先期汗漫九垓上，愿接卢敖游太清。

本篇为李白于肃宗上元元年（760）游庐山时作。一年前诗人于流放途中获赦，还寓江夏（今湖北武昌）；老境渐至，功业无成，惟有再度寄情于山水和仙道。卢虚舟，作者友人，肃宗时宫殿中侍御史。"谣"是不配音乐的歌诗，此指即兴所至随口吟咏的歌行。

诗的前六句是作者行止的自白，也是"庐山谣"写作的缘起。一上来两句便著一断语，自比接舆，狂态如绘。其中固然有愤世嫉俗的意味，但以全篇的超旷来看，则主要在于表现高蹈远引意志的坚决。通首不可幅束的气势，尽于此一自断发端。以下四句点出自江夏往庐山的行踪，又见诗人此行的飘然自若、意兴不浅。这六句沛然有凌空出世之概，在精神上已与咏歌的对象庐山融汇为一体。

从"庐山秀出南斗旁"至"白波九道流雪山"为第二段，畅写庐山毓秀的风貌，即所谓"庐山谣"。这一段的十三句中，六句写庐山的形势与著名的胜景，着笔于秀；三句写山中观览的印象，着笔于奇；四句写峰顶的鸟瞰，着笔于雄：回翔驰骋，总体与局部俱出，优美同壮美两兼。无句不飞动精彩，无景不眩夺耳目，恣意铺排，绘成了诗人心目中的理想境界。

从"好为庐山谣"至诗末为最后一段，扣"寄卢侍御虚舟"的题面，同时补明"庐山谣"内在的涵意。庐山有悬岩如镜，南朝谢灵运《彭蠡湖口》有"攀岩照石镜"句，而今石在人亡，足见浮生无常；道家以服丹、胎息之法修炼，自己求仙之志久决，学道之业有成，庐山灵境，正好终隐。这"无世情""道初成"二句，回应第一段的自断与自白，现出诗人此时胸次的冲旷。在这样的氛围中，作者遂借卢敖故事，招邀卢虚舟同作神仙之游。《淮南子》记卢敖遇一高士，心折，愿随他同游。高士答说："吾马汗漫相期于九垓（九天）之外。"跳入云中不见。汗漫，有寥廓、不可知之意，全诗的结尾旷邈高逸，余韵无穷。

本诗同李白其他长篇歌行一样，恣肆雄放，生动瑰奇，在不可捉摸的灵感的跃动中给人以应接不暇的美与奇的享受。异特之处，一是在豪纵中充漾着冲旷之意，使此诗多类于"得道之言"，较他作更少了烟火气；二是以如椽大笔快写庐山风景，使本诗于咏怀诗和酬赠诗之外，还同时兼备山水诗的特征与功能。　　　　（史良昭）

梦游天姥吟留别

海客谈瀛洲，烟涛微茫信难求。

越人语天姥，云霓明灭或可睹。

天姥连天向天横，势拔五岳掩赤城。

天台四万八千丈，对此欲倒东南倾。

我欲因之梦吴越，一夜飞度镜湖月。

湖月照我影，送我至剡溪。

谢公宿处今尚在，渌水荡漾清猿啼。

脚着谢公屐，身登青云梯。

半壁见海日，空中闻天鸡。

千岩万转路不定，迷花倚石忽已暝。

熊咆龙吟殷岩泉，栗深林兮惊层巅。

云青青兮欲雨，水澹澹兮生烟。

列缺霹雳，丘峦崩摧。

洞天石扉，訇然中开。

青冥浩荡不见底，日月照耀金银台。

霓为衣兮风为马，云之君兮纷纷而来下。

虎鼓瑟兮鸾回车，仙之人兮列如麻。

忽魂悸以魄动，恍惊起而长嗟。

惟觉时之枕席，失向来之烟霞。

世间行乐亦如此，古来万事东流水。

别君去兮何时还，且放白鹿青崖间，

须行即骑访名山。

安能摧眉折腰事权贵，使我不得开心颜！

唐玄宗天宝三载（744），李白遭朝中权贵排斥，被放出都。次年十月后，由东鲁南游越中。此诗题一作《别东鲁诸公》，是行前留别述情的一首名作。

全诗可分三段。开头至"对此欲倒东南倾"为第一段，言"梦游天姥"的起因。梦游实为南游的象征，故此段亦即"留别"的缘起。天姥山在今浙江新昌县东，为道家七十二福地之一。此段言海上仙山难求，而天姥可至，又借越人语极言其雄峻，名山大岳都无法与之相比。这种夸饰的描写，见出诗人的追求乃是理想化的极致，为下文梦游的奇恣作了铺垫。

"我欲因之梦吴越"至"失向来之烟霞"为第二段，写出"梦游天姥"的全过程。先是入梦：月夜片时千里，渡镜湖，经剡溪，到达南朝诗人谢灵运当年山下的宿处。次是登山游览：半峰时见海日初升，续行中忽转昏暝，山景森然，阴阴欲雨。果然雷电大作，山摇地动，轰然一声岩洞裂开，洞中竟日月朗照，别有天地。接着是遇仙：霓裳风马，虎鸾随车，纷纷降下的群仙，列队迎迓。最后是出梦：忽然魂悸魄动，惊醒过来，顿时幻象全无。这一段瑰丽奇谲，千变万化，交织着快意的梦想和怅惘的幻灭。

"世间行乐亦如此"至末尾为第三段，转入"留别"，向友人表白行前的心情和感受。言虽知尘世的欢乐亦如一梦，但与其继续在权贵前折腰，何如骑上白鹿去周访名山！这其实是明确说出了南游的目的，乃因为鄙厌权贵而弃绝求仕，入山去寻仙访道。以游仙的梦景来替代行前的留言，这在离别诗中是独树一帜的。

关于以梦游天姥留别友人的寓意，后人有种种理解。或以为表示对名山的向往；或以为抒发对光明的追求；或以为"此篇即屈子《远游》之旨"（清陈沆《诗比兴笺》），是用比兴言志的方法影射入朝三年的际遇。按李白在作此诗前不久受箓正式加入道教，故不能排除此行目的果为入山修真的可能，如此则梦游用来曲写行意。无论如何，一诗能同时作游仙诗、山水诗、赠行诗、述怀诗、象征诗等读，这本身就说明了作品意象的恢宏与内蕴的丰富。

本诗想象奇特，感情奔放，具有浓烈的浪漫主义色彩。章法上驰骋回翔，转接自如；句法上杂用四、五、七、九言及骚体，疾徐多致；语言上绘声绘色，词采鲜明，极富表现力。从这些艺术特点中，可以看到楚辞对于李白的影响。

（史良昭）

宣州谢朓楼饯别校书叔云

弃我去者昨日之日不可留，

乱我心者今日之日多烦忧。

长风万里送秋雁，对此可以酣高楼。

蓬莱文章建安骨，中间小谢又清发。

俱怀逸兴壮思飞，欲上青天览明月。

抽刀断水水更流，举杯消愁愁更愁。

人生在世不称意，明朝散发弄扁舟。

　　天宝十二载（753）起，李白南游宣州一带，本篇是他在宣城谢朓楼上，饯别族叔、秘书省校书郎李云之作。《文苑英华》题作《陪侍御叔华登楼歌》。就内容言，以"饯别"的题面较切。

　　作品倏来忽往，腾掷如意，看似续接无端，实于飞动之中自具神理。全诗换韵凡三，结构上也可依之分为三小节。

　　第一小节的四句扣"饯别"之"饯"字，言盛时不再，愁绪种种，然既当壮时，宜尽醉方休，实为饯席上的劝客之辞。"我"字非惟诗人自指，还兼含李云的立场，主代宾言，以见声气相通的交契。于穷愁时故作通达语、宽慰语，饯别的深情就更为感人。

　　第二小节四句因饯别而及席上人物，言李云文章有建安风骨的遒劲，已则效谢朓之清俊，奇才雄思，迥出凡俗。虽并写宾主，却意在赞美李云，系以感慨，为壮行色。对赠行对象进行颂扬和勉励，是饯别诗中例不可少的成分，此处诗人不避自举，也正是两人同一心迹、无分彼此的知交关系的表示。

末四句为第三小节，渐进及"饯别"之"别"。谢朓楼下"两水夹明镜"（《秋登宣城谢朓北楼》句），适增愁绪；谢朓楼中"举杯""酣高楼"，终不成欢：无不暗寓"别"字的影响。饯席上生发"弄扁舟"的感想，更与临别直接相关。前一小节已伏才高于世而不遇于时的涵意，此愁兼以别愁，益不可消。于是"人生在世不称意，明朝散发弄扁舟"的豪壮和洒脱，也就同时成了赠别时的劝慰与共勉。这样就把"饯别"的题意写足了。

李白在这首诗中，感怀万端，情兴遄发，既处处以"壮思"抵御"烦忧"，又时时掩抑不住郁闷与不平，跌宕起伏，开合随意。尤其是"欲上青天览明月""抽刀断水水更流，举杯消愁愁更愁"及"明朝散发弄扁舟"等句，警拔飞动，千古同慨，使人神驰心折，直将全诗视作了诗人不可端倪的内心世界的独白。但实际上结合题面，则应看到诗中处处是主宾两绾，这才是真正抓住了理解本诗的关键。

（史良昭）

扶风豪士歌

洛阳三月飞胡沙，洛阳城中人怨嗟。

天津流水波赤血，白骨相撑如乱麻。

我亦东奔向吴国，浮云四塞道路赊。

东方日出啼早鸦，城门人开扫落花。

梧桐杨柳拂金井，来醉扶风豪士家。

扶风豪士天下奇，意气相倾山可移。

作人不倚将军势，饮酒岂顾尚书期？

雕盘绮食会众客，吴歌赵舞香风吹。

原尝春陵六国时，开心写意君所知。

堂中各有三千士，明日报恩知是谁？

抚长剑，一扬眉，清水白石何离离。

脱吾帽，向君笑；饮君酒，为君吟。

张良未逐赤松去，桥边黄石知我心。

唐玄宗天宝十四载（755），安史之乱爆发。十二月，叛军占领洛阳。本诗作于天宝十五载三月，时李白避乱吴地。诗中"我亦东奔向吴国"句，一本作"我亦来奔溧溪上"，疑为在溧阳所作。"扶风豪士"姓名不能确考，从"作人"两句所用的典故来看，当是受制于一方首长的中下级属官，籍贯扶风（今陕西凤翔），而在居留地有相当的地位和声望。

全诗可分三段。自起首至"来醉扶风豪士家"为第一段，叙述结识扶风豪士的缘起。作品在起笔着力渲染了怵目惊心的战乱惨象之后，紧接着便推出一片柳暗花明的境界，既表示了在流离中得到豪士的照拂而如沐春风的感激心情，又显示了暂依主人的时代背景与其时的心念所寄，为后文作下了铺垫。

第二段自"扶风豪士天下奇"至"吴歌赵舞香风吹"六句，是对作为主人的扶风豪士进行赞美。赞美的主要方面，在于"意气相倾"，能青眼识士、热诚待客，这样便引出了作为"众客"之一的诗人的感想。

"原尝春陵六国时"至结尾的最后一段，便是这一感想的发抒。战国时平原君、孟尝君、春申君、信陵君四公子，各养门客数千，内中不乏建功报恩的奇士；诗人信誓旦旦，以报答扶风豪士的知遇之恩自许。南朝江晖《雨雪曲》："恐君不见信，抚剑一扬眉。"古乐府《艳歌行》："语卿且勿眄，水清石自见。"诗中借来，表现了决不爽言的自负。报恩的内容，则是在国难之际建立奇功，之后身退名隐，如张良之先随黄石公、后逐赤松子然。日后李白入永王李璘幕，"为君谈笑静胡沙"的动机，在这首诗中已充分显露。

此诗虽题为"扶风豪士歌"，却完全不同于庸常的应酬之作。诗人俊爽真率，意到笔随，借扶风豪士的好客，写出自己的雄豪；又以自己的倜傥，衬现主人的不俗。既无谀媚逢迎的寒促，又无喧宾夺主的跋扈。章法上尤称奇绝，毛先舒《诗辩坻》："《扶风豪士歌》方叙东奔，忽着'东方日出'二语，奇宕入妙，此等乃真太白独长。"而起首东奔的交代，又与结束的许国明志遥相呼应，造成了全诗疾徐交替的文势。通篇贯而不滞，逸而不散，体现了李白七言歌行挥洒如意的创作风格。

（史良昭）

访戴天山道士不遇

犬吠水声中，桃花带露浓。

树深时见鹿，溪午不闻钟。

野竹分青霭，飞泉挂碧峰。

无人知所去，愁倚两三松。

　　这是今存的李白最早诗作之一，作于十八九岁隐居蜀中戴天山（又名大匡山、大康山，今四川江油）大明寺读书时期。

　　本诗是一首工整的五言律诗。首联写进访初途，"带露"暗点时间是清早。上句写所闻，溪水潺潺，时传犬吠，着笔于听觉；下句叙所见，放眼望去，夹路桃花，带露争妍，艳丽夺目，着眼于视觉。此联"犬吠""桃花"，暗逗山前村庄之景。颔联"树深"二句，乃入深山所见之景，时间已至中午。上句，丛林深处，野鹿出没，"时见鹿"反衬不见人，状深山之幽；下句，以"不闻钟"复写山中之静，暗示道士外出无人打钟报时，为尾联"不遇"伏笔。颈联，诗人宕开一笔，杳渺入深，继写山行所见之景，笔致灵动舒转。顾盼四野，苍竹森森，青霭夹道而分；山峰碧绿，中悬飞瀑，空谷传响。置身其间，如入画境。至此，诗人跳过至道院等一系列情节，而于尾联直接"不遇"。诗人等待道士已久，却不见人影。

诗以"无人知所去",从侧面道出往访不遇。又以"愁倚两三松"的典型动作,传出诗人造访不遇时的无限怅惘,言外寓悠然不尽之意。

全篇紧扣"访"和"不遇"。前三联写景,重在写"访"。通过景色的变换写出山行的进程,通过犬、鹿、竹、树、桃、露、霭、溪、泉、峰的意象组合,描绘了一幅戴天山幽美的长轴山水画,设色谐和,动静相间,渲染出山的深幽静谧,衬托出山中人(道士)的淡泊情怀,表现了青年李白对方外隐逸生活的神往。结联正写"不遇",点题。全诗合律,却又信手写来,无斧凿痕,足见李白早年在律诗上下过很深功夫。前人赞此诗说:"无一字说道士,无一字说不遇,却句句是不遇,句句是访道士不遇。"(吴大受《诗筏》)正道出此诗之神妙。

(郁贤皓 倪培翔)

听蜀僧濬弹琴

蜀僧抱绿绮，西下峨眉峰。

为我一挥手，如听万壑松。

客心洗流水，余响入霜钟。

不觉碧山暮，秋云暗几重。

　　此诗以气势胜。开头两句，先对僧濬作介绍。他怀抱名琴，从四川峨眉山上下来，写得很平实，但可启发读者的联想：一个高雅的僧人，又是弹琴的名手，怀抱名琴，从巍峨的名山上下来，气势就显得不凡。颔联两句，夹入"我""听"二字，转叙作者的感受。中如"为"对"如"，"一"对"万"，对得很工整，但上下语意相承，也就成了诗学中的所谓"流水对"。它承上二句而来，顺流直下，更增加了诗歌的气势。僧濬"挥手"之间，犹如万壑松声四起，琴艺的高超，也就生动地表达出来了。

　　后面四句，则从"听"字上生发。"客心洗流水"，客心，佛教语，谓尘俗之心。这是说自己的凡心像是被流水洗涤过似的，显得清静恬适；"余响入霜钟"，是说余音袅袅，琴音与钟声相融合。"洗""入"二字精炼。最后两句说自己沉醉在琴音之中，时间的推移，天色的变化，竟全然不觉。这里描写听者的入神，藉以衬托、形容蜀僧濬的琴艺感人之深。

李白的诗歌，包括那些形式上要求很严的律诗，也写得自然流畅，气势浩瀚。粗粗看来，似乎不讲什么技巧，不用什么典故。实则这首诗中用了很多典，如绿绮，司马相如琴名，见傅玄《琴赋序》；"挥手"一词，出嵇康《琴赋》"伯牙挥手，钟期听声"，这里又暗用知音的故事。《列子·汤问》载，俞伯牙善鼓琴，钟子期善听，伯牙志在高山、流水，钟子期一一领会。这里借指自己与僧濬在音乐上的感情交流，用典十分贴切。而这"高山流水"的故事，又与下句"流水"二字有意无意地契合。"霜钟"一词，出《山海经·中山经》，与"秋云"一词呼应；"碧山"一词与"峨眉"一词呼应；"绿绮"一名又与"蜀"字呼应，里面隐藏着李白对故乡的眷恋。读者不加思索，也可领会到李诗气势的高妙，但如细心体会，则又可见其结构的细密、技巧的高超。 (周勋初 周 晨)

渡荆门送别

渡远荆门外，来从楚国游。

山随平野尽，江入大荒流。

月下飞天镜，云生结海楼。

仍怜故乡水，万里送行舟。

李白二十多岁时，离开故乡蜀地，仗剑东游，谋求政治出路。这首诗是他刚出蜀进入今湖北宜都境时所作。

荆门，山名，在宜都西北，上合下开，形状如门，与隔江的虎牙山对峙，形势险要，古时称为楚之西塞。今湖北、湖南省一带，先秦时属楚国，后世习称为楚地。本篇首两句点出诗人乘舟沿江东下，通过荆门山，进入楚地。荆门以西一带，就是著名的三峡地区，长江两岸重山叠嶂，遮天蔽日。荆门以东，却陡然转为平坦宽广的原野。三四句即生动地描绘出此种陡然变化的形势。大荒，指广阔无际的原野。五六句接着写诗人在江中所见的美景。皎洁丰满的月亮，倒影入江，犹如天上飞下的明镜；江边天空，晚霞绚烂多姿，仿佛海市蜃楼。长江在原野流驶，江上江边，景色奇丽，给诗人带来新鲜的感受。按照常情，一个人离开长期居住的故乡，初次远游，总不免会产生去国怀乡、凄凉寂寞之感。李白却不是如此，他骋目远眺，尽情观赏这块对他来说是陌生而新鲜的土地，心中没有一丝哀愁，这里显示出他那乐观开朗的性格和豪迈的意气。当然，他对故乡仍然怀有深厚的感情；所以最后两句说，对于从蜀地奔流东下，不远万里送他东游的长江水，表现出依恋之情。本篇题目中有"送别"两字，大约是赠给送别的友人的，但诗中却没有提及友人，这引起了后人的疑窦。由于缺乏充分证据，这一疑问已无法作出确切的解答。

李白的一部分五律写得很好，本篇写得气势豪迈，中间四句属对工整，也是他五律佳作之一。清代赵翼《瓯北诗话》评李白律诗有云："才气豪迈，全以神运。""有对仗处亦自工丽，且工丽中别有一种英爽之气，溢出行墨之外。"这一评语也很适用于本篇。又篇中"山随平野尽"两句，前人曾把它与杜甫的"星垂平野阔，月涌大江流"（《旅夜书怀》）两句相提并论。的确，两人都写大江和原野，境界阔大，气象雄浑，是其所同；但李句爽朗明快，杜句精严凝炼，风格又有区别。从几点血可以验出人的血型，从这几句诗也可以窥见李、杜诗风的差异。

(王运熙)

夜泊牛渚怀古

牛渚西江夜，青天无片云。

登舟望秋月，空忆谢将军。

余亦能高咏，斯人不可闻。

明朝挂帆席，枫叶落纷纷。

　　本诗是李白漫游东方，晚泊牛渚山附近有感而作。牛渚山在今安徽当涂西北，山的北部为采石矶，突入江中，形势险要。自南京市西至江西的一段长江，古时称为西江，牛渚山正处在西江这一段中。诗中李白以少年时的袁宏自比，说明大约是年轻时的作品。

　　诗的前两句点明时间地点。西江牛渚山附近的夜晚，空中没有一片云彩，天宇澄净，水波浩渺，正显示出秋高气爽、周围空旷辽阔的景象。当此良宵美景，诗人兴致勃发，他走出船舱，登上船板，观赏一轮皎洁的秋月，从而迸发出一段幽幽的怀古之情。据《晋书·文苑传》记载：东晋著名文人袁宏，少时贫苦，靠在西江一带运输租米自给。当时谢尚（曾为镇西将军）镇守牛渚，某一秋夜，与僚属泛舟赏月，听到袁宏在船中吟咏其《咏史》诗，文词音调俱佳，非常欣赏。于是即召袁宏到自己舟中，彻夜谈论，后又聘袁宏为其幕府参谋军事。袁宏从此发迹显名。本篇中四句，即用此事，抒发情怀。诗人说：自己也能写出像袁宏《咏史》诗那样旨趣高远的篇章，但善于识拔人才的谢尚将军却是不可再遇，只能徒然追忆而已。这里表现了李白对自己才华的自负，更表现了知音难觅、怀才不遇的深沉感喟。最后两句说：夜过天明，张帆离开牛渚山，只见岸边山上的枫叶纷纷飘落。树木凋零，秋景萧索，与诗人惆怅凄凉的心绪互相交织，彼此烘托。这首诗写景前面境界阔大，后面气氛凄清，与诗人的豪情壮志和悲凉情绪融成一片。

本篇遣辞造句，纯任自然，文从字顺，一气贯注，如行云流水，毫无斧凿痕迹。清代王士禛评此诗云："正如羚羊挂角，无迹可求，画家所谓逸品也。"（《带经堂诗话》）正是从这个角度着眼的。全篇五言八句，音韵铿锵，平仄调协，是律诗的格调；但中间四句又不运用对偶，可说是律诗的变体。李白的不少五律，对偶亦颇工整，本篇则表现出摆脱常规、纯任自然的特色，与崔颢《黄鹤楼》诗有异曲同工之妙。

(王运熙)

赠孟浩然

吾爱孟夫子，风流天下闻。

红颜弃轩冕，白首卧松云。

醉月频中圣，迷花不事君。

高山安可仰，徒此揖清芬。

　　李白秉性傲岸，但也有谦恭的一面。面对人品高尚的人，他是无限敬仰的。此诗开头"吾爱孟夫子，风流天下闻"二句，就把这种感情充分地表达出来了。这个"爱"，是敬爱之情。为什么"爱"？"风流"一词道出了原因，这就是封建文人那种超尘脱俗的诗酒风流。颔联二句，对孟浩然的一生作了概括。"卧松云"，必然会"弃轩冕"，这是一件事件的两个方面，语意微嫌重复。李白藉"松云"，写出了孟浩然周围环境的清幽以其人品的高雅端直。颈联二句，用"醉月""迷花"两个典型事例，刻画孟浩然的情趣，其中"频中圣"与"卧松云"呼应，"不事君"与"弃轩冕"呼应，这就突出了孟浩然这样一位耽于田园山水的隐逸诗人的主要特点。

　　在孟浩然本人的诗歌以及其他典籍的记载，都反映出他尚有谋求出仕的一面。但总的看来，孟浩然始终追求不受羁绊，潇洒送日月的生活，因而隐逸终身。《新唐书》本传说采访使韩朝宗本想荐他为官，但他与故人剧饮欢甚，卒不赴约，可见他"醉月""弃轩冕"确是主要的一面。李白赠诗，正由此着眼。从"白首"一词来看，知此赠诗已在孟浩然的晚年。据考证，李白此诗大约作于开元二十七（739）年，前往襄阳探视之时。

诗中"风流天下闻"的内涵，已通过中间四句得到了有力的表达；于是"吾爱孟夫子"的感情，便一气直下，在结尾的两句中作了充分的呈露。《诗经·车辖》中说："高山仰止，景行行止。"司马迁曾在《孔子世家》中用此语赞崇孔子；李白亦引此对孟浩然表示崇高的敬意，说他品格高尚，如同巍峨的高山，自己只能望其清高芬芳的形象拜揖而已。全诗至此已是题无剩义。

这诗用典不多，除"高山"一词外，"中圣"一词出《三国志·徐邈传》。他喜欢喝酒，把清酒叫做圣人，浊酒叫做贤人。"中"乃动词，"中圣"即"中酒"，亦即醉酒。"中"本读去声，这里读平声。

（周勋初　周　晨）

宫中行乐词

（八首选一）

柳色黄金嫩，梨花白雪香。

玉楼巢翡翠，珠殿锁鸳鸯。

选妓随雕辇，征歌出洞房。

宫中谁第一？飞燕在昭阳。

　　在现存的李白诗集中，《宫中行乐词》共八首，此诗列第二。关于这一组诗，《本事诗》中有一段记载，说是玄宗尝因宫中行乐，面对良辰美景，想让逸才词人咏之，遂命高力士召李白。当时李白应宁王之邀，饮酒已醉，但取笔抒思，十篇立就。后人考证，此说有些细节与事实不合，因为其时宁王已死，而据其他材料记载，这组诗究竟有几首也难断定。但据本诗来看，作于天宝初期供奉翰林之时，应当是不成问题的。

　　因为这诗的写作目的是为宫中行乐助兴，所以作者极力形容宫中景色之美，气氛之佳，乐事之多。李白遴选了一些珠光宝气的词汇，对此作了着力渲染。黄金是富贵的象征，白雪是皎洁的象征，开头两句用金黄色的柳叶和白雪般的梨花形容春色的艳冶，前者尚呈"嫩"态，后者已洋溢"香"气，视觉嗅觉并用，极富时令特色。颔联按严格的格律写出：玉楼、珠殿，熠耀生辉；"翡翠""鸳鸯"，相映成趣。根据古来的传统，翡翠和鸳鸯这一类珍禽常用作人间佳偶的象征，这可与结尾形成呼应之势。而上一句用一"巢"字作句眼，可使人想到夫妇之间成双成对的甜美关系；下一句用一"锁"字作句眼，也可使人想到这是一对在深邃的宫廷中生活的佳偶。颈联二句，描写歌舞之乐。妓乃舞者之俦，与歌者均经遴选而得，足见其技艺之高。这一批人，出则随雕辇而行，入则在洞房中演出，真是处处轻歌曼舞，一片豪华享乐气象。

以上六句都用排比的形式写出，对偶工整，声调铿锵。作者虽精心撰写，却毫无雕琢痕迹。总的来说，此诗可以"富丽精工"四字概括。

最后两句，以汉成帝宠幸的皇后赵飞燕来比拟当时明皇宠幸的贵妃杨氏。由于赵飞燕品格不端，结局也不好，所以很早就有一种传说，以为这里李白是在讽刺杨贵妃，然而这是不太可信的。唐朝人好用赵飞燕这一人物形容得宠的美女，李白此诗亦如此。

（周勋初　周　晨）

送友人入蜀

见说蚕丛路，崎岖不易行。

山从人面起，云傍马头生。

芳树笼秦栈，春流绕蜀城。

升沉应已定，不必问君平。

　　这是李白在长安送友人入蜀的送行诗，开元十九年（731）及天宝初李白两入长安，当作于这两个时期。诗中描绘蜀道的艰险和壮丽，寄托送别之情，抒发抑郁不得志的感慨，既抚慰友人，又聊以自慰。

　　全诗由送别和入蜀两个方面着笔。首联以虚拟蜀道"崎岖不易行"，寓送别之意。蚕丛，是古蜀国的开国之祖。蚕丛路指代蜀道，让人们自然联想到"尔来四万八千岁，不与秦塞通人烟"（李白《蜀道难》）那个渺杳的远古时代，从而增加了蜀道神秘瑰玮的色彩。此联与《蜀道难》开头："噫吁嚱，危乎高哉！蜀道之难，难于上青天！"的急促唱叹相比，显得非常平实，而平实却正为颔联之奇险作反衬。颔联承"崎岖不易行"，具体描绘蜀道之奇险，上句状山之陡峭，人至山前，奇峰迎面耸起；下句状山之高峻，白云缭绕于马头周围。这两句生动地突现了蜀道陡峭、险峻、高危的特点，以警告行者。六朝以来，不少送行诗，常采用设想之法，悬拟远行旅人行途必经的地点和环境，为行者分忧，向行者劝勉。这里诗人也采用这种惯用手法。颈联虽是继写入蜀之景，却来了一个大转折，写出蜀道风景之幽美可喜。奇险的秦栈被芬芳的花树笼罩，景致可谓优美。着一"笼"字，使人感到树木的郁郁葱葱，此一喜。蜀城，指成都。成都古称锦城，有郫江、流江双流郡下。此着一"绕"字，显示了无限缠绵之情，如此美景，是为二喜。颈联以工整的对偶，极写山水、上下、远近之美，以此告慰征夫。尾联折入议论，诉说仕途的失意。意思是说，人的地位升降乃命中注定，不必去求神问卦。据《汉书·王吉传》记载：严君平"卜筮于成都市，以为卜筮者贱业，而可以惠众人……裁日阅数人，得百钱足养，则闭肆下帘而授《老子》"。友人到蜀中去，可能是仕途不得志。而李白初入长安，原想寻求知音，一佐明主，可是却毫无成就。所以他对友人说：不得志已成定局，抵成都后不必求君平卜筮算卦了。此联用典贴切神合，用意蕴藉。

　　此诗的佳处是气韵张弛有致，首联平实，颔联奇险，颈联转入舒婉秾丽，结联以议论作结，又归于平实。其意脉起伏跌宕，腾挪多变，于工丽中见神运之思，故被《唐宋诗醇》推为"五律正宗"。

（郁贤皓　倪培翔）

塞 下 曲

（六首选一）

骏马似风飙，鸣鞭出渭桥。

弯弓辞汉月，插羽破天骄。

阵解星芒尽，营空海雾消。

功成画麟阁，独有霍嫖姚。

《塞下曲》在郭茂倩《乐府诗集》卷九二列入《新乐府辞》，并谓唐人《塞下曲》《塞上曲》本汉乐府《出塞》《入塞》，歌辞多写边塞的军旅生活。李白《塞下曲》乃组诗，共六首，此为第三首，实为五言律诗。

首联点出发地点，起笔即威风凛凛，高唱入云。"风飙"比喻骏马飞奔之疾，"鸣鞭"渲染壮士策马之威。渭桥，即中渭桥，在长安西北渭水之上，乃长安去西北边塞的必经之途。"出渭桥"点明出发之地是长安。颔联承上联，交待出征目的是为了"破天骄"。"弯弓""插羽"指携带武器的装束，展示壮士慷慨辞国、义无反顾的忠勇之姿。"辞汉月"指离开京城，暗点出征，为下联伏笔。同时，弓拉满后的形状与月相似，容易引起联想。"插羽"指箭杆上端装有羽毛。"天骄"为匈奴，此泛指入侵之敌。以上四句言唐军连夜出师，声威煊赫，壮丽激越，大有马到功成之概。颈联"阵解""营空"对言，指入侵之敌被击败。"星芒尽"指胡星的光芒消失，古代迷信认为客星的芒气呈白色，是胡兵入侵的凶兆。"海雾消"，是指大漠中战斗的烟尘消散。结联是全诗之转合，讽皇恩不均，独宠外戚。麟阁，即麒麟阁，汉宣帝时画功臣霍光等十一人像于此。后人遂把画图麒麟阁作为皇帝褒奖功臣的代称。霍嫖姚，指汉代抗击匈奴的名将霍去病，他曾做过嫖姚校尉。其实在麒麟阁被画像的是他的弟弟霍光，而不是霍去病。此是借指。王琦说："言功成奏凯，图形麟阁者，止上将一人，不能遍及血战之士。太白用一'独'字，盖有感乎其中欤！然其言又何婉而多风也。"(《李太白诗集注》)

此诗为工整五律，但李白自有一种独特的豪纵才气和情韵风神，"于律体中以飞动票姚之势，运旷远奇逸之思，此独成一境者"(清姚鼐语)。王夫之也赞赏此诗构思说："总为末二语作前六句，直尔赫奕，正以激昂见意。俗笔开口便怨。"(《唐诗评选》)

(郁贤皓 倪培翔)

登金陵凤凰台

凤凰台上凤凰游，凤去台空江自流。

吴宫花草埋幽径，晋代衣冠成古丘。

三山半落青天外，一水中分白鹭洲。

总为浮云能蔽日，长安不见使人愁。

　　这是李白最著名的一首七律，大约作于天宝六载（747）。凤凰台，在金陵城西南隅（今江苏南京凤游寺）。据《江南通志》记载："宋元嘉十六年，有三鸟翔集山间，文彩五色，状如孔雀，音声谐和，众鸟群附，时人谓之凤凰。起台于山，谓之凤凰台，山曰凤凰山，里曰凤凰里。"全诗似仿崔颢《黄鹤楼》，同崔诗一样押平声尤韵。传说乃李白与崔颢争胜之作。

　　首联入题：上句叙凤凰台传说，写登台；下句悲凤凰杳去、台空江流，逗引思古之幽情。句法直摹《黄鹤楼》首联："昔人已乘黄鹤去，此地空余黄鹤楼。"十四字中凡三"凤"字、二"台"字，却不嫌重复，音节流畅，以古诗句法入律，堪称神奇。颔联意承"凤去台空"而来，金陵乃帝王之州，三国时吴国和后来的东晋、宋、齐、梁、陈，均建都于此。六代豪华竞奢，风流总被雨打风吹去。人事有代谢，往来成古今。吴国昔日繁华的宫苑，眼下却已成

437

为幽僻芜径；东晋一代豪门簪裾冠盖，今日竟化为荒坟古冢。诗人从朝代兴衰，彻悟人生短暂、江山永恒，抒发吊古哀情。颈联从怀古中转出，直写眼前所见之景。上句写远眺，三山在今南京板桥镇西，滨临大江，三峰南北相连成行。陆游《入蜀记》载："三山自石头及凤凰台望之，杳杳有无中耳，及过其下，则距金陵才五十余里。"这正是"三山半落青天外"的注脚。白鹭洲，在今南京江东门一带。唐朝时，白鹭洲在长江中间，因洲上多白鹭而得名。登凤凰台近看长江，正是"一水中分白鹭洲"的景象。后长江西徙，原来的白鹭洲与陆地相连，今已不成其为洲了。此联状景对偶工整，远近囊括无遗，气象壮丽，乃千古佳联。登台吊古，人事沧桑，面对永恒江山，感叹人生短暂、功业难酬。于是逼出尾联"总为浮云能蔽日，长安不见使人愁"，一吐胸中郁塞之块垒。陆贾《新语·慎微篇》："邪臣之蔽贤，犹浮云之障日月也。"诗人也以浮云喻佞人，以日譬皇帝，暗指诗人天宝三载（744）在长安遭奸佞谗毁，被"赐金还山"的遭遇，言外寓一腔忠君忧国之忧。全诗以登台起笔，既发思古之幽情，复写江山之壮观，最终结响于报国无门的忧愤，感情深沉，声调激越。与崔颢《黄鹤楼》相较，从诗的容量、思想境界及七律的规矩来说，李诗青出于蓝而胜于蓝，乃是唐人前期七律中最佳之作。

（郁贤皓　倪培翔）

鹦　鹉　洲

鹦鹉来过吴江水，江上洲传鹦鹉名。

鹦鹉西飞陇山去，芳洲之树何青青。

烟开兰叶香风暖，岸上桃花锦浪生。

迁客此时徒极目，长洲孤月向谁明？

上元元年（760）春，李白流放夜郎途中遇赦，自永州（今湖南零陵）归至江夏（今湖北武昌），望见鹦鹉洲，联想到祢衡才高命蹇，自悲不遇，遂作此诗。同时之作还有《望鹦鹉洲怀祢衡》《江夏赠韦南陵冰》《书怀赠江夏韦太守良宰》等。此诗以古体入律，与《登金陵凤凰台》一样，深受崔颢《黄鹤楼》诗的影响。

鹦鹉洲是江夏名胜，故址在今湖北武汉西南长江中，今鹦鹉洲已非唐代故地。据《文选》祢衡《鹦鹉赋序》：黄祖长子黄射在此大会宾客，有人献鹦鹉，祢衡因而作《鹦鹉赋》，笔不停辍，文不加点。后来，祢衡被黄祖杀害，葬于此洲，人们遂名此洲为鹦鹉洲。

首联，开篇入题，叙鹦鹉洲得名的来由。诗中"鹦鹉"，实兼指祢衡。吴江，指武昌一段长江。颔联，以鹦鹉西飞暗写祢衡被杀，空留洲名；以洲树青青写草木有情，而人世无情，寄寓诗人对才士命薄的惋怜之情。颈联，写春光明媚、百花争妍，通过视觉（烟开、兰叶）、嗅觉（香风）、触觉（暖），传达出烟花氤氲、兰叶风起、桃花似锦浪的风光之美，使人心旌摇曳，眼花缭乱，神驰情迷。金圣叹评此句说："看他'风'字、'浪'字，言我欲夺舟扬帆，呼风破浪，直上长安，刻不可待，而无如浮云蔽空，明月不照，则终无可奈之何也。"（《贯华堂选批唐才子诗》）结联，"迁客"是自指。因李白从李璘获罪被流放夜郎，后遇大赦，侥幸免罪。此时此际，极目远眺鹦鹉洲，心里怀念的是先代贤士祢衡，他的冤魂长眠于鹦鹉洲下。据陆游《入蜀记》载："鹦鹉洲上有茂林神祠，远望如小山，洲盖祢正平被杀处。"一个"徒"字，写出了诗人失望乃至绝望的心情。如今祢衡已死，一轮孤月仍空照鹦鹉洲，诗人最后用一问句，将悲愤的感情推到顶点。吊古伤今的感慨，才士异代同悲的际遇，在结联中泻泄无遗。我们不难体会到诗人咏鹦鹉洲，是借祢衡的悲剧以自照，发泄一腔怀才不遇、报国无门的怨恨。无怪诗人狂怒时高喊："我且为君捶碎黄鹤楼，君亦为吾倒却鹦鹉洲！"（《江夏赠韦南陵冰》）

此诗首联、颔联中，凡三次出现"鹦鹉"，真谓一唱三叹之致，传达出诗人沉痛凝重的感情。颈联以乐景衬哀情，使结联加倍增其哀怨。诗前二联不合律，后二联合律，属于律诗中的所谓拗体。方东树《昭昧詹言》评此诗说："崔颢《黄鹤楼》，千古擅名之作……太白《鹦鹉洲》格律工力悉敌，风格逼肖，未尝有意学之而自似。"

（郁贤皓　倪培翔）

玉 阶 怨

玉阶生白露，夜久侵罗袜。
却下水精帘，玲珑望秋月。

　　这是一首宫怨诗。《玉阶怨》为乐府旧题，属《相和歌辞·楚调曲》，是专写宫廷妇女幽怨的乐歌。李白此诗通过一位深宫女子玉阶独立、隔帘望月的寂寞生活来反映她内心的痛苦，"不言怨而怨自深矣"（俞陛云《诗境浅说续编》）。

　　一、二句先写其玉阶独立，夜深伫盼之状。"生白露"可见夜已至半，"侵罗袜"更见夜深露重，六字正写"夜久"。抓住"罗袜"做文章，不仅暗示了主人公的身份，而且有助于表现空庭之久立、心境之凄冷。三、四句写其隔帘望月、彻夜不寐之状。"水精"即水晶。"水精帘"以及前二句的"玉阶""罗袜"皆华贵之物，体现宫廷境况。"帘"而更曰"水精"，以其挡露不挡月，利于"望"；"月"而更曰"玲珑"，见其空明澄澈，合于"秋"。下帘为避寒露，望月为遣寂寞，然而明亮的秋月只能形其幽独，增其凄恻，则其彻夜不眠可知，其怨亦可知了。

　　全诗二十个字，"无一字言怨，而隐然幽怨之意见于言外"（萧士赟《分类补注李太白诗集》），写得空灵婉曲，含蓄无尽。

诗人善用烘托映衬之法，如以露生袜湿映望之久，以下帘映望之绝，以月明映怨之深，皆侧笔传神，妙不着迹。太白绝句之所以使人神远，正由此。

（陈文华）

静 夜 思

床前明月光，疑是地上霜。

举头望明月，低头思故乡。

这是一首月夜思乡诗。五言二十字，如弹丸脱手，天然工妙，是南朝乐府体格。因系太白自制题，未尝入乐，郭茂倩《乐府诗集》以之入"乐府新辞"。

客中静夜，乡情万千，诗人只抓住一个错觉，即景即情，赋成千古绝调。全诗无一语不明白，又无一语无深意。月光入室，可见夜深；点明"床前"，证其无寐，落笔已寓辗转思乡之情。疑"光"为"霜"，见光之白且寒。白是月明之故，寒是秋深所生，"疑"字则画出了诗人神思恍惚之状。以"霜"喻月光，古已有之，疑月光为"霜"，意便深一层，由此可见太白绝句推陈出新之妙。举头望月，"疑"消而"思"生，情极自然，转折亦极自然。月既曰"明"，非圆月而何？月圆人离，情何以堪？触景伤情，乡思油然而生，故末句归结到"思故乡"。未曰思乡先曰"低头"，以月色恼人，不忍再望也。

全篇主题是"思乡"，却先以三句写月，虽然写月，乡情已蕴其中；待到点明主题，诗便戛然而止，至于如何"思"、"思"什么，就都留给读者去想象体味了。俞樾所谓"以无情言情则情出，以无意写意则意真"(《湖楼笔谈》)、沈德潜所谓"旅中情思，虽说明却不说尽"(《唐诗别裁集》)，正道出了此诗自然真切、含蕴无穷的特点。

（陈文华）

独坐敬亭山

众鸟高飞尽，孤云独去闲。

相看两不厌，只有敬亭山。

　　这首诗借写山林幽趣来表明自己的人生态度。敬亭山又名昭亭山，在今安徽宣城县北，山上原有敬亭，相传为南齐诗人谢朓吟咏处。李白"一生低首谢宣城"，故多次来游宣城，赋诗敬亭，此诗为其天宝十二载（753）始游宣城时所作。

　　全诗中心是"独坐"二字。一、二句先写独坐所见。鸟飞云去，所留者唯人，故曰"独"。鸟既"众"，一时不能飞尽，今曰"尽"，可知"坐"之久。云本无情，而曰"孤"，曰"独"，曰"闲"，则不仅点出鸟去天空，更衬出人之寂寞，是之谓曲笔传神。三、四句接写独坐所感。"相看"下着"两"字，把敬亭山人格化，是以不独写"独"：山不厌我，正见人之厌我；我不厌山，又见我之厌人。"只有"二字，感情更为强烈，表现出"愿遗世独立，索知音于无情之物"（俞陛云《诗境浅说续编》）的人生态度。

　　全诗似淡实愤，看似"胸中无事，眼中无人"（钟惺《唐诗归》），实则是以山之有情，写人之无情，借山中幽景消胸中块垒。愤世愈深，爱山愈切。"独坐"神理，其在此乎？　　　　　　　（陈文华）

秋 浦 歌

（十七首选一）

白发三千丈，缘愁似个长。
不知明镜里，何处得秋霜！

　　这是一首用夸张手法写愁的名作。秋浦，县名，唐时属池洲，
故址在今安徽贵池西，以其地有秋浦水而得名。天宝暮年，李白漫
游至此，作《秋浦歌》十七首，这是其中的第十五首。

　　诗本因揽镜自照，忽见白发，有感而作，开篇却从倒装说入。
"白发三千丈"一句如奇峰突起，使人惊怪；次句一折，又豁然开
朗，令人称叹。以"白发"喻"愁"，是常语；以"三千丈"喻愁
绪之长，则是奇语。因为愁多，所以白发长，虽夸张至极，却不悖
于理，而且托兴深微，耐人寻味。三句又一折，点出"明镜"，四
句折回，再言白发。"不知"二字直贯至"秋霜"，镜中秋霜，即头
上白发，明知故问，为强调发之白、愁之深。如此白发，如此深
愁，从何而得？诗人问而不答，这就迫使读者去深长思之了。

　　李白素有济世之志，却一直没有建功立业的机会，一种怀才不
遇的愁绪时时萦绕他的心头。这首诗正是以夸张浪漫之笔，抒此婉
曲深沉之情，有极强的艺术感染力。

（陈文华）

陪侍郎叔游洞庭醉后

（三首选一）

划却君山好，平铺湘水流。
巴陵无限酒，醉杀洞庭秋。

　　李白是诗仙，也是酒仙，醉酒是其诗中经常表现的内容，这首纪游诗也不例外。

　　此诗作于乾元二年（759）秋。侍郎叔，指刑部侍郎李晔，为李白族叔，时因贬官途经岳州（治今湖南岳阳），与李白、贾至同游洞庭。李白写了五、七绝各一组记其事，此为五绝三首之三。

　　全诗四句，用四个地名，写两种奇想，而自然浑成，豪气夺人。一、二句写削山通流的奇想。洞庭湖在湖南北部，南纳湘江之水，君山在洞庭东。划，削、铲之意。削去君山，可使湘水（实即洞庭水）流得更加平畅。此言粗看无理，细思不凡，这正是太白一腔豪气的自然抒发。前人多将此二语与杜甫"斫却月中桂，清光应更多"（《一百五日夜对月》）相比，二诗胸襟固匹敌，论气势，还以此诗为胜。三、四句写湖水变酒的奇想。巴陵即岳州，洞庭湖所在地。洞庭碧波千顷，在诗人眼中尽为佳酿，故曰"无限"。诗人希望在这无限佳酿中醉杀。不曰"陶醉""沉醉"，而曰"醉杀"，正是诗家快语、酒仙本色。

此诗作于诗人晚年。理想的破灭、政治的磨难，是他"醉后发清狂"（同题之一）、出此奇想大语的原因。而诗中反映的痛饮狂歌的生活、飞扬跋扈的气势，其实又显示了太白诗"沉痛语以骏快出之"（高步瀛《唐宋诗举要》）的特色。

（陈文华）

峨眉山月歌

峨眉山月半轮秋，影入平羌江水流。

夜发清溪向三峡，思君不见下渝州。

　　这首咏月诗作于李白初次离蜀出游途中。白为蜀人，峨眉乃蜀中名山，对峨眉山月的思念，即是对故乡的思念。诗人其时正当盛年，仗剑去国，辞亲远游，胸怀是开阔的，意气是昂扬的，因此，尽管旨在抒写离情，全诗的基调还是明快畅朗的。

　　前二句写蜀中月色之美：峨眉山奇峰巍巍，平羌江（即青衣江）碧波粼粼，秋天的夜空纤云四卷，一碧如洗。在这样的背景映衬下，高悬山巅的半轮秋月自然是分外明净，倒映入江的娟娟月影自然也分外秀丽。后二句写蜀中山峡之险：诗人乘着月色从清溪驿出发，经由渝州（今重庆）驶向三峡（古时对三峡的说法不一，一般指瞿塘峡、巫峡、西陵峡），愈行江面愈狭，两岸峭壁层峦，插天万仞，天只剩一线，月更不复可见，故曰"思君不见"。从月影随波到江行思月，诗人只略作点染，人月依依、不胜惜别之情已跃然纸上。

　　全诗虽然用了五个地名，却因自始至终以舟行和乡思绾之，自始至终为塑造时隐时现、"与人万里长相随"的峨眉山月这一艺术形象服务，这些地名便兼有了纪行、写景和抒情的作用。加之作者浩气喷薄、笔致圆浑，安排灵活，读之非但不觉堆砌呆板，反给人气韵流转、随分皆佳的感受，故历来被叹为大手笔。　　（陈文华）

望天门山

天门中断楚江开，碧水东流至此回。

两岸青山相对出，孤帆一片日边来。

　　这是一首江行写景诗。天门山在今安徽当涂西南，东称博望山，西称梁山，两山夹江对峙，形如门户，故名。

　　全诗四句，皆为舟经天门时"望"中所得。诗人的视线由远及近，又由近而远，一句一景，舟移景易，宛然一幅楚江（流经楚地的长江）山水图。

　　首句写遥望天门所见。"断"字写出两山如削、险拔奇伟之势；"开"字写出江水汹涌、劈山开路之力。水断山门，山为水开，落笔便见气势阔大。二、三句写天门江面所见，先水后山。"碧水""青山"已是佳景，水"回"山"出"更为奇观：因为两山夹峙，江面陡窄，水流回环冲激，故成漩涡；因为江流湍急，舟行疾速，人随舟进，故觉青山后移。一个"出"字，简括传神地写出了两岸山峦一对对扑入眼帘，又一排排往后退去的景象，非身在行舟者不能道。末句写天门山口所见。船出山口，视野顿阔，遥见一片孤帆自日边而来，白帆红日，水天浩淼，景色壮丽无比，诗的意境也豁然开朗。

　　俞陛云《诗境浅说续编》将末句释为"遥见一白帆痕远在夕阳

明处”，又有人以为“孤帆”即诗人所乘之舟，联系上句，似皆矛盾不通。因为三句明说诗人所乘之舟已过两山之间，那如何又从日边而来，又如何透过层层峰峦回望夕阳？更遑论前望与回顾，气象、胸襟之不同了。

（陈文华）

横 江 词

横江馆前津吏迎，向余东指海云生。

郎今欲渡缘何事？如此风波不可行！

　　横江，即横江浦，在今安徽和县东南，与采石矶隔江对峙，形势险要。李白共作《横江词》六首，描写横江风波之恶，行人被阻之情，此为其中第五首。

　　梁简文帝《乌栖曲》云："采菱渡头拟黄河，郎今欲渡畏风波。"太白诗即由此衍出：在车船渐稀的渡头驿馆前，监管渡口事务的小吏匆匆迎了上来，他指着黑云翻滚的天边说："海云已生，风暴将临，这样的天气，江上必定风急浪高，您为什么还要急着过江呢？"诗中没有正面描写江面风波如何险恶，只是借天象的变化、津吏的劝阻来预示渡河之险，而横江风波之恶、诗人愁渡之情，则尽蕴其中了。

　　范梈《李翰林诗选》云此诗"气格合歌行之风，使人嗟叹而有无穷之思"，正道出了太白绝句善学南朝乐府歌行，用质直自然之语、造含蓄无穷之境的特色。或以为诗人以涉江之险喻人情险巇、政途险恶，虽不免牵强，亦可备一说，然总觉风致稍逊矣。

（陈文华）

黄鹤楼送孟浩然之广陵

故人西辞黄鹤楼，烟花三月下扬州。

孤帆远影碧空尽，唯见长江天际流。

唐人送别诗佳作颇多，这一首更是其中的神品。黄鹤楼旧址在今湖北武汉蛇山之黄鹤矶头，广陵即扬州，唐为广陵郡。孟浩然曾于开元十八年（730）东游吴越，李白此诗当为其时所作。

尽管别情依依，诗的基调仍然是阔朗的。前二句叙事，不仅落笔点题，交代了时、地、人、事，而且融情缀景，写得情深景丽。黄叔灿《唐诗笺注》云："'下扬州'着以'烟花三月'，顿为送别添毫。""三月"乃良辰，"烟花"状美景，扬州又是当时最繁华的都会，故人此时下扬州，不能不令人在留恋怅惘之外，添上几分艳羡向往之情。后二句写景，"碧空尽""天际流"六字极写水天一色、浩淼空阔之状，以传目送神驰、怅望依依之神。此种景象，唯有行者已远，而送者犹伫立不去、纵目凝望，方能得之。此种景语，实为情语。特别是末句，以流向天际的滚滚江水来象征友情和别意，具有"寓情于景而情愈深"（刘熙载《艺概》）的艺术效果。

沈德潜评太白七绝云："只眼前景、口头语，而有弦外音，使人神远。"（《唐诗别裁集》）这首诗正是这样的杰作。全诗写景入神，情传弦外，而且景象阔大、色调明丽，充分体现了盛唐时代的精神风貌。

（陈文华）

闻王昌龄左迁龙标遥有此寄

杨花落尽子规啼，闻道龙标过五溪。
我寄愁心与明月，随风直到夜郎西。

在李白赠友诗中，此诗以其特有的缠绵、深挚之情，温馨、摇曳之致称绝于世。王昌龄，字少伯，京兆（今陕西西安）人。他是李白的好友，也是盛唐诗坛上唯一能与太白争胜毫厘的七绝圣手。"左迁"即降官（古人尊右贱左），"龙标"在今湖南黔阳，唐时为蛮荒之地。天宝间，昌龄仅仅因为"不矜细行，谤议沸腾"就被贬为龙标尉，确实不能不"使知音者叹息"（殷璠《河岳英灵集》），李白此诗则是众多叹息声中最能给受者慰藉、令闻者动容的一篇。

前二句写景叙事，而情在其中。"杨花落尽"意味着春归花残、百草不芳；"子规啼"暗示其"不如归去"，却不能归去。如此落笔，既点明了时令，又蕴含着对友人无辜遭贬、飘零落寞的不幸身世的深切同情。"五溪"指今湖南西部的辰溪、酉溪、巫溪、武溪、沅溪，即昌龄贬地龙标所在区域。"过五溪"极言其远，"闻道"则流露出几分无奈和惆怅的情绪。这二句虽未直言"愁"字，"愁心"已自可见。

后二句借明月抒情。长夜怀友，辗转难眠，举头见月，乃发奇想：我还是把一片愁心托付给这千里与共、纯洁多情的明月，让它随风飘到远在夜郎（在今湖南芷江西南，系龙标分置）以西的友人身边去吧！这"愁心"，概言之，是为友人的处境而愁；细析之，则又包含着关切、不平、同情、相思等多种复杂的感情，真是缠绵悱恻，一往情深！昌龄见之，宁不为有此知音而心慰神畅？

借风、月以寄情，古本有之，如曹植"愿作东北风，吹我入君怀"（《怨诗》）、齐瀚"将心寄明月，流影入君怀"（《长门怨》）等，李白此诗"兼裁其意，撰成奇语"（敖英《唐诗绝句类选》），更觉情意深挚、气魄宏大，遂成千古绝唱。

（陈文华）

赠 汪 伦

李白乘舟将欲行，忽闻岸上踏歌声。
桃花潭水深千尺，不及汪伦送我情。

　　这是一首赠别诗。天宝中，李白游泾县（今安徽泾县）桃花潭，村人汪伦常用美酒款待他，临别，又亲至水边相送，白感其情，因作此诗以赠之。

　　诗分前后两个部分，前叙事，后抒情。诗人善用曲笔，前半言乘舟不言其地，言闻声不言其人，但"行"而言"将欲"，"闻"前着"忽"字，其留恋之意、望外之喜、感动之情已在言外。至后半点出"桃花潭"和"汪伦"，则不但补充交代了分别之地、送别之人，而且借潭水映衬别情，进一步写出了汪伦的一片深情和自己的感激留恋，前后浑成，情事兼至，因而格外动人。

　　"踏歌"是一种民间歌唱形式，歌者连手而歌，踏地以为节拍，且歌且行，气氛活泼而又热烈。桃花潭位于泾县西南，其水深不可测，是当时的游览胜地。太白信手拈来，既是本地风光，又是天然丽句。特别是"不及"二字，从反面说明汪伦对自己的情谊比潭水还深，景切情真，的非凡语，故深为后人称道。

　　　　　　　　　　　　　　　　　　　　　　　　（陈文华）

望庐山瀑布

日照香炉生紫烟，遥看瀑布挂前川。

飞流直下三千尺，疑是银河落九天。

此诗一题作《望庐山瀑布水》。瀑布水指庐山之开先瀑布，香炉峰即在其旁，以"其峰尖圆，烟云聚散，如博山香炉之状"（《太平寰宇记》）而得名。

太白胸襟宏阔，性情豪放，所写山水亦奇伟壮丽，此诗也不例外。首句写背景：以云端高峰衬出瀑布的高大雄伟，以氤氲紫烟衬出瀑布的空明奇丽。"生紫烟"三字，喻香炉峰顶上的游气，不仅副其名，而且传其神。二、三句转入对瀑布的正面描写。"挂"字以静写动，既合"遥看"之情，又合"飞流"之理。这三句极尽渲染、铺垫之能事，写出了瀑布背景之朦胧、形体之高大、泻落之疾速，造成其从云端飞落的假象，在此基础上推出末句的比喻，便显得十分自然贴切。以飞落的银河喻飞流的瀑布，不但声貌兼得，而且神理俱全，因此，尽管诗人用了"疑是"二字暗示其非真，读者仍不觉其为虚，太白取譬确实别具手眼。

宋代大诗人苏轼曾有诗云："帝遣银河一派垂，古来唯有谪仙词。飞流溅沫知多少，不与徐凝洗恶诗。"在贬斥中唐诗人徐凝《庐山瀑布》诗的同时，把本诗中的"银河"之喻推为古今第一妙喻，由此亦可见此诗比喻之新鲜而富于创造性。

（陈文华）

山中问答

问余何意栖碧山，笑而不答心自闲。
桃花流水窅然去，别有天地非人间。

　　这首诗一题作《山中答俗人》，是李白隐居安陆（今湖北安陆）白兆山（即碧山）时所作。诗用问答形式，借写山中幽景、隐居闲情来抒发对"人间"亦即现实的不满。

　　诗以"问"字领起，以写景代答，始终扣住题目。次句云"笑而不答"者，乃故作曲笔。这"笑"，既有几分怡然自得的意味，又有几分不屑的意味，所谓"可为智者道，难与俗人言"也。

　　正因不屑答、难回答，故不作正面回答，三、四句巧妙地从"心自闲"三字引发，写山中景物之"闲"，以景代答。"桃花"为浓艳之景，"桃花流水"却有淡远之致。落花无言、流水不返，诗人不写灼灼盛开之夭桃，却写随波流逝之落英，正是为了与喧嚣繁华的"人间"比照，来突出山中的宁静和幽美。"窅然去"三字传神地画出落花随着流水悠然远去的景象。这一任造化安排、在远离"人间"的山林中默默地自生自灭的桃花，不正是山中隐士的自我写照吗？当然，隐居并非李白本意，"大道如青天，我独不得出"，在悠闲的背后，他还有难言之隐，个中消息，读者可从末句得之。

　　前人曾云，陶渊明的《桃花源记》是"于污浊世界中另辟一天地”，从此诗可知，太白也是不满于“人间”之污浊才决意栖隐在这“别有天地”的碧山之中的。这就是答案！但诗人并不一直说破，而是通过创造“淡而愈浓，近而愈远”（李东阳《麓堂诗话》）的意境，来作“不答”之答，这就使此诗读来如羚羊挂角，别具神韵。

（陈文华）

黄鹤楼闻笛

一为迁客去长沙，西望长安不见家。

黄鹤楼中吹玉笛，江城五月落梅花。

此诗亦题作《与史郎中钦（一作"饮"）听黄鹤楼上吹笛》，是李白乾元中流放夜郎途经武昌时所作。诗中借闻笛抒迁谪之感，"凄切之情，见于言外，有含蓄不尽之致"（《唐宋诗醇》）。

前半写所感。李白为了平逆胡、安社稷而参加永王璘的幕府，结果却获罪被流放，故此诗起句即自称"迁客"，用西汉贤臣贾谊被谗贬长沙事来为自己辩白。朝廷虽然寡恩，"迁客"却仍不免有眷恋之情，次句的"西望长安"四字正表达了这种去国怀乡之情。然关山阻隔，迢递万里，路至武昌，已望而不见，南到夜郎，则更何以堪?! 诗人的失望和惆怅是不难想见的。

后半写所闻。正在诗人羁愁难遣、搔首踟蹰之时，从黄鹤楼中传来阵阵《梅花落》的笛曲声，那清越的笛声随风四播，诗人听着、听着，仿佛看到满天的梅花飘落而下，飞飞飏飏地洒遍了五月的江城。笛声清冷，诗人的心情更凄冷。而将《梅花落》倒作"落梅花"，既传神地写出了笛声从高楼传出，远播散落的情境，又用通感手法进一步烘托渲染了愁情，实不仅趁韵而已。

此诗结构上也独具匠心：诗人先写思家，后写闻笛，因闻笛而益添乡思，遂使前后意脉相联，于言外加深了迁谪之感。 （陈文华）

早发白帝城

朝辞白帝彩云间，千里江陵一日还。

两岸猿声啼不住，轻舟已过万重山。

此诗一题作《白帝下江陵》。乾元二年（759），李白因永王璘事长流夜郎，行至白帝城（在今四川奉节境内）遇赦东归，喜极而作此诗。

诗人朝发白帝，暮至江陵，舟行一日，水程千里，其迅疾自不待言，其喜悦更不待言。起句"彩云间"三字既点出动身之早——唯其早，才有霞光满天，又点出白帝之高——唯其高，才为彩云笼罩，落笔已成高屋建瓴之势。次句又以"一日"与"千里"构成时空上的强烈对比，遂使三峡之险、江流之急、"舟行者帆橹不施，疾于飞鸟"（俞陛云《诗境浅说续编》）之景如在目前，而诗人急归喜悦之情也因此溢于言表。因为绝处逢生，喜从天降，所以把不久前挥泪诀别、以为此生再无到日的江陵也视若家乡一般。一个"还"字，正是这种心情的真实流露。

三句为全诗之点睛妙笔。三峡多猿，郦道元《水经注》已有"常有高猿长啸，属引凄异，空谷传响，哀转久绝"的记载，此句即袭用郦文来绘出三峡风景，点出轻舟疾下。正因舟下如飞，故觉万山猿啼声声相接，不绝于耳。而郦文旨在写其悲，此诗意在形其喜：啼声未绝，万山已过，非唯写舟轻，实亦为诗人欢畅心情之生动写照。桂馥云此句"能使通首精神飞越"（《札朴》），正缘此。

全诗如三峡流水，于一气奔放中寓流转回宕之美，而笔调之轻捷、神韵之俊爽、节奏之明快，更使此诗情生气动，惊风雨而泣鬼神，故被后人推为唐绝的压卷之作。

（陈文华）

陪族叔刑部侍郎晔及中书
贾舍人至游洞庭

（五首选一）

南湖秋水夜无烟，耐可乘流直上天。

且就洞庭赊月色，将船买酒白云边。

乾元二年（759），刑部侍郎李晔贬官岭南，行经岳州（今湖南岳阳），与遇赦返回的李白、谪居岳州的贾至同游洞庭湖，白作七绝一组（共五首）记其事。这是其中第二首，写洞庭夜泛，发清狂之思。

首句写洞庭夜景。"南湖"即洞庭湖。洞庭胜状万千，四时之景各异，此云"秋水"者，明点节令，暗示湖水之清澈澄明。"无烟"二字则进一步写出湖上夜空的清朗——因为秋高气爽，月明风清，故觉长烟一空，分外光明。全句从水清写到天清，令人感到湖光天色一片空明，水天相接之景象如在目前。

后三句即景联想，发清狂之思。在这水天一色的境界里，诗人首先从泛舟水上联想到乘流上天。"耐可"，"哪可""安得"之意。怎么能够随着这浩浩秋水直上青天？次句虽以问语出之，"直上天"三字却显得十分决绝。看似异想天开，却真实地反映了诗人超脱现实、飘然出世的愿望。然而，青天高不可上，故三、四句转写人间的赏心乐事：还是暂且借着洞庭的大好月色，移船向白云边的酒家去买酒取乐吧！"赊"，有向洞庭乞借之意。这种将洞庭人格化的写法，使人更感洞庭可亲，月色可掬，诗人可爱。"白云边"即水天相接处，湖水与白云相接，可见湖之辽阔。船到白云边，既可理解为即将上天，也可理解为留在湖上，因为这正是天和湖的交界处！只到白云边而暂不上天，正可见诗人欲去还留的矛盾心情。

徘徊于出世与入世之间，这是李白在许多作品中都曾流露过的心理状态，这首诗也含蓄地表达了这种苦闷。

（陈文华）

常　建

常建，生卒年、字号、籍贯均不详。开元十五年（727）与王昌龄同榜进士。一生沉沦失意，仅于天宝中官盱眙（今江苏）尉，后隐居鄂州武昌（今属湖北）西山。其诗旨远兴僻，词意警绝，语言洗炼，艺术造诣极高。多为山水田园诗，与王维、孟浩然、储光羲卓然抗行。也有少量优秀边塞诗。有《常建诗集》三卷。　　　　　　　　　　　　　　　　　　　　　　　　　　（应　坚）

吊王将军墓

嫖姚北伐时，深入强千里。

战余落日黄，军败鼓声死。

尝闻汉飞将，可夺单于垒。

今与山鬼邻，残兵哭辽水。

这是一首哀挽诗。殷璠《河岳英灵集》推为常诗之冠。诗写武则天秉政时期的一次著名战争。万岁通天元年（696），唐军与契丹发生战争，唐将王孝杰统兵出战获胜。神功元年（697），契丹又反，声势浩大。王将军再度出战。由于后军总管苏宏晖贪生怕死，临阵脱逃，唐军失去后继，营中溃乱，为敌所乘。以致全军覆没，王孝杰战死。

全诗共八句，为五言古体。一、二和五、六句借对汉朝名将霍去病（曾封嫖姚校尉）深入千里，痛击匈奴，勒石记功和李广身先

465

士卒，勇夺单于营垒的勇武业绩的歌咏赞颂，表达唐军最终必胜的时代信念；三、四和七、八句具体描写了这场战争最后失败时的悲壮场面，隐含了诗人的深深惋惜和对牺牲将士的崇敬与哀悼之情。

诗思精巧，选择素材时运思独苦。由于篇幅的限制，诗人不可能详尽具体地描摹战争宏伟辽阔的全景场面。因此，诗人选择了特殊的角度，运用烘托和侧写点睛的艺术手法，得辞炼旨远之功。三、四句和七、八句是全诗警策，首先，"落日黄"三字为全篇安置了情景交炼、内涵极为丰富的大背景：黄云凝暮，残照远山。战争的胜败已不言自现。而"鼓声死"更是独出心裁，声情并重，启人想象。象征进攻的激越鼓声逐渐暗淡而终于凝绝熄灭，这幅听觉画面虽然也未正面展示战斗的残酷激烈，但战士们慷慨赴死，前仆后继，"相看白刃血纷纷，死节从来岂顾勋"（高适《燕歌行》）的悲壮场景已活现在读者眼前，具有强烈的艺术感染力。末两句"今与山鬼邻，残兵哭辽水"运笔仍然回旋委婉，既是比喻，又是因情设景，形象而又含蓄地再现了战斗结束时将士们鲜血流尽、尸横荒野的惨烈景象。残兵的哀哭，在五、六句李广勇武战绩后，于反衬对比中，进一步突出了"出师未捷身先死"（杜甫《蜀相》）的不平与悲怨之情。殷璠认为，潘岳虽云能叙悲怨，但也未见如此章者。

全诗虽然写了一场失败的战争，色彩凝重惨淡。但场面悲壮，激人奋发。霍去病、李广两典的运用，使全诗略无颓丧之气；而"尝闻""可夺"二词组尤有深意，反见王将军虽勇如李广，而竟兵败身死，从而隐含对苏宏晖脱逃，乃至边事用人不当的谴责。这种气势与含义，正是盛唐恢宏博大的时代精神的反映。　　　（应　坚）

题破山寺后禅院

清晨入古寺，初日照高林。

竹径通幽处，禅房花木深。

山光悦鸟性，潭影空人心。

万籁此俱寂，惟闻钟磬音。

破山在今江苏常熟，山中有兴福寺，南齐时已小有名气。常建题诗禅院后，寺院更是名播遐迩。宋朝大书法家米芾慕名游寺后，曾亲笔书写了常诗，今碑刻尚存。

诗为五言律诗的变体，首联用流水对而次联不对仗。全诗主旨是借山林寺观清远深静的环境，抒写旷远淡泊的胸襟，和追求山水林泉之乐的隐逸之情。

首联是全诗总起，点示时间、环境，语言朴素，句法也十分平易。颔联平中见奇，"幽处"巧妙地逗起读者的美感期待，"竹径"却意味深长地延长了这种期待。"禅房花木深"，佳境突现，顿使人眼前一亮，因期待的满足自然而然获得了审美的愉悦。

下面四句，诗人轻松地将笔锋随手转到另一片山水佳景之中，青山妩媚，飞鸟多情，潭水欣然拥抱诗人身影，以其澄明纯净，洗涤诗人心中的俗尘。"空"字点题，是全篇诗眼。诗人游寺访禅，本怀浑融虚静之心，只是随意浏览，即兴写意，不想去刻意追求什么。因此，全诗虽以禅院为抒情环境，但着眼点却不尽在谈禅说佛上。进寺之后，青青的竹径，掩映在桃红柳绿之中的幽静禅房，山光鸟性无不契合诗人悠闲清远的襟怀。而此时又突现一汪碧绿的深潭，潭水空明清澈，了无纤尘，正与诗人心中清远淡泊、冲和纯净的理想境界悠然神合，一个"空"字，将情与景、主观与客观完美地融合在一起，含蓄地表达了诗人似露非露的隐逸趣向。

殷璠《河岳英灵集》认为此诗颈联最佳，"为一篇之警策"。而欧阳修则独赏颔联，几次仿作而终不可得。其实，此诗全篇皆工。以尾联为例，前面七句的气氛意境着眼在"静"，从用词上看，"古""高""幽""深""影""空""寂"也都突出了"静"。但就这样一味写静，缺少抑扬的情致，意境也显得沉闷单调。因此，诗人在煞尾"万籁此俱寂"句欲扬先抑的巧妙反衬之后，末句"惟闻钟磬音"以声表静。这样一来，不仅大大强化了全篇"幽静"的效果，而且将诗意从"目遇之景"伸向"神遇之景"，进入想象中的更加辽远无垠的审美境界。诗潜在的艺术内涵与容量进一步增加了，给人余韵悠然、言毕而意不尽之感。

（应　坚）

泊舟盱眙

泊舟淮水次，霜降夕流清。
夜久潮侵岸，天寒月近城。
平沙依雁宿，候馆听鸡鸣。
乡国云霄外，谁堪羁旅情。

　　这是一首羁旅诗。盱眙在今江苏苏北，常建自开元十五年进士登科后，曾做过盱眙县尉。官卑职低，又远离故土，从诗中看，其孤独失意是不言而喻的。

　　夜泊淮水，秋气萧森，冷霜飞降，夜水清寒。诗一开始，就为全篇奠定了抒情写景的纯冷色调。接下来诗人舟中的见闻和感受，无不契合这种清迥孤寒的意境。夜深了，洪波涌起，潮声拍岸，打破了寂静；月色泛清辉，秋霜闪银光，二者水乳交融，天地间距离也仿佛一下子拉近。不远的沙洲上，雁已沉睡，馆驿的旅客却未能成眠。正辗转反侧之际，一声鸡啼，更使其感到旅况的凄清。

　　颔、颈两联属对极工，"潮"与"月"，"鸡鸣"与"雁宿"，一动一静，一喧哗一寂默，景物搭配组合巧妙，显示了诗人独具的匠心；此外，两联情景交炼，"夜潮""寒月""平沙""候馆"为全篇勾勒了幽独清冷的环境轮廓，也为尾联的抒情点题铺设了恰当的意境氛围。寒霜冷波，依雁夜宿，已引起诗人孤子清寥的凄凉感受，联想自己孤篷漂泊，仕途失意，不禁触悲于怀，夜不能寐。正在烦闷惆怅之际，耳边又陡然传来金鸡的啼唱，引起诗人对家园不可遏止的思念，尾联"乡国云霄外，谁堪羁旅情"蓄势已足，顺势跌出，至此，情景完美地交融在一起。

诗以叙事写景起，以抒情写心作结，这是盛唐山水诗常见的笔法。全诗构图疏朗简洁，着色朴素清淡、意境清迥、语言洗炼，其艺术造诣在唐诗中堪称上乘。

（应　坚）

三日寻李九庄

雨歇杨林东渡头，永和三日荡轻舟。
故人家在桃花岸，直到门前溪水流。

这首七言绝句，描绘了一次寻访友人的愉快旅程。全诗着墨不多，且一路平叙，构图单纯，但却为读者展示了一个清新脱俗的美好境界。

一、二两句写启程的地点、环境，也交代了时令节候为农历三月三日上巳节。"永和三日"，典出王羲之《兰亭集序》，晋穆帝永和九年这一天，山阴兰亭曾举行过著名的文人聚会。诗人选在这一天访友，也有附和古人雅兴之意。经过一场春雨，春水涨满了溪岸，渡口的杨柳也愈加青翠，真是春游探友的好日子。泛舟清溪，寻幽探胜，一个"荡"字体现了诗人轻松愉悦的心情。三、四两句采用速写手法，淡淡两笔，简单勾勒了李九庄的环境轮廓：临近水边，桃花夹岸；红树青溪，满眼清丽。小诗至此就戛然而止。

细细品味，三、四两句是全诗佳构。桃花妩媚，流水多情，景物已够美丽迷人。但作者进一步不露痕迹地把李九庄比作现实中桃花缤纷、超然世外的武陵桃花源，这样一来，顿使全篇情蓄景中、趣余墨外。一方面，李九庄超凡脱俗，绝尘物外，启人遐想；另一方面，故人李九的形象也在清晰与模糊之间，似隐似露，似仙似俗，激发了读者的想象；更巧妙的是，诗作本身的隐逸主题也通过对李九庄的描绘含蓄地流露出来。常建自开元十五年（727）进士登科之后，仕途颇不如意，遂放浪琴酒，追求山水隐逸之乐，李九庄正是诗人心中神往的境界。

全诗叙事写景，朴素洁净，意境清丽脱俗，读后回味隽永。

（应　坚）

刘眘虚

刘眘虚，旧称江东人，实为新吴（今江西奉新）人。开元进士，曾任洛阳尉及夏县令。淡于名利，结交僧道，性情高古。殷璠称其诗"情幽兴远，思苦语奇"（《河岳英灵集》），在当时的诗坛上有一定影响。《全唐诗》录存其诗一卷。

（丁如明）

阙 题

道由白云尽，春与青溪长。

时有落花至，远随流水香。

闲门向山路，深柳读书堂。

幽映每白日，清辉照衣裳。

此诗原当有题，后不知何故脱佚，所以称阙（缺）题。诗似写往访山中友人时的情景与感受，淡雅自然。

前四句写路中所见。首句点出友人的居处——在白云生处，可以想见友人离绝尘寰的住所和高洁的志趣，与第五句遥相呼应。第二句点出往访时间，是春光明媚的日子。"春与青溪长"即一路春色的意思。颔联紧接第二句，岸上的落花不时飘入青溪，或者洒上诗人的衣襟，从中可见诗人闲闲而行，信步观赏的情态和沐浴在春光中的喜悦之情。如果说第三句写的是山色山光，则第四句就是写山的气息。香风随着青溪远去，令人陶醉。所以这四句虽未见友人的居处，但言外又处处显出友人住所的清雅。这是未见其人、先写其境的烘托手法。

后四句写到了友人住所后的所见。因来客稀少，主人又是耽于学习，所以"门虽设而常关"（陶渊明《归去来兮辞》），成了"闲门"。门对着山路，可能还有一层"智者乐山"的意思。诗人进得门来一看，只见主人的书屋深藏在杨柳丛中。这两句虽未及人，但主人的身影宛然——是谁开的门，是谁向诗人作介绍指点呢，自然是山居的友人了。我们仿佛能从这两句中看到主客携手而进的形象，听到两人亲切交谈的语言。而主人冲淡的襟怀、勤奋读书的旨趣也通过这客观的环境描写隐现了出来。尾联是第六句的补述，因为书屋藏于柳荫深处，所以虽在白天，这儿还是一片浓阴，阳光从密密的柳叶中穿过空隙，洒落到衣襟上，留下斑驳的、飘动的清辉。末两句增加了几分幽静的氛围。

这首诗的写作特点是全诗运用一个个意象，随着诗人步履的转换而不断变动，以显示主题。从这一点上来说，有些近似西方的意象派诗，但从全诗的立意及多使用关联词、虚词等方面来看，两者又完全不同。

（丁如明）

丘 为

丘为（生卒年不详），苏州嘉兴（今浙江嘉兴）人。天宝初进士，累官太子右庶
子。卒年九十六。曾同王维唱和，与刘长卿为知交。其诗今存十三首，大抵为
五言，内容多写田园风物，意境清幽淡逸，为盛唐田园山水诗派作者之一。

（曹光甫）

山行寻隐者不遇

绝顶一茅茨，直上三十里。

扣关无僮仆，窥室唯案几。

若非巾柴车，应是钓秋水。

差池不相见，黾勉空仰止。

草色新雨中，松声晚窗里。

及兹契幽绝，自足荡心耳。

虽无宾主意，颇得清净理。

兴尽方下山，何必待之子？

　　此诗一题作"寻西山隐者不遇"，《世说新语·任诞》载王徽之
（字子猷）居住山阴（今浙江绍兴）时，曾于雪夜乘轻舟连宵至剡
溪寻访隐士戴逵（字安道）。辛辛苦苦地到了他家门口，却不入而

返。有人问原因，他说："吾本乘兴而来。兴尽而返，何必见戴？"这就是脍炙人口的"雪夜访戴"故事。丘为这首诗篇末揭出"兴尽下山"的意趣，其清迥拔俗、旷达任诞的精神世界与王徽之后先映衬，一脉相承。从"寻访""隐者""不遇"三个主要环节上看，此诗构思也与"雪夜访戴"有共通之处。当然王徽之是有意不遇，丘为则在有意无意之间。但就遇与不遇都无关紧要、重点抒写主人公情怀而言，两者是一致的。其显著的区别则在于一是夜间"舟行"，一是白昼"山行"，而意境隽永相伯仲。

　　这首五言古诗前八句就题敷写，重在记叙；后八句就题生发，重在抒情。起二句写隐者居处之孤高峻绝与寻者之攀登艰难，用大刀阔斧的质直语言凸现主客两人同一痴绝而其实脱俗的品格，有丰富而耐人寻味的内涵。接着四句写不遇。"无僮仆""唯案几"，是实景，状写简净；"巾柴车""钓秋水"，是虚拟，却分用陶渊明及庄子之典，味外有味。实写与虚拟都切合隐士清高脱俗的生活情趣。"差池"二句收束上文，反映此次寻访的虔敬与不遇的感喟。这种远道辛苦而来，却未能谋面的失望是人之常情，但若过分渲染，就不免凡庸，所以诗中点到即止。"差（cī）池"，原意为参差不齐，此有交叉而过的意思。"黾勉"，这里含有殷勤恳切之意。"仰止"，是《诗经》"高山仰止"的简化，谓仰慕。

　　"草色新雨中"四句，前二句写出环境之幽，心境之清，是隐者形象的物化。后二句说这种"幽绝"而能使心耳荡漾愉悦沉醉的声色，只有高士才能心领神会，它与世俗对浓桃艳李、急管繁弦的喜好迥异其趣。四句由景及情，景中有人，兼及主客，又是由前半篇故人不遇不免"失望"之常情，巧妙地翻出后半篇于清景妙寓不期而遇因而"满足"之新意，堪称状景名句。以下六句都由此生发，抒写此行不遇而遇的欣慰之情。这一意蕴上的跌宕，形成此诗构思上出奇制胜的特色，无疑也受到"雪夜访戴"故事的启示。

全诗以寻访隐者这一契机为宾，袒露诗人本身情怀为主，处处写隐者，又处处形自己，两者夹写而妙合无痕，两人性情都跃然纸上，其艺术魅力在此。就题材而言，此诗属田园隐逸之类，其语言洗尽铅华，以质朴雅净见长。

（曹光甫）

储光羲

储光羲（707—760?），兖州（治所在今山东兖州北）人，一说润州（治所在今江苏镇江）人。开元十四年（726）进士，历官至监察御史。安禄山陷长安，曾任伪职。乱平受贬，死于岭南。诗多写山水田园，向往隐逸，追求淡朴，因而前人每将其与王维、孟浩然相提并称。其诗体多五古，往往取法魏晋，殷璠谓曰："格高调逸，趣远情深，削尽常言"（《河岳英灵集》）。实则其诗质朴有余、空灵不足，艺术成就不及王、孟。原有集，顾况曾为之序，今佚。《全唐诗》辑其存诗为四卷，凡二百余首。

（周圣伟）

田家即事

蒲叶日已长，杏花日已滋。

老农要看此，贵不违天时。

迎晨起饭牛，双驾耕东菑。

蚯蚓土中出，田乌随我飞。

群合乱啄噪，嗷嗷如道饥。

我心多恻隐，顾此两伤悲。

拔食与田乌，日暮空筐归。

亲戚更相诮，我心终不移。

这是一首田园诗，写一个老农在春耕季节中一天的劳作生活。

可分为三个层次。第一层开头六句，写蒲叶渐长、杏花日繁，春播来临，老农不误农时，抓紧耕作，一清早就起来喂牛，随后即到田里去犁地。"蚯蚓土中出"以下四句为第二层，写老农犁地时，乌鸦飞随左右，嗷嗷乱叫，竞相争啄食物，饿相毕露。最后六句为第三层，写老农的恻隐之心。他既悲自身食不果腹，更怜悯乌鸦饥肠辘辘，毅然将自己的饭食喂饲乌鸦，傍晚回家遭到亲戚讥笑，仍不后悔。

从东晋陶渊明到盛唐王维、孟浩然，田园诗反映农家生活，大都偏重于表现其淳朴、宁静、自在、闲适、富有生气等令人心往神驰的一面，而对其劳苦、贫困、生计维艰的一面却较少顾及，这可能与他们厌烦尘世羁绊，向往回归自然的心理定势有关；其实，封建专制统治下的乡村田园何曾真是世外桃源？而唐诗中此类作品却较多出现，储光羲这首《田家即事》就透过"田家乐"的表面现象而触及农家生活的实质，体察到其中的艰苦辛酸。诗中老农不误农时，"日出而作，日入而息"，辛勤耕种。却依然不免忍饥挨饿，农家生活之真况实味可见一斑。诗歌第二层次描写的群乌觅食，还对当时饥荒严重的具体程度作了意蕴丰富的暗示。穷年荒岁，野无遗粟，连乌鸦都饿得嗷嗷乱叫，在老农左右追随犁铧，竞相啄食被新翻出土的蚯蚓。连生来就靠天地自然生存的禽鸟尚且如此，人之饥馑不难想知了！

这首叙事诗继承了汉乐府"感于哀乐，缘事而发"的优良传统，其艺术表现特点于汉乐府亦多所承继。叙事简洁而又明达，词语质朴不求文采，就眼前事、身边物，说家常语、心里话，切合老农的身份和实情，而采用第一人称作为叙述角度和诗中"老农"的自我称谓，更使全诗显得语气亲切、真实感人。凡此种种，会同其所采用的五古形式，使得此诗饶有汉乐府的风貌神采。

（周圣伟）

登戏马台作

君不见宋公杖钺诛燕后，英雄踊跃争趋走。

小会衣冠吕梁壑，大征甲卒碻磝口。

天开神武树元勋，九日茱萸飨六军。

泛泛楼船游极浦，摇摇歌吹动浮云。

居人满目市朝变，霸业犹存齐楚甸。

泗水南流桐柏川，沂山北走琅邪县。

沧海沉沉晨雾开，彭城烈烈秋风来。

少年自言未得意，日暮萧条登古台。

戏马台故址在彭城（今江苏徐州）东南，据传西楚霸王项羽曾在此戏马，因而得名。南北朝时，东晋大将刘裕（后灭晋建宋，史称宋武帝）几度在此宴会群僚，戏马台于是声名远播，成为淮上的登临胜地。储光羲此诗就是在游历戏马台时写下的。

这首登临之作如按内容分可划为三个层次。前十句为第一层次，缅怀刘裕其人其事。刘裕是东晋的风云人物，他出身贫寒，投身刘牢之幕下，靠军功逐步晋升，直至击败桓玄，掌握军事大权。晋安帝义熙五年（409），刘裕率舟师取道彭城攻击南燕，次年擒获南燕王鲜卑族首领慕容燕，大大鼓舞了汉族收复中原失地的志气，天下英雄纷纷投效其门下。义熙十二年（416），刘裕晋封宋公；同年，属下孔靖有事请归，刘裕于彭城东南之吕梁洪为之饯行，大宴群僚。文会风流，为一时之盛。义熙十三年，刘裕留左将军向弥戍守碻磝（城名，故址在今山东茌平西南），自己亲率大军由彭城出发指向河洛，八月攻克长安，灭亡后秦。诗歌开头四句，即着重描述了刘裕的战绩军功，赞扬他曾干下一番轰轰烈烈的事业。第五至第八句，写刘裕功成之后，于重阳节在戏马台宴飨部下，楼船遍地，歌声震天，极尽欢乐，竭力渲染当时的热闹气氛。九、十两句，承上启下，强调虽然时代变迁，但其功业永垂后世。这十句诗，围绕刘裕在戏马台的往事陈迹落笔，写得紧凑、连贯，颇有气势。而且，诗人在概括叙述这些史事时，往往穿插以简洁的描绘或渲染，如"杖钺""趋走""泛泛""摇摇"等，使其生动可感；而"君不见"三字的提唱，更诱导读者展开想象，使这沉埋千年的历史往事再现目前。

　　"泗水南流"以下四句为第二层次，描写登戏马台所见的望中景象。诗人以南、北、东、西为其次序，每个方向各取一景进行描绘。南写泗水，北写沂山，东写晨雾，西写秋风，不论是摹山抑或拟水，作者一概略其形迹而取其态势，以"流""走""开""来"显示物象之流走飞动，景象阔大而富有生气。况且，"沉沉晨雾"与"烈烈秋风"似乎还有所含蓄，好像暗示了刘裕轰轰烈烈的丰功伟业正如这扑面而来的秋风叩击着作者欲有所为的心胸，而弥漫四周的晨雾则仿佛加重了作者少年失意、郁闷的深沉叹息。情寓景中，意溢象外，令人玩味。

末两句为第三层次，作者抒发胸臆，表露出少年落拓不得其志的忧伤。所谓"卒章显其志"，是本诗的旨归所在。由此，可知诗人在前面层层铺叙刘裕的战绩军功，志满意得，恰是为了映照自身功业无成，怀才不遇；而其大肆渲染戏马台往昔的繁闹欢乐，亦意在反衬今日之萧条冷清，借宾现主，运思良苦。

此诗在形式上属七言歌行，四句一韵，仄平交替，两度递转。值得指出的是，其韵脚的转换与内容的变易呈交错状态。如第二层次四句，前两句与第一层次之末两句同押一韵，后两句与第三层次之两句同押一韵，将三个层次连通如一。读来既可见内容之层次分明，又觉起伏跌宕、流畅不滞，有一气呵成之妙。　　　　　（周圣伟）

新丰主人

新丰主人新酒熟，旧客还归旧堂宿。

满酌香含北砌花，盈樽色泛南轩竹。

云散天高秋月明，东家少女解秦筝。

醉来忘却巴陵道，梦中疑是洛阳城。

  此诗属应酬之作。诗人作客新丰，受到主人的盛情款待，有感于主人的高情厚谊，写此诗以致谢。

  新丰是古县名，相传为汉高祖刘邦所设。刘邦灭秦后，定都关中，而其父却思归故乡，刘邦于是在秦地骊邑仿故乡丰县风貌筑一城以安父亲之乡思，命名为新丰。隋炀帝大业年间，将新丰县治迁至今陕西临潼东北。储光羲曾几度行次新丰，集中除本诗外，尚有《新丰道中》《新丰作贻殷四校书》等诗。本诗就句中"巴陵道"观之，似作于南贬之时。

  前二句写作者与新丰主人交往已久，友情深厚。主人新酒方熟，便热情邀请作者再来作客，共品佳酿，且虚室以待，足见心意之诚；而作者则欣然前往，既以"旧客"自许，又抱宾至如归之想，足见相契之深。三、四句写主客对饮。上句写酒香浓烈犹如阶下菊花，下句写酒色清纯仿佛窗前翠竹。"满酌""盈樽"，既可见主人款待殷盛，又可见二人酒逢知己、千杯恨少的豪兴。五、六句写酌酒时周围环境优雅，气氛怡人。时值清秋，天高云淡、朗月当空，又有妙龄少女，手抚古筝，清音侑酒。如此美景良辰，赏心乐事，即便酒不醉人，人亦自醉，于是自然逼出尾联欲仙欲醉、似幻如梦的感叹，忘却身在贬中而竟自以为还在歌弦遍地的洛阳了！

全诗以称赞新丰主人为中心内容，而以酒为布局线索。首联以"新酒熟"写其热情相邀；二联以酒色纯香浓写其殷勤款待；三联以饮酒之环境气氛暗示主人之清韵雅趣；尾联则以自己酒后的愉悦感受向主人委婉致谢。全诗酒与新丰主人两者紧相关合、互为表里，并行始终，可见作者构思之绵密巧妙。

诗歌第二联堪称佳构。两句诗就眼前景物触发联想，取为比喻，以花香竹色将新酒之清醇浓郁生动写出，而且"北砌花""南轩竹"还于暗中渲染了饮酒环境之清雅，一石双鸟，词不虚设。

在诗体形式上，此诗亦值得注目。从对仗看，全诗除五、六句外，均用对偶，一、二句并用句中对；从平仄看，全诗除一、二句外，其余各联，单句平仄均合近体诗之规则法度，这两点可见其形式与七律之近似。然而，此诗不讲粘对，叶韵则前四句入声、后四句平声，这又显然与七律乖背。凡此，都反映出七律与七古的关系。

（周圣伟）

咏 山 泉

山中有流水，借问不知名。
映地为天色，飞空作雨声。
转来深涧满，分出小池平。
恬澹无人见，年年长自清。

　　这是一首咏物诗，诗名一作《题山中流泉》。虽然不知诗中所
咏流泉出于何山，也不了解作者写此诗的年月、动机等有关背景材
料，但体味诗歌本身，可明显觉察到，诗人笔下这恬淡清澈的无名
流泉，似乎寄寓了作者的某种人生追求，因而又可视为托物言志
之作。

　　就描绘景物形象姿态之生动来看，此诗颔联"映地为天色，飞
空作雨声"两句，可谓生花妙笔。此联上句写泉水之静态，借镜为
喻，以其映照青冥，以至水天一色、天地难分的情状，显示其澄澈
空明，把无色无相、颇难摹状之景象清晰地呈现于读者眼前；下句
写泉水之动态，以雨作譬，声态兼顾，生动描绘出泉水流经断崖峭
壁，飞流直下，水花四溅、落地有声的景况。两句诗造语淡朴，去
尽铅华，但意蕴丰富，描述练达，且取喻于日常习见的事物，容易
为人感知。

就作者写此诗的用意而言，描绘山泉之形态色彩或许尚在其次，首要者仍在于赞赏山泉安恬淡泊的品性和清操自守、长年如一的精神。因而，此诗首、尾两联那看似随口道出、信笔写来的诗句，恰恰是诗人经心着意之处，寄托了他的人生志趣。储光羲生平事迹史载阙如，从其存诗看，他与王维、綦毋潜等过从甚密，且多与禅师道士往来，向往隐逸、淡泊名利是他诗歌中时或可见的一个内容，抑或也正是他写这首《咏山泉》的一个思想动因。在他看来，山泉没有名声，却有高洁的品性；不为人知而能长年自守清操、恬淡自得，这其实是心怀隐逸之士应有的修养、应努力追求的境界。因此，他对这默默无名的普通山泉真心关注而青眼有加，不唯绘其形貌，更且会其精神，将其人格化而寓托自己的志趣，从而使这首咏物诗的诗味悠然象外。

（周圣伟）

江 南 曲

（四首选一）

绿江深见底，高浪直翻空。
惯是湖边住，舟轻不畏风。

《江南曲》是乐府古题，属"相和歌辞"中的"相和曲"。魏晋以来，诗人大都以此描写江南水乡风光和船家生活，储光羲此诗亦即沿袭旧例。

这首小诗表现了渔家儿女敢于搏击风浪的豪情和自信。江上水深流急，白浪排空，而渔家儿女对此却毫不畏惧，驾着一叶扁舟，穿波踏浪，如履平地……前两句描写景物，意图在映衬后两句，以风急浪高的凶险环境显示出渔家儿女无所畏惧、搏击风浪的豪迈精神。后两句"惯是湖边住，舟轻不畏风"，拟驾船者的口吻写出，平易亲切，表现出渔家儿女艺高胆大、视险如夷的自矜自信，也使这首小诗散发出浓郁的民歌风味。

品读这首小诗，犹如观赏现代体育运动中的冲浪。一方面，江面上风急浪高、凶险四布，驾船者无所畏惧、顶风破浪的画面使人惊心动魄，感受到惊险、雄奇和力量；另一方面，江水之鲜丽（绿）澄澈（深见底），弄潮儿艺高胆大、小楫轻舟、履险若夷的图景又使人心旷神怡，感受到和谐、优美和智慧。

（周圣伟）

陶　翰

陶翰，生卒、字号均不详。润州（治所在今江苏镇江）人。开元十八年（730）进士，次年中博学宏词科，官至礼部员外郎。开天年间颇有文名，其进士试《冰壶赋》享誉尤远。为诗，词意双美，殷璠《河岳英灵集》评曰："既多兴象，复备风骨，三百年以前方可论其体裁。"集中《送朱大出关》等诗，颇有左思风调。有《陶翰集》，顾况曾为之序，今佚。《全唐诗》辑其存诗一卷。　（周圣伟）

出萧关怀古

驱马击长剑，行役至萧关。

悠悠五原上，永眺关河前。

北虏三十万，此中常控弦。

秦城亘宇宙，汉帝理旌旃。

刁斗鸣不息，羽书日夜传。

五军计莫就，三策议空全。

大漠横万里，萧条绝人烟。

孤城当瀚海，落日照祁连。

怆矣苦寒奏，怀哉式微篇。

更悲秦楼月，夜夜出胡天。

　　这是一首边塞诗。作者行经著名隘口萧关，感怀边境战事连绵，景象萧条，抚思古今，顾念国事，遂作此篇以见情怀。

　　诗为五言古风，四句一节，可分为五节。第一节交待行止并揭出所以怀古之因由。萧关一名障关，故址在今宁夏固原东南，是关中与塞北的交通要冲，也是兵家必争之战略要地。西汉时，汉兵与匈奴数番争战，常由萧关出入进退。唐中宗神龙元年（705），特置萧关县（治所在今宁夏同心东南，距固原一百余里），作为屏障关中，防御吐蕃或突厥入侵的边塞重镇。陶翰对边塞战事多所关心，且长怀马背立功之理想，此番驱马出塞，行经萧关古战场，触景生情，怀想古今，在所当然。第二节怀想秦汉旧事。边境战事频繁，由来已久。秦始皇修筑横亘东西的万里长城，即为防范匈奴南侵；汉武帝数番攻伐匈奴，也是为了杜绝祸患，求得边境安宁。然而其成效如何？第三节"刁斗鸣不息"以下四句对此作了回答。刁斗是古代军中所用铜锅，白天煮饭，夜晚敲击以值宿巡更。羽书即插有鸟羽的军事文书，用以传报紧急军情。刁斗常鸣，羽书频传，可见战事连绵，边患并未消除，朝廷对此焦虑担忧却又无良计妙策予以解决。这几句诗，是回顾历史，也是写照现实，诗人吊古伤今，将笔触从秦汉延伸到他所生活的唐代，揭示了边境战争之历史漫长，为患久远。第四节"大漠横万里"诸句描绘景物，突出描写了边塞风景的荒芜、萧条、寂寥、冷落，既承接上文，形象反映了连年战争造成的严重后果，又暗寓悲怆，为下文抒发情思先行铺垫。最后一节作者抒发感叹，对饱受战争之苦的征人思妇深怀同情，哀其不幸。"苦寒奏"指乐曲声调凄苦，令听者心寒。虽说是作者之感受，实际上却反映了吹奏者——边防士兵因长年离井背乡、风餐露宿、死生未卜而郁结心头的哀怨。"式微篇"是《诗经·邶风》中的一首诗，内有句云"式微，式微，胡不归"，表现出奴隶们对劳役繁重的强烈不满。陶翰这里用其语意，委婉表露出他对边防士兵苦于行役的怜惜和对朝廷不体恤士兵疾苦的不满。最后两句，作者由边防士兵念及他们的妻子长守空闺，夜夜望月思人，盼望丈夫回家团聚，然而却一再失望，笔调深婉而哀痛殊切。

边塞诗是盛唐诗歌的一个突出内容，其中高亢昂扬的战斗歌唱，反映了积极奋发的盛唐气象。陶翰这首诗，则从战争的危害性着眼，以沉重的笔调描述了长期战争所带来的灾难。其悲沉的格调，与王之涣《凉州词》、王昌龄《从军行》（烽火城西百尺楼）、张谓《代北州老翁答》等相近，反映了盛唐边塞诗批判现实的一面。

在艺术上，本诗通篇用赋。其造语之质朴平直犹可见汉魏风调，而多用对偶及诗末之以景结情，则又显然受到当时近体风习之影响。

（周圣伟）

张 谓

张谓,字正言,河内(今河南沁阳)人。年轻时曾受辟从军塞上,后以主将获罪被牵连,遂流滞燕、蓟一带。天宝二年(743)举进士第,累官尚书郎。大历(766—779)间官至礼部侍郎,出为潭州刺史。其七律流丽清老,自出机杼。《全唐诗》录其诗一卷。

(丁如明)

杜侍御送贡物戏赠

铜柱珠崖道路难,伏波横海旧登坛。

越人自贡珊瑚树,汉使何劳獬豸冠。

疲马山中愁日晚,孤舟江上畏春寒。

由来此货称难得,多恐君王不忍看。

据姚鼐《今体诗钞》的说法,杜侍御当是岭南道府中的幕客。他奉命送一批贡物至京师长安,张谓作此诗进行调侃,用幽默诙谐的笔墨,表达对君王为满足一己私欲而劳民伤财,使下属派人万里送贡物行为的不满之情。

首联写贡物产地的辽远和来之不易。铜柱是铜制的柱,古代曾用作国家之间分界的标志。汉代的马援曾于交趾(今越南河内)立铜柱作边界。因此这里的铜柱即作为交趾的代称。珠崖,今海南海口。伏波，指汉代伏波将军马援；横海，指汉代横海将军韩说，两人都曾领兵至交趾一带。"旧登坛"，谓马援、韩说曾于这一带号令士兵。颔联说越人自己将贡物珊瑚树送来，竟劳动杜侍御大驾再奉送至京师。侍御，在唐代一般指殿中侍御史或监察御史。獬豸是传说中的兽名，独角，能分辨是非曲直，所以古代执法官或御史的衣冠上用它的形象作装饰或图案，这里獬豸冠就代指杜侍御。

　　颈联写杜侍御送贡物途中的艰难辛苦。疲马说明路遥，孤舟说明途中孤独的况味。登山涉水、起早摸黑、风霜雨露，种种千辛万苦景象都从此十字中写出。第七句是对前面六句的总括，也是对末句的铺垫。贡物来路是那么远，得来是那么不易，运送是那么困难，那么君王看到了贡物会怎样呢？是喜？是怒？是忧？诗人说很可能君王对这贡物竟不忍心看了。

　　儒家对珍宝之类的态度是轻视它，尤其认为作君王的人应"不贵异物，不贱用物"，应"不宝远物"，不要"玩物丧志"，误了国家大事。诗人正是从这立场出发，代拟君王见到贡物后的态度的。但诗人在末句用了"多恐"两字，表明了他的忧虑。如果君王一向是厌恶进贡，对贡物"不忍看"的，那么进贡之举就早应停止，诗人根本也不会写这首诗。事实上，进贡的事情一直在继续，因此这最后一句就含有讽刺的意思了，但说得很婉转，很冷峭，是一种含蓄而又很高明的讽刺手法。

　　　　　　　　　　　　　　　　　　　　　　　（丁如明）

杜 甫

杜甫（712—770），字子美，因曾任左拾遗，检校工部员外郎，世称杜拾遗、杜工部，又因曾居长安少陵，称杜少陵。祖籍襄阳（今属湖北），生于湖南巩县（今属河南），与进士试不第，天宝十载献三大礼赋，待制集贤院，授河西尉，改为右卫率府胄曹参军。安史乱中，奔谒肃宗于凤翔，授左拾遗，因谏论房琯事，贬职华州司功参军，乾元元年（758）七月西行入蜀六年，广德二年（764）为剑南节度严武幕僚，授检校工部员外郎。永泰元年（765）出蜀，滞留峡中，飘泊两湖，贫病而卒。

杜甫家世奉儒守官，以"致君尧舜上，再使风俗淳"为己任，生当乱世，知其不可为而为之，加以遍历山川、半生奔波，故眼界开阔、思力深厚，气魄沉雄，所作既生动地展示了安史之乱前后的社会现实与社会心态，因有"诗史"之称，又因人格高尚、诗艺入神，被奉为"诗圣"。

诗擅各体，风格多变，无所不施。转益多师，而集前代之大成；变化入神，又开元和及宋诗先声，善于由锤炼精严而返之自然。从容法度之中，而意象盘礴，气脉动荡。自谓"沉郁顿挫"，适为其主体风格写照。有《杜少陵集》，注家众多。以钱谦益《笺注杜工部诗》、仇兆鳌《杜诗详注》、杨伦《杜诗镜铨》、浦起龙《读杜心解》最为通行。

（赵昌平）

望 岳

岱宗夫如何？齐鲁青未了。

造化钟神秀，阴阳割昏晓。

荡胸生层云，决眦入归鸟。

会当凌绝顶，一览众山小。

这首诗为开元二十四年（736）杜甫初游齐赵时所作。时诗人二十五岁，正值意气风发的青春年华，而诗中所写的又是位居五岳之首的泰山，于是借高山抒写襟怀，便成了本诗的主旨。

诗以"望岳"为题，其实通篇充满了想象。首句发唱惊挺，以问句领起，一开始便形成突兀峥嵘的语势，振起全篇。后面五句（由"齐鲁"句至"决眦"句）只就"如何"两字申说。第二句紧承首句而来，最见功力，若用笔稍有窘促，则不能与首句旗鼓相当，意思殊馁。诗人不只就山写山，而是将眼光推宕开去，写出齐鲁千里之地，尽为青苍山色所笼罩（泰山之北为齐，之南为鲁）。首句既有横空出世之概，第二句以势接万里的远势为呼应。此种写法，一如王勃的"城阙辅三秦，风烟望五津"（《送杜少府之任蜀川》）、王维的"楚塞三湘接，荆门九派通"（《汉江临眺》）等，均借远景就近景，以壮声色。故刘辰翁评此句云："只五字雄盖一世。"

诗的中间两联分别从客观景象和主观感受两面着笔，表现泰山的雄奇壮观。次联极写泰山为物中神秀，其高耸之势竟使山南山北划分出幽明昏晓不同的区域，则其在宇宙时空中的枢纽地位俨然可见。三联从眺望者的奇特感受生发，极写泰山撼人心魄、发皇耳目的伟力：使人胸怀浩荡若有云蒸霞蔚从中逸出，眼界空阔几于无所不包，无所不容。前一联中的"阴阳割昏晓"着一"割"字，使山的奇险峻嶒之势毕现；后一联中的"决眦入归鸟"又以细物烘托空廓寥远的大景，更有点睛传神之妙。这四句在揣摩想象之中，已将笔触由物转至于人。

诗的前六句已写尽泰山高远之致，而诗人意犹未尽，末两句更进一层，发为高唱。"会当凌绝顶，一览众山小"两句，一如王之涣的"欲穷千里目，更上一层楼"（《登鹳雀楼》），表现了敢于进取、积极向上的人生态度。所谓"登泰山而小天下"（《孟子·尽心上》），这种高屋建瓴、牢笼万有的气概，岂止是对自然造化之功的礼赞，它又何尝不是对人生充满自信的歌唱？而杜甫正是以此作为他的诗歌创作的起点的。全诗以大刀阔斧的写意之笔为泰山传神写照，最后的神游岳顶更表现了理想化的旨趣。从杜甫早期诗歌的这种浪漫气质，是不难看出盛唐时代的精神面貌的。　　　　（钟元凯）

同诸公登慈恩寺塔

高标跨苍穹，烈风无时休。

自非旷士怀，登兹翻百忧。

方知象教力，足可追冥搜。

仰穿龙蛇窟，始出枝撑幽。

七星在北户，河汉声西流。

羲和鞭白日，少昊行清秋。

秦山忽破碎，泾渭不可求。

俯视但一气，焉能辨皇州？

回首叫虞舜，苍梧云正愁。

惜哉瑶池饮，日晏昆仑丘。

黄鹄去不息，哀鸣何所投？

君看随阳雁，各有稻粱谋。

　　这首诗作于天宝十一载（752）登慈恩寺时。原诗有注云："时高适、薛据先有此作。"此外，岑参、储光羲也写过登慈恩寺的诗，但薛据诗已佚。"同"是唱和的意思。慈恩寺在长安东南，高宗为其母文德皇后祈福而建，故名。寺中的大雁塔，今为西安古迹。杜、岑、储三人中，杜诗最好，好就好在写寺塔有气魄，借典故喻现实。

首句亦常语,下接烈风,风又不停地吹着,遂有高处不胜寒之感。杜甫的《古柏行》中也说"冥冥孤高多烈风"。高易生忧惧,但诗人并非只是心理上的承受,而别有现实上的预见。"百忧"正是集中的表现,也伏下面一大段感慨。"自非旷士怀"是宛转的说法,"世变日亟",诗人怎能无动于衷?但"象教"(佛教)的力量,又使他得以登塔寻幽,蟠屈而上,历尽迂回,如同穿蛟龙之窟,最后才从阴暗的椽柱交叉中登上塔顶。黄庭坚《杜诗笺》中说:"慈恩塔下数级,皆枝撑洞黑,出上级乃明"(《豫章黄先生别集》卷四),可作此句的注脚。

诗人站在塔顶,左顾右盼,耳听万籁,外部世界在他的耳目前悄悄变化着。"七星在北户,河汉声西流",杜诗的醇味,杜诗的本色,愈写愈浓了。雄健之中又含苍凉,无限的空间就被囊括在十个字中,北斗七星就在门外,银河的流动声音也隐约可闻(西流则是秋候之征)。

诗以"高标跨苍穹"开始,其实还很抽象,究竟高到什么程度?高到跨越天空。那在一般诗人都会说,有了"七星"两句,才真正说得上健笔凌云,天人相接,却又是随手写来,自然流畅,音节也很浏亮,并给读者以审美上的快感,而不以诡异雕琢取胜。

羲和是神话中太阳的御者,这时他正在挥鞭催太阳快跑,点明时间已到傍晚;也写秋光的短促,少昊是主管秋天之神,这时他正在发号施令。天高气爽,秋入京华,秦山(终南山和秦岭)连绵,泾渭分流,由于高处遥望,山河的原貌显得错杂纷乱,视线上的模糊却引起感情上的敏锐。"俯视但一气，焉能辨皇州"，从所见的景物说，只是指秋天薄暮的阴翳，可是诗人内心的感受，岂是仅限于景物的变化而连皇州都难以辨别了么？

唐高祖李渊是开国君主，尊号为神尧皇帝，其子太宗受内禅，有如尧之禅舜，故以虞舜比之。尧舜为史家所盛称，太宗能发扬高祖基业，但这时已经死了。传说舜葬于苍梧（即九疑山，在今湖南宁远境）之野，这里代指太宗的昭陵。然而苍梧的风云却在愁闷，因为周穆王和西王母正在瑶池酣饮，直到日落昆仑。"惜哉"是哀惜唐虞盛世将被败坏。这里实指唐玄宗与杨贵妃游宴骊山，荒淫无度，即《长恨歌》所谓"承欢侍宴无闲暇，春从春游夜专夜"。君王既好内宠，奸佞必然幸进，忠奸不两立，贤良正直的大臣必然如黄鹤一去不返，无所容身。"不息"是说被排斥的不止一个，反过来又说明当时良臣还是很多。由黄鹤的一去而想到逢春北飞之雁，意即趋炎附势之徒，犹言向阳花木，他们谄事君主，巴结权贵，还不是为了谋求各自的一点稻粱——高官厚禄？

《钱注杜诗》云："高标烈风，登兹百忧，岌岌乎有漂摇崩析之恐，正起兴也。"这是说得对的，但钱氏又说："秦山忽破碎，喻人君失道也；泾渭不可求云云，言清浊不分，而天下无纲纪文章也。"这就失之穿凿。这两句只是写景，却是好句，不必拔高。但杜诗后半首确有讽喻玄宗处，这时正是杨氏一门权倾朝野时，虽未明言，还是有胆量的。

（金性尧）

前 出 塞

（九首选一）

磨刀鸣咽水，水赤刃伤手。

欲轻断肠声，心绪乱已久。

丈夫誓许国，愤惋复何有。

功名图麒麟，战骨当速朽。

唐玄宗晚年，好大喜功，连年用兵边地，一些武臣如哥舒翰、安禄山等也贪功邀赏，轻启战端，向天下征调兵马。杜甫在天宝十一载（752）所作《前出塞》九首即为哥舒翰而发，借用被征调从军兵士的口吻讽刺唐玄宗穷兵黩武的开边战争，哀伤关陇一带人民横被征调的痛苦。

本诗是《前出塞》的第三首，写行军途中兵士们矛盾紊乱的心情，当与前二首合看。第一首写被征调士兵辞家初发时的悲苦，有句云"君已富土境，开边一何多"，颇涉愤怨。第二首写上路后轻生自奋之状，有句云"骨肉恩岂断，男儿无死时……捷下万仞冈，俯身试搴旗"，表现了强自挣脱愁苦以赴边建功的企望。这两种矛盾的情感，在本诗中因着陇水鸣咽而进一步深化。兵士在陇水中磨刀，也许是心不在焉，割破了手。他原本想不把这鸣咽的水声放在心上，可是依然被这悲悲切切的声音扰碎了心绪，激起了乡思。这里化用了汉乐府《陇头歌辞》"陇头流水，鸣声幽咽。遥望秦川，肝肠断绝"之意。

诗开首四句即点明了兵士久蓄于胸中的思乡悲苦之情并不因路上一时的亢奋而消除，一经景物引动，便又不由自主地涌现心头的情境。这悲情其实已"乱已久"了。尽管如此，他以身报国的壮志仍然不息，或者说他仍希望以这向来为人们崇尚的大志强自把痛苦的心情按捺下去。五、六句生动地表现了这种心理。但是他又想到战争胜利结束之后，大将们会像汉代名将霍光等十八人一样被画成图像挂在麒麟阁内永世流芳，而这时战士们的白骨却早已朽烂了。他想到此，又不免黯然神伤。

人的潜在的意识是不自觉的，是无法遗忘的。穷兵黩武给兵士们带来的苦难，抛妻别子的现实、生死未卜的前景，像阴影一样笼罩在他们心头，是不会因为故作几句豪言壮语而消除的。本诗通过感情的三次波折，入神地表现了赴边将士悲剧性的心理矛盾，并含蓄地深化了第一首揭明的反对穷兵黩武的主旨。以下各首大抵由此进一步展开，因此本诗在组诗中居枢纽地位。　　　　　（丁如明）

自京赴奉先县咏怀五百字

杜陵有布衣，老大意转拙。
许身一何愚，窃比稷与契。
居然成濩落，白首甘契阔。
盖棺事则已，此志常觊豁。
穷年忧黎元，叹息肠内热。
取笑同学翁，浩歌弥激烈。
非无江海志，潇洒送日月。
生逢尧舜君，不忍便永诀。
当今廊庙具，构厦岂云缺？
葵藿倾太阳，物性固难夺。
顾惟蝼蚁辈，但自求其穴。
胡为慕大鲸，辄拟偃溟渤。
以兹误生理，独耻事干谒。
兀兀遂至今，忍为尘埃没。
终愧巢与由，未能易其节。
沉饮聊自遣，放歌破愁绝。
岁暮百草零，疾风高冈裂。
天衢阴峥嵘，客子中夜发。

霜严衣带断，指直不能结。

凌晨过骊山，御榻在嵽嵲。

蚩尤塞寒空，蹴踏崖谷滑。

瑶池气郁律，羽林相摩戛。

君臣留欢娱，乐动殷胶葛。

赐浴皆长缨，与宴非短褐。

彤庭所分帛，本自寒女出，

鞭挞其夫家，聚敛贡城阙。

圣人筐篚恩，实欲邦国活。

臣如忽至理，君岂弃此物。

多士盈朝廷，仁者宜战栗。

况闻内金盘，尽在卫霍室。

中堂有神仙，烟雾蒙玉质。

暖客貂鼠裘，悲管逐清瑟。

劝客驼蹄羹，霜橙压香橘。

朱门酒肉臭，路有冻死骨。

荣枯咫尺异，惆怅难再述。

北辕就泾渭，官渡又改辙。

群冰从西下，极目高崒兀。

疑是崆峒来，恐触天柱折。

河梁幸未坼，枝撑声窸窣。

行李相攀援，川广不可越。

老妻寄异县，十口隔风雪。

谁能久不顾，庶往共饥渴。

入门闻号咷，幼子饿已卒。

吾宁舍一哀，里巷亦呜咽。

所愧为人父，无食致夭折。

岂知秋禾登，贫窭有仓卒。

生常免租税，名不隶征伐。

抚迹犹酸辛，平人固骚屑。

默思失业徒，因念远戍卒。

忧端齐终南，澒洞不可掇。

天宝十四载（755）十月，局蹐于右卫仓曹参军微职的杜甫，自京师西南行向奉先县探视寄居于彼、生计窘迫的妻儿，与其相前后，风流天子李隆基携杨妃及贵戚大臣驾幸骊山作每年一度的避寒游乐。十一月诗人到达家中时，幼子已因缺食饿死，而此时渔阳鼙鼓实已震响，只是消息尚未传到关中。唐代历史上最重大的变故，与诗人杜甫这一重大的家庭事故在时间上正相巧合。虽然诗人当时也未曾闻安史乱起，但他似乎已先期感到了事变的阴影。这首长诗集家难与国是于一体，熔论政与述志于一炉，生动地凸现了大乱前夕尖锐的社会矛盾，这也许就是所谓"诗人的敏感性"吧。就此而言，"诗史"一称，似尚不足以概杜甫与时代的关系。他其实是时代的风信计，在社会的风雨中，高标独立，哀哀长歌。

诗分三大段。起首至"放歌破愁绝"为第一段，抒情述志，总领全体。第二段由"岁暮百草零"至"惆怅难再述"，写首途奉先，行经骊山之观感。第三段由"北辕就泾渭"至最后，写历经艰险，到家儿亡而引起由家及国的悲感。应当注意三大段的三个结句："沉饮聊自遣，放歌破愁绝"，"荣枯咫尺异，惆怅难再述"，"忧端齐终南，颒洞不可掇"，可见愁忧是本诗的主旋律，它百折千回，在夹叙夹议中起伏抑扬，衍成每一段落的若干层次，遂成浑然一体的大篇巨制。忧愁是古典诗歌的传统主题之一，其中采用夹叙夹议的形式的，也并非无有先例，魏代曹植的《赠白马王彪》、晋代潘岳的《河阳县作》二首、陆机的《赴洛道中作》二首、刘宋谢灵运的《过始宁墅》《初去郡》《入彭蠡湖》等均已开先声，后来也代不乏人。然而如本诗这种沉郁顿挫、磅礴恢宏的格局却确实前无古人。因此从诗体形式言，本诗是对传统的述怀性行旅诗的继承与高度发展，遂成为诗歌史上的一种奇观。

首段三十二句，一气盘旋而下，反复剖陈自己近于执拗的忧国忧民的凤志，大抵可分相互联系的三层意思。

前八句总述己志，其中先四句构成两个尖锐的矛盾。长安杜陵的一介布衣，而竟窃比虞舜的辅佐稷与契；年已老大而此志却不曾移易，真可谓"拙"而又"愚"，愚、拙二字是诗眼，诗人所要抒达的正是这朴拙而愚不顾身的忠忱。顺此，又四句云，正因自己愚而又拙，大而无当，所以白首尤辛苦契阔；但是只要一息尚存，未到盖棺论定之时，终抱实现素志的一线希望而不渝，这就在伸足愚拙之意的同时，将忠忱抒写得悲切动人。这就是年已向暮、饱历沧桑的诗人当时的基本心态。

"穷年忧黎元，叹息肠内热"反挑"窃比稷与契"，以明素志之实质，在转折处立一诗纲领，分外警醒，并引起以下十句又一层意，更深一步地说明自己何以不取传统的隐逸以全性的生活道路。忧民长叹引起了同学辈的嗤笑，但诗人笑自由他，浩歌更烈，他解释说，并非自己不想逍遥一生，反自寻烦恼，只是因为生当盛世，躬逢圣君，又何忍舍而去之。《论语·卫灵公》曰"邦有道则仕，邦无道则可卷而怀之"，本节隐晦此意，以孔子之道对当时可能实际存在的嗤笑作了回答，并进而补充申说：多士贤能，如帝国大厦的栋梁之才，并不缺乏自己这样的菲才，但所以忍而不能舍也，正因为自己有葵花向阳那样的忠忱本心，而非为一己之私欲。这样就由反及正，申说了自己愚拙之心的无私。

然而这无私的执拗的忠心结果又如何呢？长安十年"朝叩富儿门，暮随肥马尘"，献赋求试，结果却只赢得个僚吏微职，代价却是骨肉分离，天各一方。因此诗人继又自省悲叹，而有"顾惟蝼蚁辈"以下十二句，为第三层意。"顾""惟"是转折之词，由"物性"而转想到自己这样平凡的众生之一，本应如蚂蚁营穴以求自安，但竟因这愚拙的忧民恋主之心而企望如大鲸息东海般置身朝堂，又偏偏因其愚拙，不愿请托以求奥援，因此生计无着，沉沦久埋，兀兀穷穷，十年而至今。但尽管如此，自己虽对巢父、许由这样的高士自愧不如，但忧民济世的初志，却终不能移，志向与现实处境的反差如此巨大，诗人唯有借沉醉以忘忧，以放歌来破闷了。也正是在这种心态之下，诗歌转入了行程的描写。

第二段的前六句写登程，长安陌上阴雾密布，形态狞恶，就在这岁暮隆冬的夜半，诗人踏上了征途。严霜坚冰，又逢敝衣带断，就在极度的苦寒中，诗人行到了骊山道上。这里是另一番境界，另一种天地。引起了诗人无尽的感慨。

以下三十二句以两节想象性的描述与两节议论交替而下，将君臣宴游的欢娱与自己旅途的辛劳作对比。那寒雾（蚩尤能作雾，为雾的代称）塞空，行道坎坷中的祥霭歌吹，与鞭扑之下聚敛而来的赐物——绢帛，形成极大的反差，诗人不由得感慨，朝廷多士——"当今廊庙具"，能不以公心来报答君王的恩赐么？语似劝诫，实含讥刺，不仅刺大臣之失职，更隐见对君王的批评。"况闻"一转，又展开一重对比。"卫霍"指汉代卫青、霍去病，均为外戚，这里以比杨国忠兄妹，他们的奢侈淫靡更加一等；"中堂有神仙，烟雾蒙玉质"就物欲、肉欲的追求而言，这里是更侈淫的人间仙境。然而"朱门酒肉臭，路有冻死骨"，咫尺之间，荣枯顿变，这人间天堂，岂非建立在苍生的血肉白骨之上？对着这极端的腐朽，诗人已欲说无词，欲哭无泪，唯有"惆怅难再述"而已，然而人们能感到，诗人的心头正如同隆冬的霜冻一般寒冷，而那在寒雾之中的繁华奢靡，正预兆着社会"岁暮"的征象。

带着骊山见闻所产生的心理阴影，诗人又渡泾渭、经官渡，向奉先进发。沿途，冰川而下，如从泾水源头极天高峙的崆峒山垂压而下，河桥窦窄，似已不堪这巨冰的冲激，这景象就如共工怒触不周山，天柱折，地维绝一般，仿佛预示着大变故即将到来。第三段以十二句继写行程，渲染气氛，在不祥的预感中进入了全诗的高潮，当诗人步入久不能顾、渴欲患难与共的家中时，一片痛哭声却传来了幼子饿死的噩耗，而且就饿死于秋禾已登的收获季节。数百里奔波意在宁家，而竟是如此悲惨的结局，诗人能不"抚迹犹酸辛"？但是他的愁苦并不尽于此。对比骊山道上之所见闻。他由自己官宦免租之家尚且如此遭遇，而想到那无数失去了生生所资的平民，那些远在边关的征戍之家，他的愁忧由一己而扩展至万家，由万家而扩展于国家，与巍巍终南山齐高，与茫茫大海一样，浩浩无际。

　　诗歌第三段的家难，因篇末的推己及人而与第二段"朱门酒肉臭，路有冻死骨"的社会家国之苦难呼应，形成点与面的关系，家难正是国难的缩影，诗人预感到社会风暴的来临，但他不能显言，遂将这种忧愁寄寓在寒雾塞空，冰川崩溃的行旅景物描写之中。首段的议论抒情就结构而言，在最前；但就作诗的情境而言，却是沿途到家后种种见闻遭遇所引起的郁积的感愤的迸发。家破子亡的遭遇，使他反省十年求仕究竟是否值得；人微言轻，又使他失笑素志壮阔是否濩落无当；但"忧黎元"，"奉'尧舜'知其不可为而为之"的信念，使他对所见所闻不能缄默；这矛盾的痛苦，除了以"愚""拙"二字来概括，又能再说些什么呢？"愚""拙"的忧国忧民之心是老杜的悲剧性所在，是他一生人格的写照，以此泻为心潮的曲折奔腾，来笼罩全篇，这首行旅述怀诗又怎能不具有海涵地负般的伟力？沉郁顿挫的格局，又怎能不使传统体格因之而顿开新生面呢？

（赵昌平）

羌村三首

峥嵘赤云西，日脚下平地。
柴门鸟雀噪，归客千里至。
妻孥怪我在，惊定还拭泪。
世乱遭飘荡，生还偶然遂。
邻人满墙头，感叹亦歔欷。
夜阑更秉烛，相对如梦寐。

晚岁迫偷生，还家少欢趣。
娇儿不离膝，畏我复却去。
忆昔好追凉，故绕池边树。
萧萧北风劲，抚事煎百虑。
赖知禾黍收，已觉糟床注。
如今足斟酌，且用慰迟暮。

群鸡正乱叫，客至鸡斗争。
驱鸡上树木，始闻叩柴荆。
父老四五人，问我久远行。
手中各有携，倾榼浊复清。

苦辞酒味薄，黍地无人耕。

兵革既未息，儿童尽东征。

请为父老歌，艰难愧深情。

歌罢仰天叹，四座泪纵横。

至德元载（756）夏，杜甫迁家鄜州（今陕西富县）治下洛交县羌村。不久肃宗即位，诗人即离家奔行在，一度陷贼，又只身逃出。直至二载八月，诏许从凤翔回鄜州省家，诗人这才与阔别一年的家人团聚。这组诗即作于返家后。诗人截取三个典型的生活片断，抒写了乱世中聚散离合的复杂深沉的体验。

第一首，写初归的悲喜交集。前四句以景语起兴，写归客至家的喜悦。首句"峥嵘"已写出云峰高峻凝重之状，"日脚"句忽又从云隙中透出阳光直射大地，其时其景一如岑参诗所云："雨过风头黑，云开日脚黄。"（《送李司谏归京》）这里正以云开日出、阴而转晴的天色变化，衬出旅人近家时豁然开朗、载欣载奔的心情。三句又点化"乾鹊噪而行人至"（陆贾《新语》）的成语，写出喜归之情。以上荒村晚景，似与行者的心情不期而遇，用笔妙在有意无意之间。第四句"归客千里至"，金圣叹评曰："未至，心头只余十里、五里；既至，便通共千里"（《杜诗解》卷一），可谓会心。后八句，写与家人重逢，却从不合常情处着笔，将一晤面场景，翻作无数波澜。先曰"怪""惊"，次曰"拭泪"，唯不说一"喜"字，是未及喜而辛酸苦辣已一并涌上心头矣。叙写中又穿插邻人作为陪笔，以一家人之聚合竟牵动全村围观，已属罕见，又不说喜而但云"感叹""歔欷"。此种反常情态，实由"生还偶然遂"的反常世态所致。欲喜先悲，悲多喜少，寻常场景至此已别开生面。最后两句，言絮语琐事既久，犹不免将真作假，相对如梦，可见"惊怪意犹未尽忘"（《杜臆》卷二）。此诗在聚合中写尽生离死别况味，而乱离时世给人们所造成的巨大创痛亦不言自明。诗人将特定情势下的心理体验表现得曲折深沉，极富戏剧性，让人们从表情特写中读出含蕴丰富的潜台词来，这是本诗的主要成功之处。

第二首写居家的悒郁烦闷。按杜甫此次返家前，已目睹肃宗宠信张良娣和李辅国，小人弄权、朝政日下，而个人的仕途又适遇重大挫跌。他在左拾遗任上因抗疏救房琯，违忤肃宗，诏三司推问，幸得张镐相救而获赦免，"然帝自是不甚省录"（《旧唐书》本传）。此次诏许还家，其中不无逐斥之意，诗人的内心是愤懑不平而又无限悲凉的。本诗即抒写此种难以明言的隐痛。前八句纯用对比出之：一是以幼儿的天真烂漫反衬自己的郁闷情怀，以"娇儿不离膝"的天伦之乐，"畏我复却去"的童稚之趣，仍不能扫除诗人心头"少欢趣"的阴霾，则其中刻骨铭心的苦涩已不待言。二是以去夏追凉嬉戏反衬今秋萧瑟落寞，遂将经历世事沧桑后心境之转哀转冷转为沉重，也一并点出。"偷生""煎百虑"云云，正写出失意无聊之慨、伤时忧生之嗟。后四句写借酒消愁之想，"足斟酌"缘于愁太重，"慰迟暮"则不仅自伤老之将至，而且亦关合世态人事。此首用笔较深曲隐晦，盖因作者无从宣泄而又耿耿于怀，遂诉心曲于笔端，故情味有异于其他两篇。

第三首写聚饮的歌哭无端。此首熔叙事、记言于一炉，构思虽近于陶渊明的《饮酒》其九（"清晨闻扣门"），而沉郁顿挫实又过之。诗中语意凡四转：首八句写客来，先从鸡叫鸡斗引出扣门声，这一"闲笔"不但写出田家村舍风味，而且还增添了诙谐热闹的气氛。次四句记述父老之语，情调一转而为悲伤凄酸。又次二句为自己答谢之辞，语意再转为无限感愧。最后两句以主客同哭作结。诗由时世艰难开掘出乡情之淳厚，是透过一层说；写聚饮乐事而化作一片哀歌哀情，又是翻过一层说。诗人总不肯平铺直叙，而是在尺幅之中夭矫作势，将笔触深入到人情深处，摇曳生姿地写出时代的沉痛巨哀。

《羌村三首》篇篇写家事，又篇篇不离国运，家事国事、身内身外打成一片，遂成为乱离时世的典型写照。诗人深入角色，把时代苦难化为自己饱蘸血泪的歌唱，从而完成了一部既规模壮阔、又个性鲜明的伟大"诗史"。

（钟元凯）

石 壕 吏

暮投石壕村，有吏夜捉人。

老翁逾墙走，老妇出看门。

吏呼一何怒，妇啼一何苦。

听妇前致辞，三男邺城戍。

一男附书至，二男新战死。

存者且偷生，死者长已矣。

室中更无人，唯有乳下孙。

有孙母未去，出入无完裙。

老妪力虽衰，请从吏夜归。

急应河阳役，犹得备晨炊。

夜久语声绝，如闻泣幽咽，

天明登前途，独与老翁别。

乾元二年（759）春，杜甫从洛阳返华州，身历目睹了安史之乱造成的社会动荡，写下《新安吏》《潼关吏》《石壕吏》《新婚别》《垂老别》《无家别》六诗，后称"三吏三别"。六诗不仅着眼于人的命运，写出了人民在兵乱中的悲剧性遭遇，更开掘出重大历史变故对人们的心理震撼，从而多角度地塑造了负荷国家灾难的普通人群像，允称史诗。

　　本诗记叙夜经石壕村（在今河南陕县），逢官差夜捕丁役之事。当时九节度兵败邺城，郭子仪退守河阳。国事濒危，急需添兵；然而丁壮殆尽，兵员枯竭。全诗就在这一尖锐的矛盾中展开了典型化的历史画卷，表现了从征老妇在国难与家难的剧烈冲突中的强韧、忘我而又从容沉着的性格特征，这其实是中国劳动妇女的典型性格。诗的中心部分是老妇的自诉。她先述三男赴战，二死一戍，"存者且偷生，死者长已矣"，喟叹之中有莫可如何的无尽辛酸；次述更无丁壮，遗孤待哺，带出虽有媳妇，却既难以从征，又因"出入无完裙"而未便应对；更述老妇力衰，愿应差使，却独独不提那位"逾墙走"的老翁。其语看似平实，却一波三折，对差吏动之以情，对家人曲意保护，她似乎愿以衰朽之身来独自承当时代的苦难，却唯独不为自己考虑。读来使人在"一何苦"中，更感到一种悲壮的意味。看来老妇的陈辞起到了作用。那位原先"一何怒"的差吏，竟答应了她的请求，并未再去追究那走而复归的老翁与年轻的媳妇，虽然为应上差，他带走了老妇，但是想必民间深重的苦难也使他萌发了一点恻隐之心吧。

　　本诗的用韵与结构颇有特色。它是这组诗中唯一转韵的一首。起四句三用平声韵且连用四动词及一处排比，语势急迫，渲染了夜捕的紧张气氛。以下十六句诉苦，再以"吏呼一何怒，妇啼一何苦"之"怒""苦"领脉，两个"一何"强调，接着平仄杂用，凡四转韵，曲曲传道出老妇的复杂心情，语势渐转渐急，最后四句又转入声韵，微妙地传达出拂晓泣别的情景，正与起四句之迅迫相呼应，读来似闻幽咽之声，启人沉思。故李因笃评云："急弦则响悲，促节则意苦，最近汉魏。"（《杜诗集评》）

（包国芳）

新　婚　别

兔丝附蓬麻，引蔓故不长。
嫁女与征夫，不如弃路旁。
结发为妻子，席不暖君床。
暮婚晨告别，无乃太匆忙！
君行虽不远，守边赴河阳。
妾身未分明，何以拜姑嫜？
父母养我时，日夜令我藏。
生女有所归，鸡狗亦得将。
君今往死地，沉痛迫中肠！
誓欲随君去，形势反苍黄。
勿为新婚念，努力事戎行。
妇人在军中，兵气恐不扬。
自嗟贫家女，久致罗襦裳。
罗襦不复施，对君洗红妆。
仰视百鸟飞，大小必双翔。
人事多错迕，与君永相望。

本诗通篇以新嫁娘的独白口吻出之。诗人选择了新婚之际送夫出征这样一个包孕丰富的时刻，使主人公的心理活动充满了矛盾和冲突。全诗首尾各以四句为一节，中间以八句为一节，在妙肖传神的诉说语吻中，将人物的心理脉络丝丝入扣地展示出来，在"三吏""三别"中颇具特色。

首四句，以比兴点明题旨。本诗是"三吏""三别"中唯一用比兴起结的一篇，因托物起兴可收婉曲之致，更切合新妇的特定身份。首句从古诗"与君为新婚，兔丝附女萝"化出，二句又衍生出新喻，以与下两句对应。三、四句点明本事，而以愤惋口吻为全篇定下基调。此为全诗序曲，以下种种变音，无不由此而生发。

第二节"结发为妻子"以下八句，写此刻分手的难堪。因暮婚晨别，故有"席不暖君床"之语，而憾恨处反以内疚口气出之，正见女性的温柔体贴。"妾身未分明"两句，写婚礼未竟，丈夫远去，新人陡然置身于一个陌生家庭中的惶急心理。旧俗，妇人嫁三日，告庙上坟，方谓之成婚，婚礼既成，与公婆的名分始定。因此这里既有别易会难的痛苦，又有婚嫁大事未得圆满完成的终身遗憾。

第三节"父母养我时"以下八句，向过去拓开一层：想起婚前双亲对自己的珍爱护惜，成婚时尽其所有以为陪嫁，全家人郑重以身相托，与眼前的率尔离别、生死难卜适成强烈反差。在今昔对比中写出凤愿成空的创痛，且这创痛不但属于个人，也属于全家亲人，难怪有"誓欲随君去"的情急语脱口而出。

第四节"勿为新婚念"以下八句，又向将来推开一层，作冷静的劝慰语。以一妇人而深以军中士气为念，足见其深明大义之处；

而临别时的对君洗妆之举，乃以行动明示心迹，使丈夫坚定"努力事戎行"的信心，则新人既钟于情，又聪慧果决的性格已活脱如生。

诗的最后四句，以人不如鸟的联想透出丝丝幽怨，一结却仍以"永相望"的誓约相许，从而为别后的漫长岁月平添了些许暖意亮色。从开首的"引蔓故不长"至收尾处的"与君永相望"，乃是从悲惨境遇中迸发出的相濡以沫的温煦人情。

全诗将已然和未然的心理内容凝聚在新婚一别中，使这一时刻愈见饱满充盈。诗中先后出现六个"君"字，为全篇贯穿了眷恋低回的依依深情；而一韵到底的组织，又使新人的诉说一气呵成，更显得情真意切。这些与诗人的洞烛人情互为表里，生动地展现了动乱时代人们内心的苦难历程。

（钟元凯）

无 家 别

寂寞天宝后，园庐但蒿藜。
我里百余家，世乱各东西。
存者无消息，死者为尘泥。
贱子因阵败，归来寻旧蹊。
久行见空巷，日瘦气惨凄。
但对狐与狸，竖毛怒我啼。
四邻何所有，一二老寡妻。
宿鸟恋本枝，安辞且穷栖。
方春独荷锄，日暮还灌畦。
县吏知我至，召令习鼓鞞。
虽从本州役，内顾无所携。
近行止一身，远去终转迷。
家乡既荡尽，远近理亦齐。
永痛长病母，五年委沟溪。
生我不得力，终身两酸嘶。
人生无家别，何以为蒸黎。

本篇写战败归家的农民，又被迫应本州徭役的悲惨故事。

第　段六句，用战败归家的农民的自述，描写天宝十五载（756）以后，陕、洛一带田园庐舍都已毁灭，只剩一望无际的蓬蒿藜藿。我的乡里原有一百多家，因为避乱，各自东西逃难，至今活着的人既无消息，死者已化为尘泥。

第二段也是八句，接着说：我因为相州战败，脱身归来，寻找旧时的道路。许久，才找到自家的巷子，却已没有人迹了。这时太阳也灰白无光，天色凄惨。所见到的只有狐狸，竖起尾巴对我凶恶地嗥叫。再访问四邻，只见一二老寡妇。"贱子"是自称的谦词，女曰"贱妾"，男曰"贱子"，汉魏乐府民歌中已有了的。

第三段四句，叙述自己回到荒芜的家乡之后，好比鸟雀留恋住惯了的树枝，不愿到别处去栖宿，因此，对于这样穷苦的老家，也不欲辞去。气候正是春天，就独自负着锄头去垦地，傍晚还得在菜地里浇水。

以下十四句为第四段。县吏知我回家了，就命我去参加军训。虽然这是在本地服役，不比远征，可是反正家里已没人需要告别，如果服役就在近地，也只是个光身。如果要我到远处去，终于也不过流落在异乡。家乡既已毁灭精光，无论要我到什么地方去，从理论上说起来都一样。"内顾"本意是"向屋里看"，"携"字作"分离"解。向屋里看，也没有人可以分别。意思是说：我已经是个没有妻室的鳏夫，随处都可安身。还有一件悲痛的事，是长病的母亲，躺了五年，终于死亡。生了我这个儿子，不能得到我的养生送死，这是我终身辛酸痛哭的事。"两酸嘶"指妻去母亡两件事。

最后说，人生到了无家可别的境地，还凭什么来做老百姓呢？"蒸黎"是将"烝民"与"黎民"二词合用，是"人民"的代词。

此诗一韵到底，二句一韵，不转韵，也不用排句、对句。这是五古正格。

明李于鳞说，作五古要像说话一样。杜甫此诗，和他的许多五古，都可为例证。这些诗都直接继承了汉代的《古诗十九首》的传统，语言文字全是平铺直叙，写景、抒情、叙事，随着思想感情的过程一路倾吐出来，使读者仿佛在听那个农民的喃喃诉苦，这就容易感动人了。施补华在《岘佣说诗》中说："五言古诗，以简质浑厚为正宗。"又说："古诗贵浑厚，乐府尚铺张。凡譬喻多方、形容尽致之作，皆乐府遗派也，混入古诗者谬。"杜甫此诗，从诗题看，应该是乐府诗，但他写得简质浑厚，不作乐府的铺张，不作比兴，所以在风格上，也是五言古诗的正格。

此诗只"宿鸟恋本枝"一句是比，此外全不用比，也不用兴，甚至也说不上是赋体，因为一点没有夸张采饰。这是一种超于赋比兴以外的诗体。我以为唐宋以后，还应当加一个诗歌创作手法的名目，称之为"叙"。像这首诗，从内容来看，简直是一篇记叙文，杜甫以后，只有韩愈能作这样的诗。宋人如梅尧臣、苏东坡也有过这一风格的诗，此后便渐渐地成为一种没有诚挚感情的道学诗、伦理诗了。

"三吏三别"的题目都是即事名篇的。古乐府未曾有过，杜甫也没有用同一题目再作一篇。而以三字制题，又遵照着古乐府题的传统。这是杜甫乐府诗的艺术特征。至白居易大力发扬，定名为"新乐府"。

（施蛰存）

佳　人

绝代有佳人，幽居在空谷。

自云良家子，零落依草木。

关中昔丧乱，兄弟遭杀戮。

官高何足论，不得收骨肉。

世情恶衰歇，万事随转烛。

夫婿轻薄儿，新人美如玉。

合昏尚知时，鸳鸯不独宿。

但见新人笑，那闻旧人哭。

在山泉水清，出山泉水浊。

侍婢卖珠回，牵萝补茅屋。

摘花不插发，采柏动盈掬。

天寒翠袖薄，日暮倚修竹。

　　诗作于唐肃宗乾元二年（759）秋，时杜甫弃官后取道秦州、同谷入蜀。诗歌塑造了一位被战乱击碎了家庭幸福而遭致夫婿遗弃的弃妇形象，从而控诉了安史之乱给人民带来的苦难，也隐见忠而见弃的诗人之怨愤。

　　第一段从首句起至“不得收骨肉”，通过自叙形式，弃妇诉说了战乱给她娘家带来的灭门之祸。首四句即点出了弃妇美丽的容貌、出身高门的身世和如今飘零悲苦的境况。从她的容貌和出身看，她应该有个美满幸福的家庭，但如今"零落依草木"，埋没在空谷中寂寞地生活，诗歌一上来就用了因果反差对比，给读者留下深刻的印象。接下去，弃妇追叙昔年安史之乱，她兄弟被害，连尸骨都无从收拾的悲惨遭遇。她兄弟做了大官尚且如此，那么一般小百姓所受到的战乱之苦就更可想而知了。因此"官高何足论"一句起着由点及面深化主题的作用。

第二段是弃妇诉说婚姻的不幸，共八句。战乱毁灭了弃妇母家的家庭，她也因而失势。丈夫是个薄情势利之徒，随即把她遗弃了，另娶新妇。说"新人美如玉"，实际上新人也不一定比这位弃妇更美。因为弃妇是绝代佳人，本就是容华绝代的意思。《汉书》上形容李夫人的美丽就是用"北方有佳人，绝世而独立"两句，可见她被弃的原因绝非年长色衰，而是她母家的失势。而致使其母家失势的根子则在安史之乱。因此这一段虽然用了比兴手法，用了种种对比手段来描写弃妇婚姻的不幸，但笔触依然不离战乱。

第三段用赋与兴的手法突出地表现了弃妇身处贫贱而志怀高洁贞静的个性。她穷得只能依靠变卖仅剩的一点珠宝来度日，在瑟缩的秋风中只穿着薄薄的衣衫，茅屋破了，只能用藤萝来修补，但她仍抱松柏之贞、翠竹之节，辛苦地过日子，仍像深谷中的山泉一样清冽明净，而决不作出山之泉，恶浊流荡，改易节操。

在古典诗歌中，弃妇是常见的主题，如《诗经》中的《氓》《谷风》，汉诗中的《上山采蘼芜》等，反映了男子喜新厌旧、妇女地位没有保障的社会现象。杜甫此诗将这种现象放在战乱的特定背景下来描写，就使诗歌主题超越了一般，而把个人的不幸命运与一个时代的苦难相接通，因此诗的主题意义就来得更深刻。另外，杜甫对朝廷一片忠贞，但遭到的却是被朝廷遗弃，他的遭遇与"佳人"也有某些相似之处，因此无意识中就难免将自己的身世之感注入弃妇形象的塑造中去。因此这位佳人的形象也较一般弃妇诗中的妇女形象更哀惋动人。

（丁如明）

赠卫八处士

人生不相见，动如参与商。
今夕复何夕，共此灯烛光。
少壮能几时，鬓发各已苍。
访旧半为鬼，惊呼热中肠。
焉知二十载，重上君子堂。
昔别君未婚，儿女忽成行。
怡然敬父执，问我来何方。
问答未及已，儿女罗酒浆。
夜雨剪春韭，新炊间黄粱。
主称会面难，一举累十觞。
十觞亦不醉，感子故意长。
明日隔山岳，世事两茫茫。

　　肃宗乾元二年（759）春，杜甫自洛阳返华州司仓参军任上，途中遇故人卫八，慨叹于人生飘忽，如参商二星此起而彼落，又为主人殷殷之情所感动，凡百枨触，激荡不已，遂作此诗以赠之，亦有以见安史乱中士人之心态。所谓处士，即隐居不仕之人。

　　说者每谓此诗平易真切，似诉衷肠，随手拈来，而层次井然。

其实并不仅如此，问题的关键是对于"访旧半为鬼，惊呼热中肠"二句的理解。

通常解此二句谓：子美相遇卫八后，问及故交，半已物故，遂惊呼而中肠为之摧伤。此说大可斟酌，先以情理度之，当时诗人已四十八岁，又饱经沧桑，闻故友零落，应是黯然神伤，何能惊呼而似小儿女之态？且"半为鬼"，非仅一人而已，岂非要连连惊呼，状若痴狂？因此以"摧伤"之属解"热中肠"，已属牵强。更以诗之章法揆之："访旧""惊呼"二句下接"焉知二十载，重上君子堂"，意谓分别二十载，而不意今日得会故人。如果"访旧"二句如前说，为闻卫八之谈故人零落而惊呼，则无法接续，且颠倒错乱。

由"焉知"二句度以上各句，可知"人生"至"鬓发"六句乃总写此会感触，以唱叹领起，有恍若隔世之感。"访旧"二句折入与卫八初会情景。谓自洛向华，沿途访旧，已半为鬼物。却不意而遇卫八，悲喜交集惊呼而中肠为之一热。"惊呼"云云与后来李益诗"问姓惊初见"相近。因此会不期，故接云"焉知二十载，重上君子堂"，以下方叙会面后，主客双方叙契阔之感、变化之巨及主人家儿女辈怡然相敬，剪韭炊粱等种种情事。如此深情厚爱，又当如此颠沛流离之时，故诗人陶陶然相谢："十觞亦不醉，感子故意长"，然翻思，今宵过后"明日隔山岳"，又将重新"世事两茫茫"，不胜感慨系之，从而结束全诗，正与起首之唱叹遥相呼应。正所谓"篇终接混茫"，余意更在尺幅之外。

子美乱离诗，有时看似平易，其实积郁极深。临楮迸发，往往以浩叹起总领全篇，然后折入叙事，其过接处，最见顿束开合之功，棱角勾折之态，遂免平衍散漫之病，而有沉郁顿挫之感。《咏怀五百字》《北征》等长篇巨制，结构虽繁，却均可由此法窥入。在老杜当时，可谓别开生面，鲜有同调。中唐元和后韩愈等方起而效之，遂成大国。韩愈李杜并重而更推老杜，当非意外。 （赵昌平）

送孔巢父谢病归游江东兼呈李白

巢父掉头不肯住，东将入海随烟雾。
诗卷长留天地间，钓竿欲拂珊瑚树。
深山大泽龙蛇远，春寒野阴风景暮。
蓬莱织女回云车，指点虚无是归路。
自是君身有仙骨，世人那得知其故。
惜君只欲苦死留，富贵何如草头露？
蔡侯静者意有余，清夜置酒临前除。
罢琴惆怅月照席，几岁寄我空中书？
南寻禹穴见李白，道甫问讯今何如。

本诗作于天宝六载（747），是杜甫集中最早的一首七古。明代的胡应麟曾说：七言长歌"不难于气概而难于神情，不难于音节而难于步骤。"（《诗薮》内编卷三）此诗正在难处下功夫，无论是传神言情，还是章法步骤，均可见杜甫的师心独造。

诗为友人孔巢父送行。巢父字弱翁，早年曾与李白、裴政等隐居在泰山附近的徂徕山，号"竹溪六逸"。当时李白正在浙东，巢父欲与之一起求仙访道，故托病辞官南游。诗人所送者既为一嶔崎磊落之人，故下笔亦不拘常调。按一般送别诗多从眼前场景展开叙说，此诗却以人物的立志行事作为全篇主脑，而将饯别情事作为补笔倒置于后。首四句写巢父归游之意已决，劈头先以斩截语喝起，继之以入海、烟雾、钓竿、珊瑚等缥缈恍惚的用语，暗示其高蹈遁世的志向。次四句悬想其东游之事："深山大泽"言归心林薮，"春寒野阴"写风景之佳，其中又以夭矫屈伸、变化自如的"龙蛇"作为比况；"蓬莱织女""指点虚无"既已明言寻仙访道，则"归路"云云不仅是指具体行踪，更指巢父称心而行的人生选择。"自是"以下四句，再以作者口吻加以评述，一则言其有仙风道骨，一则言其视富贵若等闲，评述中又以"苦死留"的世人作为反衬。以上一路迤逦写来，熔述志、叙事和评赞为一炉，俨然如一篇人物小传，而其着力处又全在表现人物的神情风采。诗至此已将主旨写毕，以下只是余笔：蔡侯置酒，写眼前事；罢琴惆怅，写此时情。末三句写作者临别时对巢父的嘱托："几岁"句嘱其莫忘言讯存问；"空中书"用《梁高僧传》史宗得蓬莱道人书故事，暗寓祝愿巢父得道成功之意；"南寻"两句则顺势将"兼呈李白"的题意表足。浦起龙云："呈李白只一点，'今何如'者，前此赠白诗，一则曰'拾瑶草'，再则曰'就丹砂'，至此其果有得乎否也？亦非止平安套语，正与全篇赠孔意打成一片。"（《读杜心解》卷二）可见即在余笔处，诗人也不等闲放过，在步骤驰突中又见缜密之迹。全诗将通常宜于用散文表现的内容入诗，不仅拓展了诗的容量，而且把人物写照和送别之意打成一片，在章法组织上也别开生面。王世贞称李杜"歌行之妙，冠于盛唐"（《艺苑卮言》卷四），于此诗亦可见一斑。

（钟元凯）

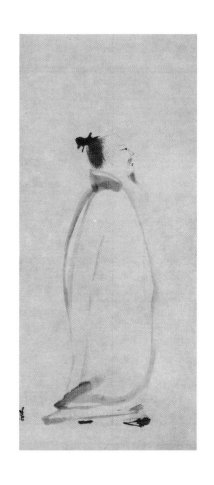

宋 梁楷｜**李白行吟图**
李白诗，见第 369 页

清 佚名 | **酒中八仙图**（局部）

李白斗酒诗百篇，长安市上酒家眠。

天子呼来不上船，自称臣是酒中仙。

杜甫《饮中八仙歌》

李白诗，见第369页

明　王宠｜**草书李太白诗卷**

大雅久不作，吾衰竟谁陈？

李白《古风》，见第 369 页

唐 张萱 | **捣练图**（宋徽宗摹本，局部）

长安一片月，万户捣衣声。

李白《子夜吴歌·秋歌》，见第 374 页

元 赵孟頫 | **蜀道难**（局部）

剑阁峥嵘而崔嵬，一夫当关，万夫莫开。

李白《蜀道难》，见第 389 页

清　高其佩 | **庐山瀑布图**（局部）

我本楚狂人，凤歌笑孔丘。

手持绿玉杖，朝别黄鹤楼。

李白《庐山谣寄卢侍御虚舟》，见第 410 页

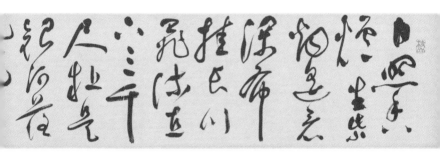

明 祝允明 | **草书李白诗二首**（局部）

日照香炉生紫烟，遥看瀑布挂前川。
飞流直下三千尺，疑是银河落九天。
李白《望庐山瀑布》，见第 457 页

元 赵孟頫 | **杜甫像**（局部）

| 杜甫诗，见第 494 页

清 王翬 ┃ **康熙南巡图**（局部，泰山）

会当凌绝顶，一览众山小。

杜甫《望岳》，见第 494 页

宋 佚名 ｜ **天寒翠袖图**

天寒翠袖薄，日暮倚修竹。

杜甫《佳人》，见第 521 页

右壮少陵题王

陵题王宰山

宰山

水图

十日画

水主日画

一石就事

不受相促

通玉宰如

肯留真

通玉宰如

蹟壮我

昆仑方

君肯留堂

之素壁

巴陵洞庭

日本東赤

岸水与

銀汕通

中有云

氣随飛

龍舟人渔

子入浦淑

山木春亚

洪濤風

宋 米芾　**书杜少陵题王宰山水图歌卷**

十日画一水，五日画一石。

能事不受相促迫，王宰始肯留真迹。

壮哉昆仑方壶图，挂君高堂之素壁。

巴陵洞庭日本东，赤岸水与银河通，中有云气随飞龙。

杜甫《戏题王宰画山水图歌》，见第547页

清 任伯年 | **公孙大娘舞剑图**

昔有佳人公孙氏，一舞剑器动四方。

杜甫《观公孙大娘弟子舞剑器行》，见第 550 页

唐拓本　**古柏行**（局部）

孔明庙前有老柏，柯如青铜根如石。

霜皮溜雨四十围，黛色参天二千尺。

杜甫《古柏行》，见第 557 页

清 王时敏 | **杜甫诗意图册之一**

白沙翠竹江村暮，相送柴门月色新。

杜甫《南邻》，见第 595 页

清 王时敏 | **杜甫诗意图册之二**

花径不曾缘客扫，蓬门今始为君开。

杜甫《客至》，见第 599 页

王霊死侍梧

樹林巫山巫峽
氣蕭森江間
波浪兼天湧
塞上風雲接
地陰藂菊兩
開他日淚孤舟
一繫故園心寒
衣處催刀尺
白帝城高急
暮砧
夔府孤城落日

安辰月十四日

元 赵孟頫 | **杜甫秋兴八首**（局部）

玉露凋伤枫树林，巫山巫峡气萧森。

杜甫《秋兴八首》之一，见第 609 页

渼　陂　行

岑参兄弟皆好奇，携我远来游渼陂。
天地黯惨忽异色，波涛万顷堆琉璃。
琉璃汗漫泛舟入，事殊兴极忧思集。
鼍作鲸吞不复知，恶风白浪何嗟及。
主人锦帆相为开，舟子喜甚无氛埃。
凫鹥散乱棹讴发，丝管啁啾空翠来。
沉竿续缦深莫测，菱叶荷花净如拭。
宛在中流渤澥清，下归无极终南黑。
半陂已南纯浸山，动影袅窕冲融间。
船舷暝戛云际寺，水面月出蓝田关。
此时骊龙亦吐珠，冯夷击鼓群龙趋。
湘妃汉女出歌舞，金支翠旗光有无。
咫尺但愁雷雨至，苍茫不晓神灵意。
少壮几时奈老何，向来哀乐何其多！

　　这是一首记游诗。《长安志》云："渼陂，在鄠县西五里，出终南山诸谷。"诗中提及同游者有岑参兄弟，可见当属纪实之作，但全诗不以写实胜，却以奇幻擅长。诗中写景，只在乍阴乍晴、忽晦忽明的变幻不定处着眼，生出一派奇景；抒情，又从忧喜无端、哀乐叠生处落笔，托出一片奇情。情景互生，而以"好奇"二字为全篇之眼，是本诗的主要特点所在。

诗的首二句叙述游陂缘起，以"好奇"为全诗提纲挈领。自"天地黤惨"以下六句，写游陂之始。诗人写携友访胜情事，却从天色晦冥、风高浪急的险恶景观落笔，又以"鼍作鲸吞"的想象平添令人竦惧不安的气氛，可谓入手便奇；而来游者不辞风波澎荡，泛舟其间，更是奇中之奇。"主人锦帆"以下八句，忽又转为天霁，此时云空水澄，略无尘埃，"棹讴发"承上"舟子喜甚"而来，而"丝管啁啾空翠来"则如柳宗元《渔翁》里的名句"欸乃一声山水绿"，写出无比新鲜的心旷神怡之感。由此，则寓目所见无不历历如画：水面上清丽明净的菱叶荷花，和水中映现的终南山浓重黝黑的倒影，两者以强烈的反差凸现出画面的层次感。而目击神往之际，恍然若置身大海之中，于是生长菱荷的浅水，也仿佛一变而为深不可测了。以上为昼游的经过。

自"半陂以南"以下八句，写夜游渼陂。这一段纯以恢赡奇崛的用笔出之。头两句不说山的倒影而说山"浸"水中，已属新奇；次二句"船舷暝戛云际寺，水面月出蓝田关"，更是想落天外。按云际寺即云际山大定寺，位于鄠县东南六十里；蓝田关即秦的峣关，在蓝田县东南六十八里。两处与渼陂相去甚远，故非实写，而是兴来神游之笔。诗人在兴高采烈之际，原不妨借助想象对物色重新组合的。"暝戛"二字，写船舷与寺影撞击有声，更是神来之笔。

接着四句写月下观赏歌舞，而全以神灵恍惚之笔将其点染得光怪陆离，目迷神眩，宛如进入游仙的境界，其情其景，几非人间所有矣。

　　诗写到高潮处急转直下，于欢乐中顷刻生出雷雨之愁，进而又由天时的不测风云推衍至人生的哀乐无常。汉武帝《秋风辞》也曾在泛舟中流、聆听鼓乐时发出"欢乐极兮哀情多，少壮几时兮奈老何"的慨叹，杜甫益之以雷雨之愁，则不仅照应了前面所写的天色阴晴不定情状，而且使乐尽悲来的思致更见细密。全诗造意用语俱奇，笔势飞动，开合不定，诚如杨伦所云："混漾飘忽，千态并集，极山岫海潮之奇，全得屈骚神境。"(《杜诗镜铨》)表现了杜诗的一个重要侧面。

（钟元凯）

兵 车 行

车辚辚，马萧萧，行人弓箭各在腰。

耶娘妻子走相送，尘埃不见咸阳桥。

牵衣顿足拦道哭，哭声直上干云霄。

道旁过者问行人，行人但云点行频。

或从十五北防河，便至四十西营田。

去时里正与裹头，归来头白还戍边。

边庭流血成海水，武皇开边意未已。

君不闻汉家山东二百州，千村万落生荆杞。

纵有健妇把锄犁，禾生陇亩无东西。

况复秦兵耐苦战，被驱不异犬与鸡。

长者虽有问，役夫敢申恨？

且如今年冬，未休关西卒。

县官急索租，租税从何出？

信知生男恶，反是生女好。

生女犹得嫁比邻，生男埋没随百草。

君不见青海头，古来白骨无人收。

新鬼烦冤旧鬼哭，天阴雨湿声啾啾。

天宝十载（751）四月，剑南节度使鲜于仲通讨南诏（在今云南境），大败于泸南，八万士兵战死六万。杨国忠却掩饰败状，谎报战功，还要大募两京及黄河南北之兵。因云南多瘴疠之气，往往未战即已病死，所以大家不肯应募，杨国忠便遣御史以捕代募，当作囚犯解送军所。出发那天，父母妻子号哭相送。（见《资治通鉴》卷二一六）这时杜甫在长安，乃作此诗。诗中揭示了三个要点：一、骨肉分散，活人随时可以登望乡台或进枉死城；二、农业荒芜，荆棘遍地；三、因为收成减少，田赋无法缴纳，官府却加紧迫索。这些后果归结起来，都是因为"武皇开边意未已"造成的。武皇指唐玄宗，唐人常以汉武帝喻玄宗。

单看开头四句，也可视作出征时军容的壮盛。再往下读，便觉凄惨万状，既有形又有声。此时此际，最伤心的自然是那些亲人。道旁句是虚写。这是一件大事情，长安城人人知道，原不必问，只是以虚引实，借问求答。于是而有以下的叙答，其中年龄由十五岁而至四十岁，作战之外还要种田。人生几何，大好的少壮时期就此消耗于边戍。古代以皂罗三尺裹头作头巾，因应征者年龄还小，所以由里正（里长）代裹。在诗人只是如实写下，头巾中却裹着去留两方面多少难言的辛酸。幸而生还，已至白首，仍不能回家而被派去守边，也便是从少年至暮年的整整一生了。

这是已经发生了的现实，然而这样的现实生活还要延展、持续，因为"武皇开边意未已"，这七字是全龙之睛。

讽刺的目的原是为了警诫，接着，诗人敛容正色，为千村万落作了代言人：这一后果首当其冲的承担者是农村。即使没有天灾，人祸也可以使"禾生陇亩无东西"。诗中说"纵有健妇",也只是假设之词,实际上未必有那么多可以代替壮丁的健妇。

"役夫敢申恨"是抑而实扬,"敢申恨"描摹役夫卑屈可怜的样子,犹如说"小的那里敢说",可是官府横征暴敛的气焰,迫使他非把心里话说出来不可。人民害怕悍吏,战神却善于培养悍吏,人民被逼得走投无路,只好责怪自己不该生而为一个男子,如果是一个女子,还不至于远戍天涯、埋没在野草之中。在重男轻女的唐代,这也是一种"逆反心理"。后汉陈琳的《饮马长城窟行》中,也有"生男慎莫举,生女哺用脯。君独不见长城下,死人骸骨相撑拄"的话,陈诗写长城役卒因不堪官吏的斥辱而有此愤激之言,杜诗可能用其意,可见这种心理的久远了。

末两句写死别,人尚在而鬼声已闻,鬼所以有新旧,因为是轮番去的,先去的已经成为旧鬼了。杜甫《白马》诗云:"丧乱死多门,呜呼涕如霰。"在混乱的年代,生与死的界限常常是不很分明的。

杜甫是大唐臣子,但面对这种惨烈的现实,还是要拿起笔,写下诗,为新鬼旧鬼申恨诉冤,并敢于讽喻皇帝,这个皇帝却是他所要效忠尽职的。

(金性尧)

奉先刘少府新画山水障歌

堂上不合生枫树，怪底江山起烟雾。

闻君扫却赤县图，乘兴遣画沧洲趣。

画师亦无数，好手不可遇。

对此融心神，知君重毫素。

岂但祁岳与郑虔，笔迹远过杨契丹。

得非玄圃裂？无乃潇湘翻？

悄然坐我天姥下，耳边已似闻清猿。

反思前夜风雨急，乃是蒲城鬼神入。

元气淋漓障犹湿，真宰上诉天应泣。

野亭春还杂花远，渔翁暝踏孤舟立。

沧浪水深青溟阔，欹岸侧岛秋毫末。

不见湘妃鼓瑟时，至今斑竹临江活。

刘侯天机精，爱画入骨髓。

自有两儿郎，挥洒亦莫比。

大儿聪明到，能添老树巅崖里。

小儿心孔开，貌得山僧及童子。

若耶溪，云门寺，吾独胡为在泥滓？

青鞋布袜从此始！

　　唐人以歌舞书画入诗者颇多，杜甫这首题画诗是其中流布人口的名篇之一。沈德潜评此诗云："题画诗开出异境，后人往往宗之。"（《唐诗别裁集》卷六）方东树则称之为"章法作用奇怪神妙，此为第一"（《昭昧詹言》卷十二）。

　　诗从画、作画者和观赏者三方面同时着笔，而将三者布置得纵横出没，莫测端倪。首二句突兀而起，先写画，却以观赏者扑朔迷离的幻觉呼起全篇，至三、四句方点破是画，却又牵出另一幅地理图作陪，衬出本画。"画师"以下六句又转而对作画者加以评赞，用以宾衬主之法，极写其超迈前贤时辈的画艺。自"得非玄圃裂"始仍回到画，而以虚荒诞幻的运笔表现此画的神工鬼斧之妙。"玄圃"代指昆仑山，为神仙所居，"潇湘"为传说中的帝女出游之处，这二句一山一水，俱遥承首二句"江山"而来。诗的开头尚不过是以假作真，至此又幻化为一片云烟缥缈的仙境。"天姥""清猿"两句，又以观赏者旧游的联想益之以生活实感。诗的最奇处乃在"反思前夜风雨急"以下四句。按前面由观画而想象仙山灵境，已属好奇；而与画本无关涉的前夜风雨，竟也被诗人拈作画艺惊天地、泣鬼神的征兆，甚至连画上墨色之鲜润，都仿佛是"天泣"所致，真可谓匪夷所思了！以上一气盘旋而下，总以神游画外为主，诗人旨在以写意之笔为画传神，故展示画面的具体形象反落第二义了。

　　自"野亭春还"句始，诗人方叙写画中景观，而叙写间仍力矫平板，用笔灵动。前六句写渔舟沧溟、敧岸侧岛、湘竹临江，均以水景为主。尔后忽又补叙一段，意在补上刘单（少府名）两儿参与作画的情节，而在补足作画者的同时，又兼补叙了画面中的山木和人物，可谓双管齐下、一石二鸟。最后四句，由画面写到观赏者的悠然神往，"若耶溪""云门寺"既是由画中的"沧浪水深""山僧童子"联想而来，又和前面同处吴越的"天姥"暗相应接。至此已使出世之想、远游之意呼之欲出，而观赏者也不由自主地进入角色，入其彀中矣。

此诗章法腾挪跳宕，写画记人顺逆穿插，总不作一段说。想象恢奇，化实为虚，力求使画面精神逸出。用字往往在若有似无之间，如"不合""怪底""得非""无乃""已似"等，为全诗增加了惝恍含闪的意味，而作图曰"扫"、说山曰"裂"、说天曰"泣"，造语奇警，发人之所未道，下开李贺一路。所有这些，正是本诗"异境"之所由来。

（钟元凯）

哀 江 头

少陵野老吞声哭，春日潜行曲江曲。
江头宫殿锁千门，细柳新蒲为谁绿？
忆昔霓旌下南苑，苑中万物生颜色。
昭阳殿里第一人，同辇随君侍君侧。
辇前才人带弓箭，白马嚼啮黄金勒。
翻身向天仰射云，一笑正坠双飞翼。
明眸皓齿今何在？血污游魂归不得。
清渭东流剑阁深，去住彼此无消息。
人生有情泪沾臆，江水江花岂终极？
黄昏胡骑尘满城，欲往城南望城北。

唐玄宗天宝十四载（755），安史之乱突然爆发。不久，长安失陷，玄宗仓惶奔蜀，肃宗在甘肃灵武即位。杜甫在从陕西前往灵武途中被叛军抓获，押到长安，于至德二载（757），写下了这首《哀江头》。

全诗二十句，可分三段。第一段四句，写曲江的萧条冷落，并抒发诗人当时的感受。"少陵野老吞声哭"，起句沉痛，为全诗奠定了基调。曰"吞声"，曰"潜行"，则合动作与心理为一体，先从侧面暗示下文要写的曲江今昔盛衰。少陵,汉宣帝许后墓,在今陕西长安县杜陵(宣帝墓)东南。杜甫曾在少陵北、杜陵西住过,故自称"少陵野老"或"杜陵布衣"。曲江,在长安东南,为当时权门贵族、文人雅士的游览胜地。曾经十年困守长安的杜甫,对曲江当然十分熟悉的。因此,下面两句便写故地重游所见:"江头宫殿锁千门,细柳新蒲为谁绿?"一个"锁"字,烘托出人去殿空的无限悲凉,而"细柳新蒲"却又在春风中返青变绿,生机盎然。"为谁绿"三字,内涵丰富,逗出以下对往昔繁盛的回忆。

二段以"忆"字领起,写玄宗游幸芙蓉苑,其侍从之盛,仪仗之华,使得苑中万物都倍添光辉,为下文极写杨贵妃作了铺垫。"昭阳殿里第一人",正用汉昭阳宫赵飞燕喻拟杨妃之美,可知所谓"苑中万物生颜色",也是一种夸张衬托的描写手法。"同辇随君侍君侧",又反用班婕妤事,既写贵妃专宠,又讥其无德。《汉书·外戚传》云:"成帝游于后庭,尝欲与(班)婕妤同辇载。婕妤辞曰:'观古图画,圣贤之君,皆有名臣在侧,三代末主,乃有嬖女。今欲同辇,得无近似乎!'上善其言而止。"是此句之所出。下面四句对游幸进行具体描写,却独出匠心,只选取宫中女官——才人射鸟这一细节作陪衬,并代替习见的饮宴歌舞场面。唯才人一箭"正坠双飞翼"的出色表演,才逗出了杨妃的"一笑";而杨妃这一笑,又暗示了身份的高贵与容止的矜持。因此,诗铺叙至此,便戛然而止。

以下即急转直下,抒写乐极之悲。"明眸皓齿"指代杨妃,并与前句"一笑"相呼应,使得两段之间陡中有承,转接无痕。这句用疑问语气，点出了马嵬兵变、杨妃被缢的悲剧。"血污游魂"不仅与"明眸皓齿"形成鲜明、沉痛的对比，而且紧承上段曲江游幸，将"今何在"与"归不得"落到了实处。紧接两句，则从玄宗和杨妃双方立言，进一步渲染两人之间一生一死的悲哀。清渭，在陕西；剑阁，在蜀中。玄宗亡命蜀中，故曰去；杨妃被缢死在渭水旁之马嵬，故曰住。生离死别，永无见日，诗人有感于此，也不禁悲从中来，泪下沾襟。这里"泪沾臆"承上"吞声哭"，"江草江花"承上"细柳新蒲"。末二句，诗人把思绪从历史的回忆和痛念中拉回，不得不直面"黄昏胡骑尘满城"的现实。而心情的沉痛使他陷入一种恍惚迷离的状态，以致于回家时，竟然"欲往城南望城北"，走反了方向。正如钱谦益《钱注杜诗》卷一所云："兴哀于无情之地，沉吟感叹，瞀乱迷惑，虽胡骑满城，至不知地之南北，昔人所谓有情痴也。"

这首诗写作者由忆旧而兴哀的感情活动，脉络非常清楚。值得注意的是，作者在对玄宗携贵妃作曲江游宴进行了大段铺叙后，并没有进一步去抒写亡国之痛，而是以同情的笔调对这两个人的命运表示了哀惋。这是因为杜甫的青少年时代是在"开元全盛日"中度过的，他曾把满腔的理想和抱负寄托在玄宗身上。因此，对玄宗他一直怀有一种特殊的感情，以至在凭吊先朝胜迹时，自然而然地对玄宗和杨妃的悲剧表示了哀悼和痛惜。

作为一个清醒的现实主义诗人，杜甫曾对玄宗的荒淫误国进行过尖锐的批判；而作为一个在开元盛世中成长起来的臣民，他又始终对玄宗有着一种特殊的感情。这两种倾向体现在不同的作品中，构成了这位诗人对他自己所生活的历史时代的一个整体的印象和理解——它们是矛盾的，又是统一的。这一点我们在阅读杜诗时是不应忽略的。

（程千帆　张宏生）

洗 兵 马

中兴诸将收山东，捷书夜报清昼同。
河广传闻一苇过，胡危命在破竹中。
只残邺城不日得，独任朔方无限功。
京师皆骑汗血马，回纥䭾肉葡萄宫。
已喜皇威清海岱，常思仙杖过崆峒。
三年笛里关山月，万国兵前草木风。
成王功大心转小，郭相谋深古来少。
司徒清鉴悬明镜，尚书气与秋天杳。
二三豪俊为时出，整顿乾坤济时了。
东走无复忆鲈鱼，南飞觉有安巢鸟。
青春复随冠冕入，紫禁正耐烟花绕。
鹤驾通宵凤辇备，鸡鸣问寝龙楼晓。
攀龙附凤势莫当，天下尽化为侯王。
汝等岂知蒙帝力，时来不得夸身强。
关中既留萧丞相，幕下复用张子房。
张公一生江海客，身长九尺须眉苍。
征起适遇风云会，扶颠始知筹策良。
青袍白马更何有？后汉今周喜再昌。

寸地尺天皆入贡，奇祥异瑞争来送。

不知何国致白环，复道诸山得银瓮。

隐士休歌紫芝曲，词人解撰河清颂。

田家望望惜雨干，布谷处处催春种。

淇上健儿归莫懒，城南思妇愁多梦。

安得壮士挽天河，净洗甲兵长不用！

　　此诗原注："收京后作"。从诗中提到的一些人物称谓看，当作于乾元元年（758）八月之后，但诗的内容却主要追述了肃宗至德二年（757）的时事。是年，唐军先后收复两京，肃宗自凤翔回到长安，并迎回了在蜀中的玄宗（时已册封为上皇）。在郭子仪、李光弼等几路大军的夹击下，安禄山之子安庆绪走保邺城，史思明诈降，"虽相州未下，河北卒为唐有矣"（《资治通鉴》卷二二〇）。本诗即以记功颂祷的体式，展现了令人欢欣鼓舞的中兴气象。

　　此诗吸收了铭赞文的写法，气势宏阔而结构严整。全诗凡四转韵，每韵十二句，组成了四个形式匀称而内容上各有侧重的层次。第一层，铺写节节胜利的军事形势。首句特以"中兴"二字领起，为全局总冒。以下八句一气呵成，从捷报昼夜频传、官军挥师挺进，写至叛军溃败退守，京师收复庆功等，一句一意，形成大步流星之势，其间又以"一苇""破竹""不日"等用字，托出一派轻捷迅疾的节奏声情，传达出势不可挡的浩荡军威。"已喜"以下四句，又用工整的对句稍作回顾之笔，以见胜利的来之不易。后面这两联中一、四句抚今，写出敌我胜负已分的大局，二、三句追昔，写出征战的艰难历程，联句近承远应，参差错落，在整炼中又见斡旋灵动之致。

第二层，赞述中兴名将和王业复兴之事。前六句，表彰李俶、郭子仪、李光弼、王思礼诸功臣，诸将虽特点各异而又同建"整顿乾坤"之伟功。后六句，则分别从士民、朝廷、帝室三方面铺陈王业的复兴。"东走""南飞"两句写士民的安居乐业，"青春""紫禁"两句写朝廷的重振朝仪，"鹤驾""鸡鸣"两句写肃宗率太子向上皇请安，帝室得从容以全慈孝。后六句纯用典丽整饬的偶句出之，前二句以典故相对："忆鲈鱼"用张翰事，"安巢鸟"从古诗"越鸟巢南枝"的成句化出；次二句以"青春"和"紫禁"的字面对突出色泽；末二句则用"鹤驾""凤辇""鸡鸣""龙楼"等华美典重的代词写帝室之事。这里都可见诗人润色鸿业的用心所在。

第三层，追叙宰相张镐的业绩。克敌制胜不仅要靠良将，而且尤赖政治上的正确决策，此老杜识见高超处。故写此诗时虽张镐已罢相，而诗人仍特意表出，且用笔多于前述名将者。此段从当时封爵太滥的弊政写起，首二句语出《汉书》述传中的"攀龙附凤，并乘天衢""云起龙骧，化为侯王"，只添一"尽"字，讽意自见。据《通鉴》卷二一九载："是时府库无蓄积，朝廷专以官爵赏功，诸将出征，皆给空名告身……有至异姓王者。""名器之滥，至是而极焉。"本段前四句即讽喻此事。宰相既为执掌天下名器者，故下文乃追叙用相事以寄意。按至德二年（757）朝廷先后以房琯、张镐为相。房琯曾自蜀奉册赴灵武留相肃宗，故云"关中既留萧丞相"；同年四月，张镐又继房琯为相，张镐为相期间，曾识破史思明的诈降、预见许叔冀的临难必变，故诗人以张良许之。中兴大业全赖将相得人所致。以上三层，合为本诗的写实记事部分，而本段最后两句乃以历史上篡梁身弑的侯景喻指"胡危"，以汉光武、周宣王喻指唐的"中兴"，与本诗的开头遥相呼应，显得有放有收、神固气完。

诗的最后一层，表达了诗人对消弭战乱、恢复和平的热情展望。这一段除末两句外均为对偶句，诗人以祥瑞出、民心归、农事兴，夫妇合四事，极写天人共庆的欢乐和欣喜。张远注云："前六，颂其已然。后六，祷其将然。"虽截割未免过于分明，而指出本段以颂祷为主则是。诗的最后两句，更出以浪漫的奇想点明题旨。《说苑》云："武王伐纣，风霁而乘以大雨。散宜生曰：'此非妖与？'王曰：'非也，天洗兵也。'"诗人本此而更恢张其势，设想倾天河之水，则何愁甲兵洗之不净！全诗以庆贺大捷发端，以销歇战争的畅想和热望作结，想落天外的运思和深邃高远的立意互为表里，使全诗的收尾充满了奇情壮采。

唐汝询说此诗"有典有则，雄浑阔大，足称唐雅"（《杜诗详注》卷六引）。全诗句式骈散相间，兼有畅达纵放和庄重典雅之致。章法上既跳脱灵变，又针线细密。如同属纪功，诗人乃以不同写法分别穿插于各段之中：首段写平叛的两支主力部队朔方军和回纥兵，是在畅说形势时顺势表出；二段写中兴名将则一句一人作品鉴语；三段写张镐则对其立身行事稍作铺衍，写来不拘一格。而各段之间又注意承接，如首段既从军事大捷落笔，故二段以统帅大军的成王接起；三段发端处的"攀龙附凤"不仅用成语，而且字面上又是承上段末的"凤辇""龙楼"蝉联而来。诗人还采用朝廷制文入诗，如"胡危命在破竹中"即兼采了至德二载十一月的制文："朕亲总元戎，扫清群孽。势若摧枯，易同破竹。"又如"鸡鸣问寝龙楼晓"，亦隐括了肃宗即位时下制所说的"导銮舆而反正，朝寝门而问安"，这又平添了庄严信实的史笔意味。人谓"足称唐雅"，信然。

（钟元凯）

戏题王宰画山水图歌

十日画一水，五日画一石。

能事不受相促迫，王宰始肯留真迹。

壮哉昆仑方壶图，挂君高堂之素壁。

巴陵洞庭日本东，赤岸水与银河通，

中有云气随飞龙。

舟人渔子入浦溆，山木尽亚洪涛风。

尤工远势古莫比，咫尺应须论万里。

焉得并州快剪刀，剪取吴淞半江水！

　　杜甫题画诗品鉴精妙，往往可为画论之助。如本诗所赞述的王宰，是蜀中一位擅长山水树石的著名画家，曾见录于朱景玄《唐朝名画录》，并被誉为"妙上品"。而在朱氏此书以及北宋郭熙《林泉高致》等画论中，就又都引述了这首杜诗，可见诗人对画理的契悟之深，是颇受丹青行家们重视的。

　　此诗共分三层题写。第一层六句，先将画家重视感兴的创作态度表出。首二句以复沓句式勾勒出其一任天机、从容挥洒的作风，三、四两句更点明其摈斥急功近利的世俗观念，唯以乘兴得意、驱走笔端的自觉为审美追求。中国画论自古即有所谓"解衣般礴"

《庄子·田子方》)之说，意谓只有摒弃了利害得失的杂念，具备了虚空澄明的审美心胸，才能创造出洋溢生命活力的、出神入化的艺术精品。这里正以此赞颂王宰高于一般画匠的大家品格。后两句由人过渡至画，而"昆仑方壶图"的命名，乃是将传说中地处东西两极的仙山并为一图，可见画家之意不在为真山水描头画角，而在神游物外写胸中之丘壑，立意之高超已隐然可见。

诗的第二层五句，记图中山水。这五句写得境界开阔而气势充沛。前三句用虚笔写水势浩瀚，天水一色：先连用巴陵、洞庭、日本、赤岸等地名，以想象之词状水域之广阔无垠；尔后又以银河相通的奇想，状水势之汗漫浑浩。中间并以缥缈飞动的云气点缀，以云水相激之势，为画面壮声色、长精神。后二句转用实笔，以渔舟避、山木摇，活现出满眼风涛。诗人虚实相间的用笔和画家虚实相生的神理契合无间，生动地传达出王宰山水画潇洒飘逸的风致。

诗的末一层四句，为诗人的评赞。"尤工远势"两句，不但为王宰画称好，而且也道出了中国山水画艺术构思的基本特征。《林泉高致》曾概括中国画有"高远""深远"和"平远"的"三远法"，其视角虽不尽相同，而"远望之以取其势"则同。可见诗人的熟谙画中三昧。诗的最后两句将观赏者爱不忍释的心情表现得意兴遄飞，不落窠臼。因爱之，故欲有之；欲有之，故思剪之；而水流不已，倏忽逝去，非快剪刀不足以挽住也。此处将赞美包孕于一富有戏剧性的假想动作之中，而又将真画、真水打成一片，于是成此趣味隽永的奇俊语。后来李贺的"欲剪湘中一尺天，吴娥莫道吴刀涩"(《罗浮山人与葛篇》)即本此而出。由杜甫的题画诗可以得知：唐人的诗歌成就乃是和他们多方面的文艺修养联系在一起的。

（钟元凯）

观公孙大娘弟子舞剑器行并序

　　大历二年（767）十月十九日，夔府别驾元持宅见临颍李十二娘舞剑器，壮其蔚跂。问其所师，曰："余公孙大娘弟子也。"开元五载（717），余尚童稚，记于偃城观公孙氏舞剑器浑脱，浏漓顿挫，独出冠时。自高头宜春、梨园二伎坊内人洎外供奉，晓是舞者，圣文神武皇帝初，公孙一人而已。玉貌锦衣，况余（疑"晚余"之误）白首，今兹弟子，亦匪盛颜。既辨其由来，知波澜莫二，抚事慷慨，聊为《剑器行》。昔者吴人张旭善草书书帖，数尝于邺县见公孙大娘舞西河剑器，自此草书长进，豪荡感激，即公孙可知矣。

　　　　昔有佳人公孙氏，一舞剑器动四方。

　　　　观者如山色沮丧，天地为之久低昂。

　　　　爉如羿射九日落，矫如群帝骖龙翔。

　　　　来如雷霆收震怒，罢如江海凝清光。

　　　　绛唇珠袖两寂寞，晚有弟子传芬芳。

　　　　临颍美人在白帝，妙舞此曲神扬扬。

　　　　与余问答既有以，感时抚事增惋伤。

　　　　先帝侍女八千人，公孙剑器初第一。

五十年间似反掌，风尘澒洞昏王室。

梨园子弟散如烟，女乐余姿映寒日。

金粟堆南木已拱，瞿唐石城草萧瑟。

玳筵急管曲复终，乐极哀来月东出。

老夫不知其所往，足茧荒山转愁疾。

　　剑器舞，是唐代健舞的一种，女子男装空手作剑舞动作；又有剑器浑脱，则是将剑器与浑脱舞结合起来的一种舞蹈，所谓浑脱，原是乌羊毛毡帽，戴之以舞，故称。则剑器浑脱，似为胡装而舞者。开元五年（717），杜甫方六岁，在河南郾城（今名同），得观公孙大娘舞剑器浑脱。公孙大娘为玄宗——圣文神武皇帝是他的尊号——宫禁内教坊宜春坊中供奉宫廷的舞女之佼佼者，其展艺于民间，当然使幼时的诗人为之惊叹，留下了极其深刻的印象。五十年后，诗人出蜀病滞峡中夔州之时，竟又偶然见到了大娘弟子河南临颍（今名同）李十二娘舞剑器。虽然得大娘真髓，曲折步武酷肖，但诗人的观感却非同往日。这不仅因为年已向暮，更由于中间经历了八年之久的安史之乱。人生倏忽之叹与家国兴衰之悲，促使诗人写下了这一以"感时抚事增惋伤"句为主旨，也为全篇关锁的名篇。立意的超卓，也带来了本诗谋篇布局的新境界。

　　诗从李十二娘对公孙大娘的师承关系，生发出感情波澜，勾引起对往事的回忆。首段（起始至"罢如江海"句）用一连串生动形象的比喻，酣畅淋漓地描绘出儿时所见大娘精湛雄奇的舞蹈艺术，其海天怒涛般的气势，似乎显示了玄宗开元盛世的恢宏气象。"绛唇珠袖"四句是枢纽，由师父及弟子，由往昔入今时，由公孙大娘身上牵引出一条"先帝"的线索，逆探上文并贯串下文。

虽然十二娘姿容舞技不下乃师，诗人却不免睹技生想，因此而"感时抚事增惋伤"，深感沧海桑田，"五十年间似反掌"。眼前战云相连，王室蒙尘；梨园子弟，星散如烟的境象，本已非"先帝侍女八千人，公孙剑器初第一"的盛况可比；而遥想起金粟堆（今陕西浦城东）南那位风流天子明皇帝墓木当已成围，则诗人望中的瞿塘峡口白帝石城，更显得荒草凄凄，一片萧索。思此见此，红粉美人"神扬扬"，也不免在寒日落照的照映之下，点出了衰颓的神色，而玳瑁急管的胜宴，在冰月初起的冷光中，更成了乐极哀生的资料。这凄伤的景象以"感时抚事增惋伤"为中介，与五十年前欢娱雄奇的状况遥相对照，更增强了一种悲壮的意况。在篇末诗人奔走荒山，迷不知所之的形象中，人们可以感到他博大的胸怀之中那一颗为家国的灾难煎熬得早已破碎了的诗人之心。

此诗题为《观公孙大娘弟子舞剑器行》，而写舞姿却集中于昔日公孙大娘身上，于弟子仅虚写数语，以为映照，这种详略安排，既为主旨服务——如果详写弟子舞技之美，必将冲淡"感时抚事增惋伤"；又与虚实安排相结合，后半写墓木，写石城荒草，冷月东升，因"女乐余姿映寒日"一句的提示，处处给人以暗示，李十二娘的剑器舞虽美，但气韵萧索，已非乃师的宏壮可比。人们都欣赏前半描写公孙大娘舞姿四句之比喻传神，气势恢宏；而其实后半

"风尘澒洞"以下六句的气氛渲染，更具有味之不尽的韵味：至此，是写国运，还是写舞女，是国运使舞姿减色，还是舞姿隐现出国运之不振，已混然一体，不可究，也不必究。这就是杜甫七言纵横挥斥之中的深致、法度深严之中的匠心。与李白七古之于自然奔放中见天机一片的风格，显有不同。

（赵昌平）

短歌行赠王郎司直

王郎酒酣拔剑斫地歌莫哀，

我能拔尔抑塞磊落之奇才。

豫章翻风白日动，鲸鱼跋浪沧溟开。

且脱佩剑休徘徊。

西得诸侯棹锦水，欲向何门趿珠履？

仲宣楼头春色深，青眼高歌望吾子。

眼中之人吾老矣！

这首诗是大历三年（768）杜甫寓居湖北江陵时，为送别一位友人赴蜀而作。诗题中提到的王司直，又见于杜甫的《戏赠友》其二："元年建巳月，官有王司直。马惊折左臂，骨折面如墨。"大约是一个倜傥磊落而又不得志的豪杰之士。本诗的语言戛戛独造，不落故常，明代的王嗣奭称"此篇乃老杜歌行之奇绝者"（《杜臆》卷四）。

诗的前五句写所送之人。诗一开头即连用两个长句起势，如河口冲决，喷薄而出。首句正面写"主"，一起便呼出人物。昔鲍照诗云："拔剑击柱长叹息"（《拟行路难》其六），李白诗云："酒为剑歌雄"（《在水军宴韦司马楼船观妓》）、"酒酣舞长剑"（《送张秀才谒高中丞》)、"停杯投箸不能食，拔剑四顾心茫然"(《行路难》其一)，均以剑、酒、歌来表现骏爽奔放的慷慨意气或英雄失落的悲愤不平。第二句以宾托主，顺其势更加恢张扬厉。三、四两句一转而用极工整的偶句，并变赋陈为比兴，其间出现的高树、大鱼、劲风、巨浪、白日、碧海等伟美意象，适足以为英雄的礼赞。第五句则以单句顿住，句意暗用《战国策·齐策》中的冯谖弹剑事，意谓王郎前程远大，无须抚剑悲歌。这一段，起得突兀，收得斩绝，可谓语短而力足。

后五句写送别之事。"西得诸侯"两句，写将来事，言王郎即将赴蜀，点明所去之地；"仲宣楼头"两句，写眼前事，言荆南作别，点出送行的时地。四句之中，化用了三个典故："蹑珠履"语出《史记·春申君传》："春申君客三千余人，其上客皆蹑珠履。""仲宣楼"用汉末王粲《登楼赋》事，除指明地点（江陵）外，又有离乡漂泊的自况之意。"青眼"则用晋阮籍事，阮籍能为青白眼，惟遭遇知己时方作青眼。以上故事均发生在动荡时世，且都与英雄襟抱相联系，用在此处意在壮行色、添豪情。诗最后仍以单句收束，而句法离奇，按"眼中之人"乃承上句"望吾子"而来，指王郎，此句以呼告口气出之，一则慨叹岁月无多，生离或是即成死别；二则寄厚望于王郎，慰勉其放眼未来，及时努力。全诗遂在悲凉与热情的辩证交织中，完成了一支余音袅袅的短歌。

杜甫后期的诗在构思、语言上每多创辟之处。如此诗以《短歌行》为题，诗中以王郎哀歌发端，而以诗人自己高歌作结，可谓歌中有歌。全诗句法组织破偶为奇，上下各五句，以五句为一押韵单位，且每一部分均以单句收束。开头连用了两个十一字句，在句型上也属罕见。联系他在这一时期诗歌创作中的多种尝试，如句数上的以奇代偶（如《后苦寒行》二首各七句成篇，《君不见简苏徯》九句成篇），字数上的突破常规（如《同谷歌》六字成句，《茅屋为秋风所破歌》九字成句，《桃竹杖引》十一字成句），以及某些诗用字上的怪怪奇奇、声律上的拗声拗调等，都表现出以生矫熟的新变趋向。这种诗运转变之际的文学现象，是很值得注意的。（钟元凯）

古柏行

孔明庙前有老柏，柯如青铜根如石。

霜皮溜雨四十围，黛色参天二千尺。

君臣已与时际会，树木犹为人爱惜。

云来气接巫峡长，月出寒通雪山白。

忆昨路绕锦亭东，先主武侯同閟宫。

崔嵬枝干郊原古，窈窕丹青户牖空。

落落盘踞虽得地，冥冥孤高多烈风。

扶持自是神明力，正直原因造化功。

大厦如倾要梁栋，万牛回首丘山重。

不露文章世已惊，未辞剪伐谁能送？

苦心岂免容蝼蚁，香叶曾经宿鸾凤。

志士幽人莫怨嗟，古来材大难为用！

此诗作于唐代宗大历元年（766），当时杜甫正寓居夔州（今四川奉节）。

全诗分三段，每段八句。第一段写夔州诸葛亮庙前的古柏：颜色苍老，枝干劲挺，而以"四十围""二千尺"的夸张语形容之。宋人沈括在《梦溪笔谈》中说："四十围乃径七尺，无乃太细长乎？"

其实这些数字并非实指，沈氏之说未免拘泥。正因古柏高耸参天，所以与巫峡的云气相接，又与雪山的寒光辉映。雪山指岷山，在成都之西。诗人的思绪也就随着那云气、月色而"视通万里"，于是第二段就转咏成都武侯祠前的古柏。两段之间的空间跨度很大，但衔接却极为紧凑。

二段以"忆"字领起，"锦亭"即位于锦水边上的"野亭"，先主庙和武侯祠都在它的东面。杜甫回忆自己去年离开成都之前，曾路经武侯祠。祠庙户牖深邃，阒寂无人，只见那参天古柏屹立于烈风之中。"落落盘踞"二句，注家或以为指成都古柏，或以为指夔州古柏，或以为前句指成都古柏而后句指夔州古柏。其实在诗人眼中，成都古柏与夔州古柏是同样的正直高大，同样的为人爱惜，并无二致，所以此处实为合两处之柏而咏之。"孤高"当是指古柏本身，而不是说地势高。古谚云："木秀于林，风必摧之。"然古柏孤高如此，仍能巍然屹立，故诗人认为定有神明在暗中扶持。

第三段转入议论：古柏既高大正直，当然是栋梁之材，即使形貌古朴，也不会被世人忽视。然以万牛之力也无法把此木运到将倾之大厦（暗指岌岌可危之朝廷）那里去，那么，"材大难为用"就势必成为古今共有的感叹了！

咏物和咏史是古诗中常见的两类题材，其共同特点是借咏外界事物以抒发内心情感。以杜诗为例，前者如《房兵曹胡马》《画鹰》，后者如《咏怀古迹》，无不如此。《古柏行》之特殊处，在于它既是一首咏物诗，又是一首咏史诗，当然，也是一首咏怀诗。它是如何做到一身而三任的呢？原来，它所咏的不是普通之物，而是诸葛亮庙前的古柏。我们知道，诸葛亮是杜甫最敬重的古贤之一，杜诗中多次赞颂诸葛亮，对这位鞠躬尽瘁的蜀汉丞相极尽推崇之能事。"树木犹为人爱惜"一句暗用"蔽芾甘棠，勿剪勿伐，召伯所芨"（《诗经·召南·甘棠》）之意，正表明了杜甫珍视古柏的原因。更何况古柏的形貌气质与诸葛亮多有共同之处，在诗人眼中，古柏即诸葛亮，诸葛亮即古柏，两者已融合成一个艺术形象。诸葛亮虽然"出师未捷身先死"，但毕竟"君臣已与时际会"，不能说未为世用；而杜甫自己，却是早年即"自比稷与契"，晚年仍"飘泊西南天地间"，所以，"古来材大难为用"之句正是发自诗人内心的感叹。诗写到这里，就完全转为咏怀了。值得注意的是，此诗中咏史、咏怀两层旨意都很显豁，但从字面上看，却句句都是咏物，紧扣题面，这正是前人所谓"风人之旨"。

　　与主题相应，此诗在形式上写得凝重、整饬。全诗三段，篇幅相同，换韵情况也与诗意之段落相符。全诗二十四句，对仗之句占三分之二，其中如"霜皮溜雨四十围，黛色参天二千尺"等联极为工整。对句的安排也很有规则，第一段中第一联不对，下面三联皆对。第二段中也是如此。第三段则稍作变化，末尾不对。这种运律入古的写法在杜甫七古中似乎只有《洗兵马》一篇可与此媲美。

（程千帆　莫砺锋）

丹 青 引

将军魏武之子孙，于今为庶为清门。

英雄割据虽已矣，文彩风流今尚存。

学书初学卫夫人，但恨无过王右军。

丹青不知老将至，富贵于我如浮云。

开元之中常引见，承恩数上南薰殿。

凌烟功臣少颜色，将军下笔开生面。

良相头上进贤冠，猛将腰间大羽箭。

褒公鄂公毛发动，英姿飒爽来酣战。

先帝御马玉花骢，画工如山貌不同。

是日牵来赤墀下，迥立阊阖生长风。

诏谓将军拂绢素，意匠惨淡经营中。

须臾九重真龙出，一洗万古凡马空。

玉花却在御榻上，榻上庭前屹相向。

至尊含笑催赐金，圉人太仆皆惆怅。

弟子韩幹早入室，亦能画马穷殊相。

幹唯画肉不画骨，忍使骅骝气凋丧。

将军画善盖有神，偶逢佳士亦写真。

即今飘泊干戈际，屡貌寻常行路人。

途穷反遭俗眼白，世上未有如公贫。

但看古来盛名下，终日坎壈缠其身。

　　《历代名画记》卷九记："曹霸，魏曹髦之后，髦画称于后代，霸在开元中已得名。天宝末，每诏写御马及功臣，官至左武卫将军。"代宗广德二年（764）杜甫于成都与曹霸邂逅。大乱之后，世事飘蓬。二人均潦倒落魄。杜甫作此诗赠之，同情曹霸之遭遇，亦微见自己"往时文彩动人主，此日饥寒趋路旁"（《莫相疑行》）之慨。篇末"即今飘泊干戈际……途穷反遭俗眼白"，"但看古来盛名下，终日坎壈缠其身"，是一诗主旨所在；而在对曹霸画艺的盛赞中，亦有以见老杜"意匠惨淡经营中"，重"骨"尚"神"的美学观念。前一点是纵向延展的主线，后一点是横向铺展的辅线，纵横二线，以画马为契机，揉合一体，互相映发，表现了杜甫善于驱驾长篇的巨大的组织才能。韩愈以文法入诗的趋向，在杜甫此类诗作中已初见端倪。

　　环绕画马，诗人从各个角度作陪衬铺垫，先以其师承卫夫人、王羲之，品才兼备遥遥领起，继以重画凌烟阁二十四功臣，须发毕现，英姿飒爽作前引，导入画玉花骢这一中心，于画马本身着墨无多，却不嫌其详地先写众工如山之无能为力作反衬，又以画成后天子、臣工之赏叹惊咤作正衬，从而凸现出作为本节中心的"诏谓将军拂绢素，意匠惨淡经营中。须臾九重真龙出，一洗万古凡马空。玉花却在御榻上，榻上庭前屹相向"正写六句。然后再以盛名传于当时的韩幹画马画肉不画骨，致使名马神"气凋丧"为本节小结，既再作反衬，又为下文伏笔。

画马一节的铺陈，是以"开元之中常引见"领起，而以"忍使骅骝气凋丧"为结的。以下即以"将军善画盖有神"写起，与"气凋丧"形成强烈对照，既伸足以上重气尚骨主张，又自然转入"偶逢佳士亦写真"上照凌烟阁图形。然后以"即今"二字应"偶逢"作陡转，折入曹霸今日之遭遇。"飘泊干戈际"上应"开元中"，醒明今昔之意，"屡貌寻常行路人""途穷反照俗眼白"的窘境则照应当初图形画马，主尊赐金、群臣惊诧之显荣。"世上未有如公贫"又呼应开首"将军魏武之子孙……文彩风流今尚存"的显赫家世。这样由画马为中心使前后形成怵目惊心的身世、遭遇反差，遂由一度变乱之浮沉，推而广之于人类社会荣枯变迁之不可端倪，使全诗具有一种历史的纵深感。于是"但看古来盛名下，终日坎壈缠其身"的慨叹就显得分外深沉而苍茫。

本诗的语言也极精彩，图形之"良相"以下四句，写马之"诏谓"以下四句，既骨相峥嵘，萃焉不群，又饱笔浓墨，神彩飞扬，正体现了诗中所说"惨淡经营"而"气""骨"兼备的特点。这种语言特点与上析布局特点，构成了杜甫后期诗的主要艺术特征。

（赵昌平）

房兵曹胡马

胡马大宛名，锋棱瘦骨成。

竹批双耳峻，风入四蹄轻。

所向无空阔，真堪托死生。

骁腾有如此，万里可横行。

　　这首诗旧注以为开元二十八年（740）或二十九年作，那正是诗人漫游齐赵的早期作品。

　　杜甫写马、写鹰、写松柏都别有寄托，意在言外，不是像标本似的求得外貌上的真实。他对马的要求是天骨开张，顾视清高，锐耳批竹，双蹄削玉，又能和人死生与共、患难相随。他于马，不爱肥硕而爱瘦劲，肥硕俗而多肉，瘦劲则骨强健轻快，具有负载和奔跑的力度，体现了杜甫的审美趣味。李贺的《马诗》，也欣赏"向前敲瘦骨，犹自带铜声"那种性格化的瘦马。

　　当时良马，多来自西域，大宛以产"汗血马"著称。第一句是说种子要优良，实亦人兽皆然，使人联想起"诗是吾家事"那句诗。第二句写马的瘦劲，虽瘦而骨骼坚挺。下面两句，写这一瘦马在结构上的力度，"竹批"为批竹的倒装词，形容马耳坚挺时力能削竹。他在《李鄠县丈人胡马行》中也说："头上锐耳批秋竹，脚下高蹄削寒玉"。"风入"句写马在腾跃时如凌空御风，仍与瘦劲相照应；"所向"句写马之勇往直前，没有不可逾越的空间。这样的马自然能把生命交给它而无所疑虑，应场《慜骥赋》所谓"展心力于知己兮，甘迈远而忘劬"，仇注曾引孙权、刘备、刘牢之在危急时，赖马之力跃而解危的故事。杜诗未必用这些典故，却为马的品德提供了最高的例证。

唐代州郡有兵曹参军，掌管军防、驿递等事务，和马的关系自极为密切。全诗先写此马的特征与能力，次写马对人的忠诚，最后回到本题，归结于具体的人房兵曹，实含勉励之意，希望他驾驭良马，驰驱万里，为国尽力。

（金性尧）

月　夜

今夜鄜州月，闺中只独看。

遥怜小儿女，未解忆长安。

香雾云鬟湿，清辉玉臂寒。

何时倚虚幌，双照泪痕干？

安史乱中，天宝十五载（756）八月，杜甫在只身前往灵武（今宁夏宁武）投奔唐肃宗李亨途中，被叛军掳往长安。其时，他的家小正在鄜州（今陕西富县）羌村。这首诗即为杜甫身在沦陷中的长安，思念鄜州妻子杨氏所作。

作为杜甫诗集中最为有名的作品之一，此诗情感深婉、语意玲珑、章法巧妙，曾被前人赞为"五律之圣"。

"心已神驰到彼，诗从对面飞来。"（浦起龙《读杜心解》）构思的敏妙，是此诗最为显著的特点。诗人怀妻深切，却不从自身之月境思情写起，反着笔于想象中的妻子对自己的思念："今夜鄜州月，闺中只独看。"首联，如纪昀所说："入手便摆落现境，纯从对面着笔，蹊径甚别。"（转引自高步瀛《唐宋诗举要》卷四）颔联承上，突出首联中的"独"字。杜妻杨氏本有儿女在旁，不可谓独。然而儿女尚小，不解思父，更不能为母分忧。由此，衬托了杨氏之孤。

诗人牵肠挂肚地为幼稚的孩子遭此大乱而难过，更为其妻在兵荒马乱之中携儿将雏而伤心。因此，"解忆已可悲矣，未解忆更可悲"（见《唐宋诗举要》卷四引）。颈联"香雾云鬟湿，清辉玉臂寒"，绮丽精美，情感悲恻。清辉，指月光。中秋之夜，水银泻地般的月色之中，霏微的薄雾轻纱般地笼罩大地。诗人深夜长思，不能入眠。他设想此时妻子也同自己一样，定然在月下站久了，头发被秋夜的凉雾沾湿，手臂被清冷的月光映寒。这里，写其妻望月之久，正是写其忆夫之切，其实仍旧是表达诗人自己深长不尽的思念。诗中，用云来比喻鬟，是形容其浓密高耸；用玉来比喻臂，是形容其洁白润泽。雾本无香而用香字，则是气味从鬟发中膏沐所生。杜甫笃于伉俪，想象闺中发肤云浓玉洁，香气馥郁，真是忆念入微，万般爱恋。

尾联是诗人热切的期待："何时倚虚幌，双照泪痕干？"虚幌，指闺中帷幔。虚，是极度形容此帷幔质地轻薄、柔软而透明的用语。杨伦在《杜诗镜铨》中写道："独、双二字，一诗之眼。"的确，此二字传神地造成了三种境界：其一为诗人所实在的长安月夜，其二为想象中其妻所在之鄜州月夜，其三为将来双双依幌相对之团聚月夜。三种境界，虚实相生，苦乐不同，深情密意，贯穿其中。尾联呼应首联，更得绵密之巧。"何时"对应"今夜"，"双照"对应"独看"，"泪痕干"对应相思苦。王嗣奭在《杜臆》中总结此诗脉络时说得好："公本思家，偏想家人思己，已进一层。至念及儿女不能思，又进一层。发湿臂寒，看月之久也。月愈好而苦愈增，语丽情悲。末又想到聚首时对月舒愁之状，词旨婉切。"

（朱大刚）

春 望

国破山河在，城春草木深。
感时花溅泪，恨别鸟惊心。
烽火连三月，家书抵万金。
白头搔更短，浑欲不胜簪。

安史叛军铁蹄蹂躏下的长安，满目疮痍。"国破山河在，城春草木深。"首联即写国都残破、满城荒草的惨象。宋代司马光在《续诗话》中称赞此联意在言外："山河在，明无余物矣；草木深，明无人矣。"这两句互文见义。国都长安已落敌手，宫室被焚劫，人民被屠戮，只有山河依然存在。已是春天，但是昔日的繁华荡然无存，只有豺狼遍地，草木杂生，人迹罕至。此联中，"在"字和"深"字为诗眼。吴见思《杜诗论文》曾指出："杜诗有点一字而神理俱出者。如'国破山河在'，'在'字则兴废可悲；'城春草木深'，'深'字则荟蔚满目矣。"

颔联素有歧解。春天的花鸟，本来为娱人之物。但是诗人在这良辰美景之中，倍觉哀伤。他见到花开而溅泪，听到鸟鸣而惊心。这种"以乐写哀，倍觉其哀"的手法，是中国诗词中处理情景关系出奇制胜的艺术。这一联也可以解作：因"感时"，连花也为之

"溅泪"，这其实是就花上的露水而产生的联想；因"恨别"，连鸟也为之"惊心"，这其实是就鸟在枝头跳跃不安而鸣的情境而产生的联想。花鸟这些无情之物尚且如此，何况如多愁善感的诗人杜甫呢？这就通过移情作用，将主观情感投射于外界事物之上，赋予无情的自然景物以人的灵魂。这种鉴赏古典诗词经常产生的多义性现象，丰富了诗的内涵、增强了诗的魅力，超出了原作者的感觉之外。

颈联中的"连三月"，是说战争从去年一直打到今年三月。也就是说，从安禄山在范阳叛乱，至今已一年零五个月了。用"连"字深切地表现了人民在战祸中的痛苦煎熬在时间的跨度，显示了诗人对战乱漫长的憎恶与焦虑。同时，也为下句张本：烽火不息则交通阻塞，家人音讯难以相通，因而"家书抵万金"。"万金"之句，表现了诗人对离散亲人一种刻骨铭心的牵挂与担忧。后来他在《述怀》诗中有了较为详细的描述："去年潼关破，妻子隔绝久。……寄书问三川，不知家在否？……几人全性命，尽室岂相偶？"诗人一家的遭遇，正是安史乱中千千万万家庭悲剧的写照。

尾联是诗人自我形象的描画。深重的忧国之思、悲哀的家室之恋，这愁苦使诗人白发稀疏，简直到不能用簪束发的地步。诗人在《北征》诗中曾追忆此时情景说："况我堕胡尘，及归尽华发。"这儿的"华发"即是"白发"，同前"白头"，指满头白发。这种生理的急遽衰变，是诗人极度悲愤、郁闷的象征。而这一切都是由于"堕胡尘"而感时伤别所引致！

此诗结构谨严、巧思绵密。全诗八句。前四句是一层次，为春望之景，诗人睹物伤怀。后四句是一层次，为春望之情，诗人遭乱思家。其中"'烽火'句应感时，'家书'句应恨别，但下句又因上句而生"(《杜诗详注》引赵汸说)。而"感时""恨别"又承接首联"国破"而来，尾联则自然地归结到自身的憔悴，所以全诗抑扬顿挫，潜气内转。明代诗评家胡震亨在《唐音癸签》评云："对偶未尝不精，而纵横变幻，尽越陈规，浓淡浅深，动夺天巧。" （朱大刚）

秦州杂诗

（七首选一）

莽莽万重山，孤城山谷间。

无风云出塞，不夜月临关。

属国归何晚，楼兰斩未还。

烟尘一长望，衰飒正摧颜。

唐肃宗乾元二年（759）夏，关中大饥。杜甫在七月中旬辞去华州司空参军这个微官卑职之后，满目悲凉，携家西行，客居秦州（今甘肃天水），同年十月离开。在此期间，写了《秦州杂诗》二十首。

《秦州杂诗》是一组以诗代简的纪行之作。其诗"以入秦起，以去秦终，中皆言客秦景事"。整组诗中贯注着三个方面的内容：山川城郭之奇与土地风气之宜；感时忧乱而渴望安定；慨念自身不被世用而羁栖异地。诗格悲愁凄恻，反映了时代的痛苦。《杜诗言志》一书中对此曾有过"十可悲"的概括："半生期许，至此尽蠲，一可悲也；遍历艰辛，都付流水，二可悲也；进既莫容，退又无归，三可悲也；干戈未息，骨肉远离，四可悲也；君国多难，忠孝莫解，五可悲也；边塞凄凉，惊心鼓角，六可悲也；风雨凄其，秋阴短少，七可悲也；老骥伏枥，壮志难忘，八可悲也；羁栖异地，送老何时，九可悲也；回忆鸳行，塞云愁对，十可悲也。"引文中，"鸳行"指同朝旧友。

"莽莽万重山"是组诗中第七首，为其中最具代表性的一首。秦州城位于渭河上游，四周崇山峻岭。东北为六盘山及其支脉陇山，西南有嶓冢山和鸟鼠山。"莽莽万重山"，即是鸟瞰整个山川形势。"莽莽"写群山之绵亘，"万重"写群山之深广。而秦州"孤城"即坐落于峡谷之中。在这战乱的年代，这群山壁立之中的孤城，不能不令人有压迫、孤危之感。清代诗评家沈德潜评说此诗"起首壁立万仞"，道出了首联的写景从大处落墨，布置了全篇的气氛。

颔联"无风云出塞，不夜月临关"是传世的名句。"无风"是诗人的感觉，因为风被重山阻隔，人在谷中不能知觉。"云出塞"是景象，高空行风而送云出塞。"不夜月临关"，指边地天未黑而月已照临城关。两句中"关""塞"二字，才是诗人的命意所在。秦州在安史乱后，由后方而成前线。其地南邻吐蕃，西通西域，东连关中腹地，为李唐帝国的边防重镇。杜甫身处乱军压城的氛围之中，对风月的感受自然不同寻常：其地位于前沿咫尺之间，因此云无风也能出塞；其城处于紧张戒备之中，因此月也关注，未夜即已临关。此处，景语皆情语。在边地特有的景象之中，已深寓诗人忧国的情怀。刻板的描摹，不是诗歌的本色，灵动的感觉才是诗歌的真谛。浦起龙在《读杜心解》中评论说："三四警绝。一片忧边心事，随风飘去，随月照着矣。"此评一语中的！

颈联用典，从景物寓情变为直述边愁。属国，为"典属国"之省，这里指汉代苏武。他出使匈奴，被扣十九年，守节而归，任典属国。"属国归何晚"，当是暗指唐代使臣出使被扣不得返国的屈辱情事。"楼兰"，指楼兰王，他曾屡次杀汉朝使者，后被傅介子用计斩首。"楼兰斩未还"，当是说征讨的将士们迟迟不能凯旋。这两句是反用典故，表达诗人胸中翻腾着的国势日衰的哀痛。

尾联紧承颈联，"烟尘""衰飒"正面点出颈联涵意。但重点已放在自己的痛苦心情之上了。"衰飒正摧颜"，诗人疾首蹙额，愁苦万分，正处于极度的悲愤之中。这两句使人们面对祖国的日月山川、城池关塞，既感到诗人杜甫个人的悲哀，更感受到从中传达出的时代与民族的悲哀！

（朱大刚）

天末怀李白

凉风起天末，君子意如何？

鸿雁几时到？江湖秋水多。

文章憎命达，魑魅喜人过。

应共冤魂语，投诗赠汨罗。

天宝三载（744），李杜相逢于洛阳，也即订交之始。后来李白因依附永王李璘遭流放，杜甫先后写了怀念李白的诗多首。这一首是乾元二年（759）在秦州（今甘肃天水）所作。

杜甫在《梦李白二首》中，对李白的存亡还有些猜疑，所以写得迷离惝恍。这时知道故人无恙，但以为尚在流放途中，其实李白已经获赦，并且漫游洞庭了。

开头两句，语很平实，却不浮泛，既是问句，也是自念：又是风添凉意的秋天了，却不知道李白近状如何。正因心中常有故人，故而风起天末，一触即发。"鸿雁"句喻彼此音讯隔绝，音讯所以隔绝，就因风波过多之故。"鸿雁"对"江湖"是正对，"秋水"对"几时"却不工整，但情之所至，就不暇计较这些末节了。

以上四句平平写来，还只是对李白的怀念，到了五六两句，才转入劝慰，意思是说：文章和命途总是对立的，也就是才为人忌，其实是在为李白获罪叫屈。接下来是提醒李白，在流放途中，更易动辄得咎，所以要谨慎小心，因为魑魅正在窥伺着。李白豪放、任性而轻率，十余年来，杜甫已深知其人，所以有此忠告。这才是李白的真正知己，也是杜甫的厚道之处。

诗人估计李白可能会经过汨罗江，也即屈原含冤自沉之处，"文章"两句，同样适用于屈原，那么，李白该是可以投诗江中，与屈原共语冤屈的。前人因诗中有"冤魂"云云，便说杜甫写诗时以为李白已经死了。这是误解。杜甫知道李白没有死，否则用不着教李白提防魑魅了。

李杜文章，世所盛称；杜甫对李白的忠挚友谊，尤应当受到我们的尊重。

(金性尧)

春夜喜雨

好雨知时节，当春乃发生。

随风潜入夜，润物细无声。

野径云俱黑，江船火独明。

晓看红湿处，花重锦官城。

本诗作于肃宗上元元年（760）春，杜甫成都草堂初建一月后。

春天需雨水，而雨果来。诗人十分高兴，移情于自然之物，赋春雨以知觉与理性。首联两句为拟人写法：春雨妙解人意，应时而下。句中"发生"字，有两种通行的解释。多数注家把"发生"理解为"下雨"，也有的注家解释为"催发生机"。后一种理解运用了《尔雅·释天》中"春为发生"的命意，看来也不无根据。

这有情有知的春雨，伴随着和煦的春风，仿佛怕在白昼到来影响人们的耕作而在夜阑人静的时候飘洒人间，又仿佛怕来势过猛摧伤柔嫩的芽苗，而细雨蒙蒙默默地滋润着大地。浦起龙在《读杜心解》中说："起有悟境，从次联得来。"只有通过这一联，首联及时"好雨"的诗意才得以显明。此联用字颇具匠心。"随风"见其小，"潜入"见其细。"随"字、"潜"字、"润"字、"细"字即准确传神地刻画了这春雨的风韵，它没有虚矫的夸饰，不用热烈的捧场，只是无私地哺育着经冬的大地；也似乎隐隐见出诗人唯民是爱的胸襟。

颈联"野径云俱黑"是写雨意浓厚，"江船火独明"是反衬"云黑"。彩色点染，明暗对比：雨云笼罩四野，天地浑茫，于一片漆黑之中，一星渔火在雨丝风片中闪烁。这一点光明为整个雨夜带来更为活泼的生气。

这生气必引来了次晨的别一番景象。次日清晨，红湿之处，当是花团锦簇，整个锦官城万紫千红。这浓郁娇媚的春色，都是由于一夜春雨的化育之功。尾联开头云"红湿"，是为了说明雨后花朵的视觉形象，其归宿仍在一"雨"字，而不在"花"字。明代谭元春早就在《唐诗归》中指出："红湿字已妙于说雨矣。重字尤妙，不湿不重。"试想，鲜艳的花朵上，宿雨未干，饱含雨水，花瓣上水滴似粒粒细小的珍珠在灿烂的阳光中闪烁。你说，是花美，是雨美？南朝梁萧纲写过雨后之花——"渍花觉枝重"，与杜甫之句相比，就显得平实而缺少趣韵了。

古代成都以产锦著名，中央王朝曾设"锦官"治理，故称"锦官城"。春雨正为成都锦上添花。如同题目所揭示，"喜"字是贯穿全篇的诗脉。虽然全篇没有一处直接写出"喜"字，然而无一字不是春雨，无一笔不是喜雨。

（朱大刚）

水槛遣心

（二首选一）

去郭轩槛敞，无村眺望赊。

澄江平少岸，幽树晚多花。

细雨鱼儿出，微风燕子斜。

城中十万户，此地两三家。

历经离乱之人最易于满足。上元元年（759）上半年，当杜甫在成都浣花溪旁终于建起了草堂时，半年来入蜀途中的一切辛劳，到来后告贷的种种窘迫，似乎都得到了补偿。本诗即反映了诗人这种心境。水槛即傍水修筑的有长栏的亭子。遣心即抒情。

起笔先明草堂水槛位置，并以"眺望"点题。草堂在成都西南近郊：既远离城市，又旁无农家村落，展目望去既敞亮又悠远，"敞"就广度言，赊指景深言，二词似可见诗人开朗的心境、悠远的意兴。

颔联伸足"敞""赊"之意，远望锦江春水涨满，几与岸"平"，而近观草堂四周，环树葱青，深幽宜人，夕阳掩映，树花更见艳丽繁茂。这"平"字、"幽"字、"多"字，又于写景中隐见诗人悠闲平和的心理感受。

这时，东风送来了细雨，追随着飘洒的雨脚，诗人的目光移到槛外浣花溪上：雨丝轻点水面，游鱼上窜，喽喋水泡，似与雨脚相戏；而微风过处，燕儿斜剪过风的无形帷帘，下滑近于水面，又倏尔高翔。

轻风细雨似给了自然万物以更旺盛的生命力，也催生了诗人的欣喜之感，他不禁自得地感叹：城中人烟辐凑，户数十万，虽然繁华，又怎及得此地清清静静，悠悠闲闲的三三两两人家。"十万"稠密，反衬"两三"疏朗，遥应起处"敞""赊"，而诗人的心情，较之于前时也分外地开展了。

宋人叶梦得《石林诗话》："诗语忌过巧，然缘情体物自有天然之妙。如老杜'细雨鱼儿出，微风燕子斜'，此十字，殆无一字虚设。细雨着水面为沤，鱼常上浮为淰，若大雨，则伏而不出矣、燕体轻弱，风猛则不胜，唯微风乃受以为势，故又有'轻燕受风斜'之句。"此论常为论者所称引。其实就物理而言，"细雨鱼儿出"的道理，实因雨前与初雨时，气压尤低，鱼在水中缺氧，故上浮透气；燕子所以要斜飞，是减少风的阻力。二者均非舒服的表现；之所以会在诗人笔下成为轻快欢欣的图景，原因盖在诗人心中的欣喜，点染了外物。所以以"缘情体物"论本诗并非笃论；而以"移情作用"观之，则差得其实。

（赵昌平）

倦　夜

竹凉侵卧内，野月满庭隅。

重露成涓滴，稀星乍有无。

暗飞萤自照，水宿鸟相呼。

万事干戈里，空悲清夜徂。

　　诗题"倦夜"的"倦"字先值得玩味，注家常解为疲倦之倦，确否，请循诗脉以探之。

　　竹风送凉，本来飒爽宜人；但着一"侵"字，便见寒意萧瑟，卧帐中的诗人感受了时气的转变，竟至不眠，他把目光移向户外：月满中庭，本来表里澄澈，但一个"野"字，转成了荒寥凄清的况味。夜渐深沉，竹叶坠露，似可闻涓涓滴滴之声，如此地单调乏味；而月照中天，星光暗淡，更显得闪烁不定。诗人听着望着，为何，他屡屡自叹渐背的双耳、昏花的双目如此地敏感；他甚至能分辨出，渐渐地萤火熠耀，光度越来越显得暗淡，只能自照于分寸之间；而远处锦江畔三声两声小鸟的相呼相唤声，反显得分外地清晰悲凉。原来，天光将晓，但曙光未曾穿透他心头的浓黑：因为万事干戈里，安史之乱刚平，吐蕃又穿越西川，长驱中原，诗人又送过了国是日非的广德年间又一个不眠的长夜，只有满腔的凄意悲凉……

　　看来，诗人并非因长夜不眠而疲倦，夜越深，他的感触越是细微；而正是在这细微的声光风影的感触之中，可以见出诗人在岑寂中的孤独。这岑寂的死气，这孤独的自啮寸心般的自伤，显示了诗人因苦苦追索的理想境的幻灭，而引起的心灵的倦乏。这才是"倦夜"之倦的含意所在；当然反过来可从这"倦"乏中，看到垂暮诗人的一颗"绻绻"之心。

（赵昌平）

旅夜书怀

细草微风岸，危樯独夜舟。

星垂平野阔，月涌大江流。

名岂文章著，官应老病休。

飘飘何所似？天地一沙鸥。

永泰元年（765），成都尹兼剑南节度使严武去世，诗人失去依靠，便携家离开成都，乘舟沿岷江东下，诗即作于舟经渝州（今重庆）、忠州（今四川忠县）时。

首联写夜泊环境：夜幕下，一只高耸着樯杆的小船，孤零零地停靠在微风吹拂着细草的岸边。句中虽未露"泊"字，但"岸"字和"舟"字的组合，已将此意呈出；而一个"独"字，更渲染出一种凄清的氛围，既是眼前景况的实录，又是心中感受的吐露，奠定了全诗即景书怀的基调。颔联则从近景拓开，将视野投向寥阔的天地。出句就岸落笔，谓平原广袤，仰观天宇，星辰犹如悬垂大地；对句由舟着墨，写大江奔流，放眼江面，明月也动荡似涌。诗人在这里以恢宏的笔墨，向人们呈现了一个动静相间、无限阔大的境界。李白出蜀有句云："山随平野尽，江入大荒流。"（《渡荆门送别》）细味之，李、杜两联虽句法略同，但李诗用笔简炼，苍茫中见浩荡之气；杜诗则取象深复，于宏阔中见苍黯之态。二家各擅胜场，而有以见少年逸气与志士垂老两种不同心态。唐诗多移情于景、心物两契，于此可见一斑。

身处如此旷远浩渺的境界，诗人不禁感慨起自己坎坷多难的身世来：想平生抱负原在为国除弊兴利，干一番事业，却不料因文章而有名于时；而做官，到了年老多病时倒应该告退了。颈联紧扣"书怀"二字，以揶揄、自嘲的口吻，道出了人生失意、老来无依的苦涩。文章原不是诗人赖以处世立身的根本，却因此出了名；尽管丢官的原因并非老病，而是前以疏救房琯而罢职，后以严武之死而无着，但既已老病，丢官也顺理成章。前人称此联立言妙，即指此。尾联即景自况，把自己比作飞翔于苍茫天地间一只孤独的沙鸥，形象地概括了飘泊无定的一生和当时行止无依的心境。"飘飘"形容动荡飘泊不停，也暗示失去依靠、离了根本后的轻微；"一"字则以数字与篇首"独"字绾合，再次托出孤立无依的沉重心情。所以结句的好处，又不仅仅在于"即景自况，仍带定风岸夜舟，笔笔高老"（浦起龙《读杜心解》）了。

总观全诗，诗人写"旅夜"由近而远，自细至巨，动静相间，天地齐观，景象浑厚凝重；"书怀"则名位兼及，道出一生苦衷、满腔悲感。而景情相生，妙合无垠；意象两得，深沉婉曲，更非一般作者所能探视。故纪昀称此诗"通首神完气足，气象万千，可当雄浑之品"（《唐宋诗举要》引）。

（曹明纲）

登岳阳楼

昔闻洞庭水，今上岳阳楼。

吴楚东南坼，乾坤日夜浮。

亲朋无一字，老病有孤舟。

戎马关山北，凭轩涕泗流。

这是诗人大历三年（768）在岳州（今湖南岳阳）登岳阳城西门楼时写下的一首千古绝唱。它与孟浩然的《望洞庭湖赠张丞相》一诗向被奉为岳阳楼题咏之作的双璧，享有后人不敢复题的盛誉。

首联以今昔对举，一上来便点出岳阳胜景在洞庭一湖，登楼是为了观湖；而"昔闻""今上"的转接，也隐隐透出一种百闻不如一见、夙愿始偿的快慰与感喟。洞庭在湖南北部、岳阳西，是我国长江流域著名的大湖。据《清一统志·岳州府》载："每夏秋水涨，周围八百余里。"诗人久慕洞庭盛名，如今登上岳阳城楼，自然要纵目眺望，尽情领略一番。领联即就"水"字渲染：出句言东吴南楚在此分界，洞庭地跨古代吴、楚二国（今江苏、浙江、安徽、江西、湖北、湖南等地），从地域上言其阔大；对句则说其势浩瀚，日夜涌流，整个日月星辰都似乎飘浮于其中。它使人自然联想到曹操"日月之行，若出其中。星汉灿烂，若出其里"（《步出夏门行·东临碣石》)的名句，感受到洞庭湖水负载万物、吞吐日月的磅礴气势。前人曾称此二句"尤为雄伟，虽不到洞庭者读之，可使胸次豁达"，又说与孟诗"气蒸云梦泽，波动岳阳城"相比，愈"不知少陵胸中吞几云梦"（皆引自《唐宋诗举要》），可知其艺术涵蕴的永恒和巨大。

颈联由状景折入自叙：诗人自永泰元年（765）离开成都，即借舟东下，过起了飘泊不定的生活。转眼三、四年过去了，在这段时间内与亲友音讯皆绝，只有一条孤舟伴着五十七岁的多病之身四处漂流，境况极其落寞。与颔联开阔的境界相比，颈联的襟怀极为黯淡，这种景与情的急剧转换和强烈反差，尽管具有"正于开阔处俯仰一身，凄然欲绝"（同上）的效果，但也为结语的凑泊造成了很大的困难。然而诗人举重若轻，仅以"戎马关山北"五字折转，便将老病孤身却心怀天下、时念国忧的胸襟和盘托出，使心中之意与眼前之景浑然一气，妙相吻合，至令论者读此有"宜使后人阁笔"（同上）之叹。"戎马"句指这年京城北面边防紧急，吐蕃连连入寇灵武、邠州等地，京师一度戒严，唐军数次出兵与战。末句"凭轩"绾合登楼，"涕泗流"状写内心的忧怆。诗人于流寓中登楼抒怀，虽不免有个人身世沉浮、老去无依之慨，但更多的是边防紧急、国事危难的天下之忧，如此襟怀，不正与洞庭的浩大默然神契？诗至此，通首一气，笔力天纵，令人叹为观止。

因此，这首诗的杰出成就原不仅仅在于为历代论者所一再推崇、称道的颔联，而且更在于全篇的蕴含之深、折转之妙，非大家手笔绝不能到此。所以以"气压百代""五言雄浑之绝"评之，殊不为过。

（曹明纲）

重经昭陵

草昧英雄起，讴歌历数归。

风尘三尺剑，社稷一戎衣。

翼亮贞文德，丕承戢武威。

圣图天广大，宗祀日光辉。

陵寝盘空曲，熊罴守翠微。

再窥松柏路，还见五云飞。

昭陵是唐太宗的陵墓，在京兆府醴泉县九嵕山。至德二年
（757）八月，杜甫由左拾遗任上从华州回鄜州探家，行经昭陵，有
《行次昭陵》诗，当时长安尚为安史叛军盘据，故诗之末云："松柏
瞻虚殿，尘沙立暝途。寂寥开国日，流恨满山隅。"词气悲凉。十
月唐师收复长安，诗人由鄜州返长安，重经昭陵，更作此诗，表达
了衷心的欢乐与对国家中兴的殷切期望，也寓有希望今上珍惜太宗
基业之意，与《行次昭陵》诗对看，最见老杜忧国之忧。诗分三
层，各四句，每层又二句一意，层析以下：

前四句写隋末昏乱，群雄奋起于草昧，天数归唐；太宗削平群
雄，统一天下；次四句言太宗既以武功得天下，更以文德治天下；
其宏图广大同于天地，而唐室世业垂统更与日月共辉；末四句折入

"重经昭陵"题面，先状昭陵的宏伟肃穆，气象氤氲；更言墓道之祥云缭绕，暗示中兴景象指日可待。

此诗的难度，在于这样一个矛盾：称颂功德，自须典重肃穆，高华整丽，故宜用排律；然而排律本易板滞，颂功更易浮泛，二者相互影响，便索莫乏气，如初唐宫廷颂功纪德诗然。本诗却能于典重高华处见极沉郁顿挫之致，于整饬工丽中见推宕排阖之气。这不能不归功于用典的贴切有含、造语的炉锤精严与布局的陡健夭矫。

诗中大量化用经史，尤其是《易经》《尚书》二书典实，"草昧"用《易·屯》"天造草昧"，"历数"用《尚书·大禹谟》"天之历数在汝躬"，"三尺剑"用《汉书·高帝纪》"吾以布衣，提三尺剑取天下"；"一戎衣"，又用《尚书·武成》"一戎衣，天下大定"；"翼亮"用《三国志·魏书·高堂隆传》"翼亮（辅助光大、顺天行道之意）帝室"；"丕承"句又用《尚书·君牙》"丕承哉，武王烈。"（孔传："言武王业美，大可奉承"）"圣图"二句用蔡邕《陈太丘庙碑》"光明配乎日月，广大资乎天地"；最后"五云"又用京房《易飞侯》"宣太后陵前后数有光，又有五彩云在松下，如车盖。"《书》典给人以天子顺动的肃穆感，《易》典更给人以天道常运的启示，配以汉高等史事，各自按部就班，层递而下，构成全诗意蕴的链索，并以其暗示性，造成盘礴的气韵，再济以锻词造句，便使精彩四射。如前四句，"起"字，"归"字先简劲有力地于一放一收间，大笔勾勒出草昧之初，群雄并起，人心所向，天命归唐的大局；然后"三尺剑"，陡然树起太宗雄姿，而接以"一戎衣"，更借"三"与"一"的数对与由平而仄的声调变化，又给人以放与收的节奏变化，加强了寰区大定，如周王伐殷、汉高代秦的意蕴表达。四句之中两放两收，而意思借典实递进，正是杜律沉郁顿挫在语言中的表现。

与此相应，布局结构也尽极沉郁顿挫之致。诗题"重经昭陵"，传意本在最后四句瞻陵而望中兴，诗人却以重笔饱墨从太宗创业喝起，顺势更言唐室政治昌明帝业永垂。其接续处别具匠心，不以武威定天下直承"一戎衣"而以文治倒装于前，既突出王道之政，又造成诗势的回斡，使"圣图""宗祀"二句因而显得分外开张朗远，至此蓄势已足，再陡然折入瞻岭，落到中兴气象，这样于立意处虽着墨无多，却精神饱满，盈于纸外。

沉郁顿挫是指杜诗的气格，这种气格固然根因于杜甫博大的胸襟气质，但气质却须通过语句与布局方得以显示。本诗正是一个范例。

（赵昌平）

曲 江

（二首选一）

朝回日日典春衣，每向江头尽醉归。

酒债寻常行处有，人生七十古来稀。

穿花蛱蝶深深见，点水蜻蜓款款飞。

传语风光共流转，暂时相赏莫相违。

乾元元年（758）春，杜甫在朝任左拾遗已近一年，对比年前"麻鞋见天子，衣袖露两肘"的窘困，可谓夙愿得偿，生活也较平宁；但是位卑职低，虽为言官，在当时"攀龙附凤势莫当，天下尽化为侯王"的局面中，却并无置喙的机会。本诗即微见诗人当时矛盾心态。曲江，在长安杜陵西北五里。本为秦隑州，开元中疏凿为胜景，有紫云楼、芙蓉园、杏园、慈恩寺等，花卉环列、烟水明媚。都人踏春，每往此地。

首联形成两个反差：朝参天子，何等煊华庄肃，而退朝归来却"日日典春衣"——虽然春犹未尽——又是何等的贫困窘迫；贫困典衣本应为维持生活，然而虽贫极酒兴却不衰，"每向江头尽醉归"，又是何等的风流自在。两个反差，相映成趣，起笔先于颓放之中见奇崛之气。

　　颔联承上伸论，言人生苦短，正不必以穷达得失萦怀，而当及时纵酒行乐。《杜少陵集详注》引旧注云："孙权之叔济，嗜酒不治产业，尝云：'寻常行坐处，欠人酒债，欲质此缊袍偿之。'"老杜用此典，暗示自己的行为正得魏晋风度之神髓。八尺曰寻，二寻曰常，借寻常以对"七十"，又暗用古谚"人生百岁，七十者稀"，便在流水对流荡的音节中，加入了调笑的因素，使首联恣纵自喜之态，更可绘可掬。

　　前四句一气串下，五六句却忽作景语，细写曲江春景：蛱蝶穿花，时隐时现，蜻蜓点水，上下缓飞。这二句看似与前不续，其实正是寄意深微处。醉中人，本来应酒眼昏花，但诗人偏偏观察得极细；而唯其观察得细，方见兴致之高；唯其兴致之高，更见得不以穷困为意。它是景语，却更隐隐见出看景人的似谐似谑、似醉似醒的情态：他执着于生活，却又不得不游戏人生；他希望留住春光，又不能不感到春之将去。于是他传语春光说：请与我相与相赏，虽然是"暂时"的，也切莫相违相离——尾联逆挽上二句，醒明其意，而春光"暂时"二字，又不禁使人想起篇首的"朝回"；对于失而复得的帝京朝廷的这一度"春光"，诗人兴许也预感到了它的"暂时"，于是在这风致跌宕的传语中，人们也不禁感到一丝微凉的悲意。

　　叶梦得《石林诗话》盛赞"穿花""点水"二句云："'深深'字若无'穿'字，'款款'字若无'点'字，就无以见其精微。然读之浑然，全似未尝用力，所以不碍气格超胜，使晚唐人为之，便涉'鱼跃练川抛玉尺，莺穿丝柳织金梭'矣。"此评道出二句锻炼无迹的妙趣，然而仅以写景论之，终觉隔膜；必须在全诗的意脉中，在全诗流荡的音节，恣纵的意志中细玩之，方见老杜诗何以能虽时用细笔而又浑成有致。后白居易及宋人王禹偁、苏轼诸家颇效之。

（赵昌平）

九日蓝田崔氏庄

老去悲秋强自宽，兴来今日尽君欢。

羞将短发还吹帽，笑倩旁人为正冠。

蓝水远从千涧落，玉山高并两峰寒。

明年此会知谁健，醉把茱萸仔细看。

　　乾元元年（758）五月杜甫因肃宗新贵与玄宗旧臣争权的影响，由左拾遗外放华州司功参军，从此永别了京城与朝廷。重九日，借登高宴饮，作此诗以自伤迟暮蹭蹬。蓝田县，去京兆府八十里，崔氏庄主人为王维表弟隐士崔兴宗，庄在蓝田东山。是年杜甫往游，遂为知交，诗中的“君”，当即指兴宗。

　　诗以“老”而“悲秋”与“强自宽”并起总领，贯串全诗。由此起“兴”为“欢”，乃为“君”而非为“自”，则其勉“欢”之意先已形于言外。颔联化用孟嘉事。《晋书·孟嘉传》言，孟嘉为征西将军桓温参军，九月九日与宴龙山，寮佐毕集，并著戎服，有风倏至，吹落孟嘉帽冠，孟嘉毫不知觉。后用此事为晋人风仪、坦荡风流之典。此言自己短发茸茸，垂垂老矣，但仍不愿伏老，而笑倩旁人为正冠，得风流时且风流，既伸足“强自宽”之意，又暗含“老”态。颈联则逆接“悲秋”之意，并反颔联之人“老”，极写山水不"老"：蓝水奔泻，落自千涧；玉山双峰，拔地而起；"蓝""玉"相映，"远""高""寒"三字点染生色，写出由崔氏庄远望周围所见景色，不仅深切秋令，更从其动势之中，见出自然山水之无穷生命力。于是诗人又从"强自宽"之"欢"兴，转入老境将至的"悲秋"之感。尾联"醉"字上挑"尽君欢"，发为醉中之语：明年此日，还有几人能如山水之青春常在？茱萸啊茱萸，年年人佩人插，以祈平安，真能如此吗？"醉把茱萸仔细看"，"仔细看"活画出醉人情态，这情态是无声的，却不难从中读出诗人悲凉的心声……

全诗兔起鹘落，翻腾变化以极其意，于微谑中寄托不平心声。"蓝水""玉山"二句，雄杰挺拔，看似与前后不续，却借景移情，为全诗枢纽，尤见草蛇灰线，意脉似断若续之功。宋人杨万里深赏其诗，其七律就多从此路开拓。

（赵昌平）

蜀　相

丞相祠堂何处寻，锦官城外柏森森。

映阶碧草自春色，隔叶黄鹂空好音。

三顾频烦天下计，两朝开济老臣心。

出师未捷身先死，长使英雄泪满襟。

杜甫写过好几首吟咏诸葛亮的诗，大致有这样两个要点：一是君臣契合无间，如鱼得水；一是鞠躬尽瘁，开济两朝，却终未能改变偏安局面。

这首诗约作于肃宗上元元年（760）初到成都时，武侯祠建于西晋十六国李雄时，至肃宗时已有二三百年，所以周围很荒凉。杜甫又是初到，一下子找不到祠堂何在，所以自己先有此问句，立即又加自答：在成都城外！从何见得？因为那里有气象森严的参天翠柏。松柏是杜诗一个重要题材，常与诸葛亮祠堂相联系，因为两者都唤起人的崇高之感。"映阶"两句其实仍是写祠景的荒凉，碧草自呈春色，黄鹂空作好音，何等寥落空旷！但对诗人，正是吊古怀史的绝好环境，漫步于草木鸣禽之间，他默默地想起了诸葛亮的一生。可是寥寥数语，又怎能概括得尽？沉吟之余，他想起这几件大事：三顾茅庐表现了刘备求贤的诚意，孔明对刘备知遇之感的开始，《出师表》所谓"由是感激，遂许先帝以驱驰"，没有三顾之诚，蜀汉也无此良相，大计也无从策划。到了刘备逝世，后主才十七岁，又是一个庸才，大权集中于丞相，诸葛亮却能"追念先帝之殊遇"，小心谨慎而又正大光明地辅佐后主，支撑鼎立的局面。北伐之志，统一之愿，始终记在心头；然而天不假年，这颗大星终于陨落于五丈原，使志愿未能完成，更使天下英雄同声一哭。南宋宗泽临终时，即诵此"出师未捷"两句，所以下半首中以"三顾"句标其大起，以"出师"句哀其大落。

杜甫写此诗时，安史之乱还没有彻底平定，政局还混乱颠荡，他对诸葛这样的社稷之臣，自然更有一种特殊的哀惜和尊敬的感情。

（金性尧）

南　邻

锦里先生乌角巾，园收芋栗未全贫。

惯看宾客儿童喜，得食阶除鸟雀驯。

秋水才深四五尺，野航恰受两三人。

白沙翠竹江村暮，相送柴门月色新。

　　杜甫的南邻好友是一个隐逸之士，大概是因为家在成都的缘故，这位戴着隐士所戴的乌角巾的高人自称"锦里先生"，本诗赞美他安详仁厚的人格和殷勤好客的热情。

　　开头两句平平淡淡写来，先叙南邻其人，后叙南邻家境，好像并没有什么高明之处。但"乌角巾"三字暗示隐士，而"未全贫"三字则与隐士性格暗相呼应，因"芋栗"是"野人之食"，成都本是"锦城"，而南邻却仅收"芋栗"，本应说是"贫穷"，但杜甫却称"未全贫"，便凸现了隐士安贫乐道、自得其乐的性格，为全诗定下了基调。三、四句承上，把南邻恬淡怡乐、陶然自喜的生活用两个小小的镜头描绘出来：儿童看多了宾客往来，所以毫不惊讶，反而十分欢喜；鸟雀也习惯了人们的走动，由于在阶除常能得到食物而显得驯熟。这里暗示南邻好客和热爱生灵的性格。因为大概只有真正淡忘了世俗名利禄位的超脱者，才能真正地从心灵里拥抱人类与自然。五、六句跳开欢会的具体过程，一下子写到"秋水""野航"，写当客人宴罢归去时的情景，空间一下子拓展开阔，时间也刹那间发生了转换，视境从园中伸延到野外，感觉从客到延伸至客归。末两句又收束回来，由归客回看写出好客的主人伫立在江畔小村那柴门下送客的情景，暮色降临，月光如水，洒在白沙满地、翠竹掩映的江村，也洒在伫立着的南邻身上，显出一片静谧与恬和。

这首诗的意脉流畅而跳脱，从南邻的身份、家境写起，写到他家中的情形，又写到他家外的景色，又写到宴罢送客，时间与空间都那么舒缓而顺畅地展开，但在流畅之中又显出跌宕回环，像宴饮过程的省略便使全诗的几组意象不那么平直单调，而意象由人及家，由家而野外，由野外又转回家门，就使这视角发生了变化转折。三、四句用倒装的句式，显得词汇很紧凑，节奏很急促，而五、六句却又用正常的语序，加进"才""恰"两个虚字和使用"四五""两三"这样不确定数字，又把句子变得很舒缓疏落，与前两句形成一张一弛的节奏，尤其是"才""恰"二字用在句中，使人感觉到这是出自诗人或南邻的主体感觉，而不是纯客观的描述，因而意象中就攫入了喜悦、安详的主观情感；而末两句则又以"白沙""翠竹""月色"这样清淡的色彩与"江村""柴门"这种朴素的意象，把"南邻"倚门送客的印象留在人们的记忆中，它仿佛是最后一次定格亮相，使人记住了这个安贫乐道而热情好客的主人那淡泊朴素的性格。

如果说《秋兴八首》更多继承了初唐以降七律高华工丽的传统体格，那么本诗则更多预示了以后宋调七律中散野跳荡的一格，而一以贯之者，则是以气运律的杜甫律诗的根本特点。

（葛兆光）

和裴迪登蜀州东亭送客逢早梅相忆见寄

东阁官梅动诗兴，还如何逊在扬州。

此时对雪遥相忆，送客逢春可自由。

幸不折来伤岁暮，若为看去乱乡愁。

江边一树垂垂发，朝夕催人自白头。

　　裴迪在蜀州当幕僚，一天送客，看到盛开的早梅，想到杜甫，便写了一首《登蜀州东亭送客逢早梅》寄给杜甫，而杜甫读到裴迪的诗后，便写了这首诗作答。

　　杜甫这首诗虽是和裴迪之作，却写得很妙。他先用南朝诗人何逊在扬州"见官梅乱发赋四言诗，人争传写"（《三辅决录》）的典故，不仅赞扬了裴迪的原诗，点出了和诗的对象与主题，而且把古人与今人以共同诗题和共同感受连起来，使人们隐隐地感到这早梅与古往今来诗人心灵之间有某种微妙的联系。然后又写对雪相忆，遥想裴迪逢早梅时的心事，又用思念把自己的心灵与对方的心灵沟通。何逊有一首《扬州早梅》，曾以"惊时最是梅"五字写到早梅标志时序转换的象征意义和时光流转给人心灵的触动，杜甫同样追问，裴迪送客见早梅，是否也不由地有这样的伤时之感？这样，早梅的象征意义便逐渐呈现。于是下面又写道，幸好你没有折下来，使我在岁末也感到伤感。因为看到这早梅，会使我想到韶光已逝，故乡难归，勾起一缕愁绪。可是，这种自我宽慰与安慰他人的方式只是无可奈何的逃避，其实，时光又何曾会因为梅花的不折而停驻呢？当他睁眼看时，江边一树垂垂开放的梅花，依然使人感觉到时间流逝，岁华变迁。因此，老去之愁、思乡之愁便朝朝夕夕地萦绕心头，催人白发日生。

全篇以"早梅"意象中时序转换的象征意义为中轴，用与裴迪对话的语气写出，从对原诗的赞扬转到自己想象中裴迪写诗时的情况，再过渡到自己的感受，脉络流畅自然。而全诗又不是平平淡淡地一览无余，五、六句与七、八句之间有一个小小的铺垫，它用一种自我麻醉的方式来解愁，又自己把这个虚幻的梦给打破，所以显出一种回环的韵味与一种悲凉之极的情感。所以有人说它"直而实曲，朴而实秀"，特别是它所吟咏的早梅，乃是时间流逝、时序转换的象征，尤其能引发人们心中对生命短暂的感叹和对梦想难成的悲哀。

（葛兆光）

客　至

舍南舍北皆春水，但见群鸥日日来。

花径不曾缘客扫，蓬门今始为君开。

盘飧市远无兼味，樽酒家贫只旧醅。

肯与邻翁相对饮，隔篱呼取尽余杯。

　　杜甫住在临江的成都草堂，生活暂时安定了，心头的烦闷忧郁却一直没有消解。虽然春天来临，绿水融融，鸥鸟飞至，但这烦闷忧郁又引起了孤独与寂寞的感觉。可是，这天却有客来访，怎么能不让他惊喜万分！

　　一、二句从诗人所居住的环境写起，屋前屋后，春水弥漫，只见群鸥乱飞，却无人迹到来。他用一个"但见"，表现了心中的失望与寂寞，而用一个"群"与"日日"，来形容大群鸥鸟的频繁来访，以反衬人迹的罕至，这为下两句"客至"的意外惊喜作了一个铺垫，于是在第三句承上再渲染一下花径不扫，无客来访的清寂后，第四句突然写大开蓬门迎客的惊喜。"今始"二字顿时一扫阴霾，凸现了诗人欢欣雀跃的神态，一下子使诗进入了明朗的情调。特别是这两句是用对客谈话口吻写出，与前两句相比，那种主观情感色彩就更浓，就好像孤寂的诗人在沉默旁观时突然有了倾诉的对象，因而急匆匆、喜孜孜地开口说话似的。前两句语气较疏缓平和，显示出诗人怅惘的心情，而这两句节奏较急促，表现了诗人心境陡然一变为喜悦。接下去顺理成章地写待客宴饮的情况，使人感觉到诗人在宾客面前又是欢喜，又是抱歉的心境，也使人感受到诗人的真诚与热情。最后两句"肯与邻翁相对饮，隔篱呼取尽余杯"，更让人想象到主人与宾客欢宴的愉悦，正是因为酒逢知己千杯少，所以喝着喝着就感到余兴未尽，隔着篱笆，要把邻居老翁请来一道欢饮余酒，"一醉方休"。这时诗人的惆怅、寂寥、忧郁全都消失了，站在我们面前的，是一个多么单纯、真挚而热情的诗人！

客人来了，诗人欢天喜地、手忙脚乱，可是，如果客人没来呢？如果客人走了呢？他是不是还会重新伫立水边，看鸥鸟飞来而陷入又一次的孤独寂寞之中呢？所以，当我们看到杜甫写《客至》的欣喜时，应该体验到这欣喜其实是以长时间的孤寂为代价的。

（葛兆光）

闻官军收河南河北

剑外忽传收蓟北，初闻涕泪满衣裳。

却看妻子愁何在？漫卷诗书喜欲狂。

白日放歌须纵酒，青春作伴好还乡。

即从巴峡穿巫峡，便下襄阳向洛阳。

唐代宗广德元年（763）正月，史思明之子史朝义兵败自缢，其将田承嗣、李怀仙皆举地投降。于是河南、河北地区相继收复，延续七年余的安史之乱终于结束。这时杜甫寓居梓州（今四川三台），年五十一。

陆游《示儿》中"王师北定"的愿望，直到逝世仍未实现，杜甫因安史之乱而辗转反侧的乡国之痛，却至此消释。当时他渐入暮年，劫后余生，眼见中兴有望，为国家，为自己，怎么不喜极而涕？

剑外点身处之地，青春指告捷之时。"忽传"极写意外，"收"指失而复得，"初闻"则是"忽传"的积极反应。一霎那间，惊喜交集，热泪夺眶，不觉沾满衣裳。这是过来人语，也为人情所共通。

但从第三句起，所有的动作与表情，都以自我为中心，围绕诗人的身边琐事而把感情层层放松，不再说到国家大事，其中却有一片波澜。诗之可以玩味处正在这里。

妻子原是最亲爱的人。杜甫在肃宗至德元载（756）作的《月夜》中，曾有"何时倚虚幌，双照泪痕干"之句；在梓州时虽已相处一起，由于战乱，却仍是脸现愁容，如今叛乱已平，她的愁容顿时消失了。诗书是诗人仅次于妻子的终身伴侣，走到哪里就带到哪里，此时想急于成行，便随手卷起，正是喜欲狂的心理反映。酒是杜甫喜爱的，放歌纵酒，以物见人，有声有味。乡指洛阳，此诗句末有注云："余有田园在东京（指洛阳）。"还乡时谁来和诗人作伴呢？青春！即绿满大地、生生不息的明媚阳春。七八两句，实也写欣喜之情：人未动身，行程已经拟定了。蜀道艰难，峡流险急，用一"穿"字，便觉履险如夷，一身轻快，与李白的"轻舟已过万重山"同工。杜甫的先世为襄阳人，他自己出生于洛阳附近的巩县，在洛更有田园。他离蜀后未必亲至襄阳与洛阳，但这两个地方却一直萦绕在灵魂深处，等到写诗时，便自然地进入他的笔下了。正是这种发自深衷的至情，使全诗虽连用六地名，却绝无阻滞之感，唯觉畅达奔放。

国土、田园、祖业、妻子、春天、酒和书，就这样紧紧地贴着诗人之心。

（金性尧）

登　楼

花近高楼伤客心，万方多难此登临。

锦江春色来天地，玉垒浮云变古今。

北极朝廷终不改，西山寇盗莫相侵。

可怜后主还祠庙，日暮聊为梁父吟。

自从建安七子之一的王粲写了《登楼赋》以后，登楼远眺而伤今怀古成了古典文学的常见主题，也许，这是因为登上高处，视野豁然开阔，容易使人跳出小我而心怀天下古今。所以王粲登楼四望，从"览斯宇之所处兮，实显敞而寡仇"而感到"情眷眷而怀归兮，孰忧思之可任"（《登楼赋》），谢朓登孙权故城，则有"参差世祀忽，寂漠市朝变"（《和伏武昌登孙权故城》）的感慨，陈子昂登幽州高台，则为"前不见古人，后不见来者"而"怆然涕下"（《登幽州台歌》）。

杜甫登楼时，正值"万方多难"之际，却不合时宜地看到了茂盛开放的花朵——这花朵本来应当是在恬静温馨时开放的——因此，忧国忧民的诗人心中便充满了悲怆。因为这种悲怆不是因为小我的得失悲喜而发，而是为他登高时所面对的一个横亘天地的空间、纵贯古今的时间而发。于是，这时诗人的视野不再局限于目力所及，而是从锦江春色拓展到天涯地角，从玉垒浮云延伸到古今沧桑；诗人的心灵不再是一个狭小有限的自我，而是"俯视弘阔，气笼宇宙"（王嗣奭《杜臆》）的博大恢宏的世界。正因为此，他对于家事、国事、天下事的关切，才是出自心底的真情流露。试看"北极朝廷终不改，西山寇盗莫相侵"两句，他把唐王朝比作"居天枢而不动"的北极星，劝告那些骚扰天下、使人民不得安宁的寇盗——侵扰中土的吐蕃等不要徒劳无益地侵犯了。可是，唐王朝已不是昔日的强盛帝国了，所以当诗人目光从广袤无垠的古今天地中收回到现实中来的时候，他又感到了一种莫名的悲哀。是从古今历史的沧桑变化中悟出了什么，还是从国家的"万方多难"中感受到了什么？这很难说。从末两句"可怜后主还祠庙，日暮聊为梁父吟"来看，他好像是从蜀汉后主刘禅终不保社稷的历史中，体会到了鞠躬尽瘁的诸葛亮的苦心最终竟成泡影的悲哀；又好像是借蜀汉覆亡的历史，来表现希望自己成为诸葛亮式的人物以实现拯救天下的意愿。于是，历史与现实、国家与个人、多难的"万方"与这个平静的楼阁，就在这诗人登临远眺的刹那间融汇集聚到了一处，并化成了这首《登楼》诗。

（葛兆光）

宿　府

清秋幕府井梧寒，独宿江城蜡炬残。

永夜角声悲自语，中天月色好谁看。

风尘荏苒音书绝，关塞萧条行路难。

已忍伶俜十年事，强移栖息一枝安。

　　有人曾为杜甫这首诗画了一幅画，画面上山高岭峻，天清月小，右下角有一片宅居，井梧之下的窗中有一老人面对残烛，神情颓唐，似在搔首叹息。可是，尽管"画中有诗"，但画面仍难以把诗中那种含蓄的萧瑟寂寥、悲凉哀恸的情感、超越空间的"关塞"悬隔、横跨时间的"十年"，以及诗人"强移栖息"的心理表现出来。看画人也未必能"读"出"永夜角声"如自言自语般的悲泣与诗人"已忍伶俜"的"十载"辛酸。因为诗歌常常能把极其广袤的空间、漫长的时间与视觉、听觉甚至情感心理"压缩"在极有限的文字中，而画却只能表现时间静止在某一瞬间的有限空间。所以当我们读这首诗时，就不仅能看到幕府井梧树影、窗下蜡光摇曳、一轮明月高悬中天和老年诗人孤独的身形，还能听到呜咽不绝的角声与风声，进而洞知诗人心中的悲哀：亲人音书久绝、关山迢递难度，这种孤苦伶仃的生活，诗人已过了十年；尽管当上了幕僚，心中却是一种无可奈何、暂时栖息的苦涩。

近体诗的一个相当大的特点就是意象密集。这首七律前四句写景，不仅有季节（清秋）、地点（江城、幕府）、环境（井梧、蜡烛）、人物（一人独宿），还有声、色与心理感应；后四句转入写情，又有离乡背井、音书久绝、关隘险阻、十年经历、眼前状况等等，这些都有条不紊地集中于这五十六字、两两相对而起伏变化的四联中。首联两句意蕴相似，"寒"与"残"都暗示了心理的落寞；而次联则以"悲"与"好"形成一个小小的波澜，虽都渲染悲哀孤独，但"永夜"句是正写，"中天"句是反写，这样就有了一种回环的韵味；三联以工对强调同样的意思，"音书绝"与"行路难"顺理成章；而末一联则先写"伶俜十年"的孤苦，后写"栖息一枝安"的姑且偷安，又是一次逆挽，表现了一种无可奈何的感受。

特别应拈出一谈的是"永夜角声悲自语，中天月色好谁看"两句，其中"悲"与"好"二字应上属，还是下读？王嗣奭《杜臆》先主张连上读，成"五二"句式，很罕见，所以说是"句法之奇者"。这样两句意为"长夜角声悲凉，似在自言自语，中天月色皎洁，可又有谁看"。但后来他又改变了主张，认为二字应下读，这样意思就成了"长夜角声，悲哀的是我只能自言自语，中天月色，尽管皎洁却不知供何人赏心乐事"。其实，不必硬别"悲""好"二字的语法位置，中国诗歌正因语法松散，字与字之间的位置关系不确定，所以才给人提供了更富于弹性的理解空间。从作者创作来讲，这是巧妙地运用诗歌语言的"张力"；从读者欣赏来讲，又是给了人们展开再创作式的想象的"空白"。这二句的情况即是一例。

（葛兆光）

诸 将

（五首选一）

韩公本意筑三城，拟绝天骄拔汉旌。

岂谓尽烦回纥马，翻然远救朔方兵。

胡来不觉潼关隘，龙起犹闻晋水清。

独使至尊忧社稷，诸君何以答升平。

　　本诗刺借兵回纥平安史之乱事。通常，诗歌中很忌讳说理、议政，不过，中国古典诗歌又偏偏有一种历史悠久的"美刺"传统，古代文人又偏偏有一种根深蒂固的"入世"观念，所以文人写诗，就总免不了自找麻烦地写些说理、议政的内容。于是，怎样把这类诗写得有"诗味"，便成了棘手的难题。

　　杜甫一生忧国忧民，正像王嗣奭在《管天笔记外编》中所说，当他"奔走流离，衣食且不给，而于国家理乱安危之故，用人行政之得失，生民之利病，军机之胜负，地势之险要，夷虏之向背，无不见之于诗"。所以，这首《诸将》诗中的"独使至尊忧社稷，诸君何以答升平"，就不是泛泛之语，而是发自肺腑的义愤之辞了。

　　同时，杜甫在诗中也没有直筒筒地诘问诸将，指责过失，而是采取了用典征古的手法，把抽象的议论化为形象的古今对比，用叹息、设问、反诘、叙事等语气变化，使意脉回环曲折；用对偶的形式，使节奏抑扬顿挫。这样就使一个议论与批评的散文题材，在诗人笔下成了诗歌的内容。其首联不直接指责诸将无能，而开笔先赞美武后、中宗时韩国公张仁愿击败突厥，筑受降城以保卫朔方安宁的丰功伟绩与深谋远虑；继而用"天骄""拔汉旌"形容外族傲慢、嚣张的气焰，而一个"绝"字，写出了仁愿克敌制胜的冷静与稳重，并以此显出时下诸将的急躁无谋与目光短浅。所以下两句用"岂谓"与"翻然"两词，表现了诗人对诸将乞外族之兵平内部之患这种愚笨的惊愕，更突出了诸将与"韩公"的差别。五、六句承上翻出新意，先写外族兵马傲然入潼关的轻易，潼关本是长安屏障，号称险隘，这里却以胡兵不觉险隘来讽刺诸将的昏庸；然后竟宕开一层，转忆高祖龙兴晋阳事，当时亦曾借兵突厥，但因开国将帅李世民、李靖、李勣等专征之力，竟能平隋而降胡。所以末两句尖锐地诘问现时诸将：让天子一人为社稷担忧操劳，你们又怎能厚颜无耻地坐享太平？语意冷峻有力，并包容了一腔悲愤。

蕴积真性情奔流为本诗的气势，又通过上述种种技巧，将气势化为有形，所以这首说理、议政诗写来开合动荡韵味十足，既不苍白，也不直竭。有人说"韩（愈）以文为诗，杜（甫）以诗为文"（《扪虱新话》），大概"以诗为文"并不容易，像杜甫这首诗意脉流贯而又跌宕，诗意一波三折，才称得上"把议论文写出了诗味"或"用诗写出了议论文"。

（葛兆光）

秋　兴

（八首选一）

玉露凋伤枫树林，巫山巫峡气萧森。

江间波浪兼天涌，塞上风云接地阴。

丛菊两开他日泪，孤舟一系故园心。

寒衣处处催刀尺，白帝城高急暮砧。

　　从宋玉《九辩》以来，悲秋一直是古代诗人吟咏的主题。大历元年（766），五十五岁的杜甫在夔州寓居时，同样在秋风中感到了深深的悲哀，于是有了《秋兴八首》之作，这是其中的一首。

　　诗以秋枫起手。在一般人看来，枫树林的红叶是火一样美丽和热情的；但在心灵上有深深创伤的杜甫笔下，它却是被泪珠一样的秋露所摧伤的。"凋伤"二字是诗人心灵的写状，它使"玉露"与"枫林"都染上了浓郁的情感色彩。而巫山巫峡，也笼罩在一片衰飒的秋气之中。巫山巫峡十分幽深，所以"非亭午夜分，不见曦月"（郦道元《水经注》），常常是灰蒙蒙的，使人感到寒气阴森。如果说前一句的色彩中还略有亮点的话，那么这一句中连这个亮点也消失了。

　　下两句的视野似乎很开阔，江中波涛连天涌动，塞上风云接地而来，一片阴沉，上天下地，眼前江水，眼外边塞。但是仔细品味，江水兼天，风云接地，天地都被挤得那么近，而人所处的空间便剩下狭窄的一点，偏偏这狭窄的天地之间又都充塞着萧森的秋气，这怎么能不使人感到气郁于胸，悲凉不已？句中"涌"字尚有动意，但韵脚"阴"字却终于使人的心理上觉得一种气闷、压抑。

"丛菊"以下两句，似乎与上面那种充塞天地人心的沉重压抑感脱节，诗人好像要暂时躲避进一个小小的视境中，去体验眼前景、心中事了。可是，两度开放的菊花，一叶系岸的孤舟，既使诗人省悟滞夔已经二年，更使他回忆起战乱后年复一年的奔波与乡思。"两开"具有时间的流动感，"一系"则象征着人的滞留，两者互文见义地在对仗中加进了身世之感与国家之难的暗示。

当诗人在无可奈何的惆怅中四下环顾时，耳边又传来黄昏时节急促的捣衣声，它是那匆匆而来、匆匆而去的秋声呢，还是即将来临的冬天的脚步？诗人独立于孤高的白帝城头，似乎更深沉地感受到生命的流逝与家国前途的未卜。

正如《杜臆》卷八所说，《秋兴八首》"以第一首起兴，而后七首俱发中怀，或承上，或启下，或互相发，或遥相应，总是一篇文字"。它写了诗人在秋天的悲感，其中有身在剑南却"每依北斗望京华"、久久不能入梦的伤感，有对长安的怀念、对昔日生活的追忆，有滞留夔州的寂寞与烦恼，等等。但这第一首是八首中的总纲和发端，"秋"的思绪，"兴"的发端，都从这里开始。

《秋兴八首》是杜甫七律的代表作，也是七律一体中最圆熟、精美的作品。它们不仅情感深挚、意境恢宏，气势磅礴，而且技巧纯熟完美。本诗从眼前秋景起兴，视境逐渐打开。接着俯写江间波涛，仰写塞上风云，继而一转收束，写对菊落泪与孤舟栖身，然后又抬头远眺白帝城，镜头叠变，既有切断跳跃，又有连续摇动，全凭情感的起伏流转，把多种景物连串成一组组次第展开的画面。其次，一般七律，首尾两联节奏较缓，中间两联节奏较促，这是由句式决定的。杜甫把这种形式运用得很圆熟，首联尾联句序比较完整规范，接近散文句法，念来节奏不觉缓些；而中间两联，词汇密集，语序倒装，又有对仗，所以节奏便显急促。这样由缓入急，由急而缓，富有变化，既吻合读者进入诗境的心理过程，也有效地传达了诗歌的内容。再次，杜甫又是用字遣词、构造诗句的大师，像这首诗里的"凋伤""兼""接""开""系"等词的运用，或暗示，或象征，使意象或产生动态，或产生余味；至于像"丛菊""孤舟"两句的句式安排与语法变异，更使诗句蕴含着不少可供想象的空间。因为不合语法的诗歌语言其用处就在于最大限度地模糊与包容，而合语法的散文语言其意义则在于精确与排除。　　　　（葛兆光）

咏怀古迹

（五首选一）

摇落深知宋玉悲，风流儒雅亦吾师。

怅望千秋一洒泪，萧条异代不同时。

江山故宅空文藻，云雨荒台岂梦思。

最是楚宫俱泯灭，舟人指点到今疑。

·

"历史"把古今沟通起来，然而对"历史"有种种理解。充满理智的学者总是把其中的人物、事件排列成时间的序列，以经验、教训或规律来编织从古到今的过程；而诗人却把心有灵犀一点通式的共鸣与呼应当作灵感，在这种古今人物的相似历程中去体验和表现人生的悲欢。

宋玉是战国末年楚国最著名的文人。一篇《九辩》，以一声慨叹"悲哉，秋之为气也，萧瑟兮草木摇落而变衰"，道出了中国文人对生命与理想的伤感，使千百年以下的人们只要一提起"秋天""摇落"，就会想起这位才华横溢而又一腔伤感的古人，在心灵中也渗溢出那种同样的凄凉和悲愁。杜甫在长江三峡顺流而下，正是清秋时节，又看到了神女峰的云雨，凭吊了宋玉的故宅遗址，对古人命运的感慨和对自己命运的伤惜自然交织在一起，使他不得不形诸笔端了。他感叹这时间的两端，虽然悬隔千年，而文人的命运与时代的萧条竟如此相似；他悲叹才气横溢的宋玉，纵然留下了传诵千古的文藻，身后却只剩下旧日的江山与荒芜的故宅；他也理解宋玉写《高唐赋》的真正用意，并不在于男女人神荒嫚云雨的梦幻，而是用心良苦的理智思索；他更哀痛的是时光流逝、世间沧桑，就连当年楚宫的遗址也灰飞烟灭，以致于难以寻找和确认了。这里蕴含着对宇宙永恒而生命短暂、追求理想而理想幻灭这种人类尤其是知识阶层永恒命运的悲哀，古人如此，今人亦如此。所以杜甫咏怀古迹，凭吊古人，乃是在扪摸古往今来不同时代文人的命脉，而他所深知的"悲"，就是一条系连历史、沟通古今的情感纽带。

这首诗一二句破题，点出咏怀的对象宋玉和自己的仰慕之情，因而把古今人我联在一起；三、四句承上再写古今时代的差异和人我情感的契合；五、六句又转而写宋玉的身前事与身后事，引发出感慨；七、八句则拓开一层，以一种怅然若失的语调把一切都推到朦胧迷茫的虚空之中，产生了余音绵缈不尽的风韵，令人惆怅迷惘。

（葛兆光）

阁　夜

岁暮阴阳催短景，天涯霜雪霁寒宵。

五更鼓角声悲壮，三峡星河影动摇。

野哭几家闻战伐，夷歌数处起渔樵。

卧龙跃马终黄土，人事音书漫寂寥。

多义暗示常常是诗歌语言的特色，它一方面使有限的诗歌形式包容丰富的内蕴供人进行多向体验，一方面又把多种含意错综地组合在一起构成一个难以言传的意蕴组合，使人抛开表层意义而追寻它的深层内涵。因此由多义性诗句呈现的意象，往往是富于暗示却比较含蓄的情感境界。

这首《阁夜》首联似乎只是写岁末日短夜长，很快就变成了黑夜，天气寒冷，霜雪虽然停止，但寒气却依然侵骨。但"催"字的使用，却暗示了诗人对白昼的留连，对黑夜的惆怅，也暗示了时光流逝，人生易老；而夜的黑暗，又含蓄地呈现了一种感情上的忧郁与压抑；"天涯"二字则拓开了诗的视境。如果说上句是时间上的纵向展开，那么这句则是空间上的横向伸延，既表现了一种无可逃避的漫天寒气，又以"寒"这一物理现象暗示了心理上的悲凉。因为杜甫在大历元年（766）冬天寓居夔州时，天下仍然未安宁，内战、外侵不断，朋友们天各一方，或死或散。诗人的心境正与这冬天的气候一样，沉在冰冷寂寥之中。因此他在冬天的寒夜里听到的、看到的和想到的一切，无不染上了悲壮凄切的色彩。"五更鼓角声悲壮，三峡星河影动摇"，前句就听觉而言，鼓角本来就是战场杀伐的音响，在这寒夜五更里，当然使人感到悲凉壮烈；后句就视觉而言，三峡寒夜，一片寂静，只有点点星光在潾潾江水中随着波涛摇曳闪烁，当然使人感到心摇神动，难以自持。前四句时空并举，视听兼及，由于心理上的寒与悲的贯穿，便组合成了一个悲凉的立体意象，表现出此时此地诗人的特定心境。

《汉书·五行志》记武帝元光元年天星尽摇，不久战伐不已。因此"星动摇"与"鼓角"也于景象中暗示人事，诗人的思绪也随夜光之流逝、拂晓之将临而转向夔州四野。他从郊野传来的号哭声中，感到了又有几多人家的丁男被征发，几多战火的牺牲者在下葬。唯有疏疏落落、远远传来的数处渔人樵夫的"夷歌"，才告诉着人们这华夷杂居的蜀中，还存在着生活的劳作与生命的延续。颈联以歌衬哭，形象地暗示了诗人阁夜无眠的原因。

然而，一个垂垂老矣的诗人又能怎么办呢？大名鼎鼎志在兴汉的诸葛亮（号卧龙）也罢，"跃马称帝"、割据一方的公孙述也罢，贤愚虽不同，但他们如今又何在呢？不过是化为夔州东西的三尺坟茔、一抔黄土而已。思此，眼前的人事、远方的音书，这些令人寂寥的憾事也就让它遗憾去吧。然而细心的读者，必能通贯全诗，从这故作看破之语中看到诗人那融家国之悲于一体的、哀莫大于心死的愁苦。这愁苦就在时空交错、视听兼至、俯仰上下、远近更叠的八句诗中，弥漫开来，笼罩了人们的心灵。

（葛兆光）

白帝城最高楼

城尖径仄旌旆愁，独立缥缈之飞楼。

峡坼云霾龙虎卧，江清日抱鼋鼍游。

扶桑西枝对断石，弱水东影随长流。

杖藜叹世者谁子，泣血迸空回白头。

这是杜甫大历元年（766）在白帝城登楼时所作的一首七律。

大凡人在心情激荡、悲愤不已时，都往往会以激越凄厉的声调、诡异夸饰的语词、冲动激昂的情感，来说一些看似不着边际的话来宣泄排解。杜甫登上白帝城最高楼，远眺峡谷江流在云霭掩映中变幻出诡异景象，近看楼中身影孤单伶仃孑立的时候，也正处在这种百感交集之中。所以，这首诗从声律、句式到内容，都显得很特别。

有人曾为这首诗不怎么合律而强解道："拗律本歌行变体"（《杜诗详注》引黄生语），其实拗律至杜甫时本身就是对格律规范的违反，是有意违律以求变化。杜甫这首诗因激楚悲壮而故作惊人语，所以激越的效果也更明显些。第二句"之飞楼"的"之"字、第七句"者谁子"的"者"字，都是对方正平稳格律的有意识违反，而这种违反恰恰起到了"陌生化"的效应；同样也恰恰是第二句与第七句，又违背了近体诗少用或不用虚词的习惯，将散文化的句式引进了工整的律诗，它不仅使意象密集化的诗句一下子变得松散了，而且由于这种节奏相对缓慢的句子与节奏快的句子相间交替，使得全诗句与句之间似乎也有了一张一弛的变化。

杜甫律诗尤其是夔州后所作，虽仍保存有盛唐诗浑成朗练的特点，但已因心中积郁的悲愤凄哀太多，形之于诗，便带有瘦劲拗峭的特点，本诗把普普通通的长江三峡风景想象为云霾中藏龙卧虎、江水中鼋游鼍潜，把眼前所见推及目光所不能见的东极扶桑、西极弱水，这种谲诡奇异的想象力正表现出诗人心灵的剧烈动荡。于是，末二句中那"叹世"与"泣血迸空"等字样，便画龙点睛似地点明了这心灵激荡的内容与程度。诗人放眼四望，既然扫视了天下，那么他就为天下而哀叹，而这哀叹并不是长长的叹息、微微的摇首，而是泣泪成血，洒向半空！

拗峭的声律、奇异的句式与凄楚激扬的情感、谲诡怪异的意象，共同构成了这首诗，使这首诗显出一种奇特的力量。读到它的人都能从中感到一种苦涩、别扭、悲怆等情感纠结成团的滋味，情不自禁地难受起来。

（葛兆光）

八 阵 图

功盖三分国，名成八阵图。

江流石不转，遗恨失吞吴。

　　据说，在四川奉节的江滩上，有诸葛亮当年为了阻挡孙吴军队而设置的石头阵，用八八六十四堆石头堆成一个相生相克的奇阵。几百年来，江水涨落，波涛冲激，它时而散乱，但又总是恢复如故，若有大军误入阵中，则左旋右绕而不得出。大历元年（766）杜甫到了这里，看到这奥妙无穷的石阵，不禁遥想当年诸葛亮的神姿，生出无限感慨。

　　诗由"三分国"，引入"八阵图"，而以"功""名"二字分领，为武侯一生小结。孔明由隆中论天下鼎足三分起，而"八阵图"是他最后一桩奇伟勋业。尽管武侯的事业终于失败了，但大江东去，能淘尽泥沙尘土，这石阵却屹立不动，似乎为失败的英雄留下了一块记载他聪敏才智的丰碑。然而也正是这丰碑，同时记下了英雄的憾恨。"八阵图"为抗东吴水师而设，吴蜀相争，给曹魏以各个击破的可乘之机；因而阵图虽佳，却有违隆中对策联吴抗魏的正确战略。孔明未能谏阻刘备的吞吴之举。这就是他的千古长恨。诗至此可悟何以要用"三分国"领起了。

　　孔明是杜甫反复歌咏的一位先贤。他的遭遇明主，卧龙腾起，是诗人一生所追求的理想境界，从起联的肃穆庄严中我们可以感到诗人的祈向；然而诗人一生又从未有机会如孔明那样一展匡济天下的抱负，于是他又借评述先贤，表明自己的"王佐之才"般的识见。"江流石不转"这一转折句所显示的时空感，即有效地传达了诗人的这种沉思。

　　唐人咏古，多写自己块垒，咏古而独辟新见，则从老杜此诗始——虽然新见未必可靠，比如吴蜀之争自有其不可移易的态势，是否是孔明忘了隆中对，大可商榷。但正是从这种新论中，可见唐人的高自期许。

（葛兆光）

江畔独步寻花七绝句

（选一）

黄四娘家花满蹊，千朵万朵压枝低。

留连戏蝶时时舞，自在娇莺恰恰啼。

与以蕴藉空灵为尚的盛唐一般绝句不同，杜甫的这组《江畔独步寻花》诗写得很像民歌。以这首"黄四娘家"为例，句式很像口语。"千朵万朵"连用两个"朵"字；"黄四娘家"不是"二二"意节分配而是"三一"意节分配；三句四句又以"时时舞""恰恰啼"相对，所以有人觉得它是《竹枝词》的"变调"。

不过，也许正因为它有民歌风味，所以显得自然流畅。从这组诗中"江上被花恼不彻，无处告诉只颠狂"（其一）、"报答春光知有处，应须美酒送生涯"（其三）来看，这是杜甫信步江边、赏玩春花时所作。他的心情并不那么悲凉苦闷，入目景物还令人喜悦，因此这种形式自由活泼的"变调"正与内容相谐调。前两句写出春天花树夹道、繁花满枝的景象，看到的是一片花的世界；而后两句则以"留连"写了蝴蝶在花丛中久久飞舞，以"自在"写了莺鸟在天空中自由自在地啼鸣，真可以说是一派融融的春光，而诗人沉浸于春色的那种舒适心情也呈露无余。

然而这组诗是否真的一味恬淡悠闲呢？如果我们了解杜甫是一

个忧国心重于一切的文人，了解他在成都浣花溪草堂时的苦闷，再读到这组诗中"诗酒尚堪驱使在，未须料理白头人"（其二）、"不是爱花即欲死，只恐花尽老相催"（其七）这些略含惆怅的句子，那么，在这种沉醉春光的欣喜背后，我们是否还能感到其中隐含了一丝无可奈何或聊以自慰的苦涩呢？

（葛兆光）

江南逢李龟年

岐王宅里寻常见，崔九堂前几度闻。

正是江南好风景，落花时节又逢君。

　　此诗写与著名艺人李龟年重逢于江南的情景。前二句是回忆开元盛世经常在"岐王宅里"和"崔九堂前"欣赏李龟年的出色表演，言语间饱含对往事的无限依恋。后二句写几十年后，他们又在江南"落花时节"重逢。从表面看，这只是一般老朋友的久别重逢；但这里面却蕴含着对世道治乱、人生沧桑的深沉感慨与怅触。

　　杜甫和李龟年不仅是老相识，而且都是安史劫后的幸存者。在那些动乱的年代，他们一个携妻将子，颠沛流离，饱尝生活的艰辛，一个从深受宫廷宠重的乐师变成了流落江湖的艺人。现在他们劫后余生，故人重逢，自然会有许多哀叹，但诗人在诗中除了回忆过去之外，更无半字提及别后的悲辛，只是淡淡地说，正当落花时节，我们又在江南见面了。

　　然而就在这种表面的淡泊之下，却深藏着翻滚在诗人内心的感情波澜。人们不难从前后各二句的回忆和现实的对比中，体验给唐代物质文化繁荣带来浩劫的灾难，在诗人心中留下了多么深巨的创伤；人们也不难想象，两个历尽磨难、形影憔悴的老人此时重逢，会有多少难言的苦涩。这里的"江南好风景"不仅没有使他们沉痛的心情有所宽释，相反却更加触发了二人关于家国和人生的"无可奈何花落去"的悲感。诗仅四句，二十八字，内含却格外丰富。所以前人说这首诗"言外黯然欲绝"，又说它"寓感慨于字里"（《杜诗详注》卷二十三引黄生语）。这种蕴藉和深沉，是一般未经重大变故、没有沧桑之慨的人所难以体会和无法表现的。　　　（葛兆光）

岑 参

岑参（715—770），祖籍南阳（今属河南），唐初其曾祖由江陵移家长安。天宝三载（744）进士，授右内率府兵曹参军。天宝八载、十三载两度从军出塞，先后为安西节度使府掌书记、安西北庭节度判官。至德二载（757）东归，历右补阙、虞部郎中等，官至嘉州刺史。后罢官，卒于成都。

岑参是盛唐重要诗人，早期作品清奇新丽，后期边塞诗尤为世称，善以饱满的热情、豪迈的气概，歌唱壮伟的报国志向和奇美的西部风光，凸现了恢宏奔放的时代精神。有《岑嘉州集》。

（葛培岭）

与高适薛据同登慈恩寺浮图

塔势如涌出，孤高耸天宫。

登临出世界，磴道盘虚空。

突兀压神州，峥嵘如鬼工。

四角碍白日，七层摩苍穹。

下窥指高鸟，俯听闻惊风。

连山若波涛，奔凑似朝东。

青槐夹驰道，宫观何玲珑。

秋色从西来，苍然满关中。

五陵北原上，万古青濛濛。

净理了可悟，胜因夙所宗。

誓将挂冠去，觉道资无穷。

　　天宝十一载（752）初秋，岑参与友人高适、薛据结伴，共游慈恩寺塔。三人皆一时诗坛巨子，游必有诗。"时高适、薛据先有此作"（杜甫《同诸公登慈恩寺塔》原注），岑参及杜甫、储光羲继而唱和。今薛诗已佚，其余四诗皆存。

　　"慈恩寺"，隋时名无漏寺，在今西安南郊。唐高宗李治做太子时，为纪念其母文德皇后而加改建，遂更名慈恩。"浮图"，即塔。慈恩寺塔，又名大雁塔，至今为西安市一大名胜。岑参此诗重在描绘该塔的峻拔奇伟。细细品赏，意境超绝，激人豪兴而条理井然。

　　诗篇开首，先写对塔的第一印象，这便是塔"势"之"高"。突兀而起，气势逼人。首二句是写平地所感，是仰视；次二句则写登塔。以下即登临所见所感。"压"字仍承"势"字发挥。"神州"，称指中国，"峥嵘"形容高大森严。"天宫""神州"皆阔大景象，上"耸"下"压"，角度转换，而立体感愈强。"四角""七层"二句，更紧扣了塔的建筑特点。"下窥指高鸟，俯听闻惊风"，一反人们的经验常规，以一种陌生的意境激活人们的想象。

　　"连山"以下八句继续展开，写四周环望所见。连绵高山变矮，有如波涛——这是自然景观；"驰道""宫观（guàn）"变小，精致玲珑——这是人工建筑。接着，视线转向迷茫的远方。关中地区青苍一片，汉帝"五陵"如淡烟濛濛启人远思。这样"秋色"四句，除空间景物外，又引入时间因素，成为导出诗末"净理"之思的自然过渡。

　　在对"塔势"的描写中，表现出诗人非凡的才力和技巧。一是夸张："耸天宫"，"压神州"，"碍白日"，"摩苍穹"……逞胆极言；

二是设喻："如涌出"，"如鬼工"，"若波涛"，"似朝东"……意态活现；三是幻想："出世界"，"盘虚空"，"秋色从西来"，"万古青濛濛"……引人玄思。诸种手段交叠错出，把慈恩寺塔写得瑰奇莫测，令人神往。

塔、寺并为佛教建筑，登临游览，遂勾起作者的一片禅心。论者多谓诗的末四句搀入佛理，与全诗颇不谐调。其实，佛理乃为本诗主旨，贯彻始终。首句"如涌出"即用佛典。《妙法莲花经·宝塔品》："尔时佛前有七宝塔……从地涌出。""世界"亦佛家语，指时空，"出世界"正是澄然佛境。由"秋色从西来"，而"万古青濛濛"，更含色空之意。因此乘"胜因"而觉大道，遂生"挂冠"弃官之想。岑参少时即曾隐居嵩阳、颍阳，前在西塞又功名蹭蹬，弃官皈依之想一时复起，在当时佛风颇盛的情况下，亦属自然。

沈德潜评本诗云："登慈恩寺塔，少陵以下应推此作，高达夫、储太祝皆不及也。"（《唐诗别裁集》）比较而言，杜诗抒发了对国家前途的忧虑，思深笔健，而岑诗表达了登塔情怀的旷远，亦复不弱。二子实各有其不可及处。

（葛培岭）

醉题匡城周少府厅壁

妇姑城南风雨秋，妇姑城中人独愁。

愁云遮却望乡处，数日不上西南楼。

故人薄暮公事闲，玉壶美酒琥珀殷。

颍阳秋草今黄尽，醉卧君家犹未还。

　　天宝元年（742）初秋，岑参自长安出发东游，仲秋至匡城（今河南长垣西南），醉题此诗。"少府"，县尉。"周少府"，作者友人，名不详。

　　贯穿全诗的，是一个"愁"字。

　　在首二句的韵脚处，即把这"愁"字着重点出。"妇姑城"，即匡城。《太平寰宇纪》："隋于妇姑城南置匡城县，谓县南有古匡城为名。""风雨秋"，不是愁的根本原因，但却加深了愁的程度，因为在中国人的传统意识中，秋是悲、愁的典型环境。在次二句的开头处，"愁"被再次强调，而且道出了愁情所自："望乡"。乡在何处？在颍阳——今河南登封西南颍阳镇，唐代为县。岑参十五岁移此隐居，因以为故乡，屡加吟咏。颍阳在匡城西南，下句"数日不上西南楼"即寓此义。

　　接下二句换韵，转写"故人"——即周少府。"薄暮"，傍晚。

"琥珀"，由松柏树脂形成的一种珍贵化石。"殷（yān）"，黑红色。"琥珀殷"，形容酒色。故人公事之余，便陪自己共饮美酒，一叙友情，二浇愁绪。然而，愁绪岂酒所能浇灭？末二句"颍阳"，将上文"乡"字点明。秋草黄尽，人却仍未得归还，殊不能堪。下半首韵转而情不转，更见愁情之重。

　　本诗所写乡愁，似与作者的仕途不偶有关。岑参早时曾幻想"云霄坐致，青紫俯拾"结果却"参年三十，未及一命"（《感旧赋并序》），他乡飘流，愁怀难释。酒浇愁肠，唯得一醉；醉里题诗，唯见一愁。然而写来笔致纵逸，色彩奇丽，音声回环中见舒展，可见醉、愁背后，仍未失"思达人之惠顾，庶有望于亨衢"（同上）的理想，此又非"消极"等语所可论之。

　　　　　　　　　　　　　　　　　　　　　　　　（葛培岭）

凉州馆中与诸判官夜集

弯弯月出挂城头，城头月出照凉州。

凉州七城十万家，胡人半解弹琵琶。

琵琶一曲肠堪断，风萧萧兮夜漫漫。

河西幕中多故人，故人别来三五春。

花门楼前见秋草，岂能贫贱相看老？

一生大笑能几回，斗酒相逢须醉倒！

　　岑参在西域期间，曾至凉州，与河西节度使幕中诸判官（节度使僚属）夜饮，本诗即以此为题。

　　饮酒是古典诗歌的传统题材，本诗所写独特处有三：一、异国情调，二、军旅特色，三、诗人个性。

　　"凉州"（今甘肃武威），是胡汉杂居的西部重镇。在这里宴饮，别具一番风味。诗开篇即从凉州夜景入手。《新唐书·地理志四》记凉州"户二万二千四百六十二"。诗云"十万家"，乃夸张之言。"胡人半解弹琵琶"句，着重记述凉州风俗，为下句铺垫。"琵琶一曲"而下，则是描写宴会。会上演奏胡乐，哀楚怨望，引人神远。乐停后，则更清晰地感到外面风声萧萧、长夜漫漫，给人一种异样的感觉。

接下来笔锋一转，扣合夜集的军旅特色，推出另外一番景象："河西幕中多故人，故人别来三五春。"岑参于天宝十载（751）曾过武威，作短期居留，故云。"多故人"正切题中"诸判官"。故友重聚军中，自当一场豪饮。"花门楼"，当为凉州酒楼之名。岑参另有《戏问花门酒家翁》诗云"老人七十仍沽酒，千壶百瓮花门口"，可证。"见秋草"，暗含人生无常之意，故引出下句："岂能贫贱相看老？"取反问口气，慷慨激昂。末二句再次反问，归于痛饮，给全诗一个精彩的结束。

夜饮的异国风调、军旅特色、诗人个性，是互相渗透的，就中诗人个性尤见突出。盛唐时代风气尚武，诗人气质个性也与其他时代多有不同，岑参即为典型之一。他曾说："国家六叶，吾门三相矣！"（《感旧赋序》），对先世的显赫极为自豪，并决心承扬祖业，再建功名，虽屡遭坎坷而其志不改。"丈夫三十未富贵，安能终日守笔砚？"（《银山碛西馆》）此次再赴边塞，也正怀抱着这样的雄心。席间则又与河西诸友互相激励。"一生大笑能几回，斗酒相逢须醉倒！"堪称奇句，豪纵俊迈中蕴含哲理，表现出对一种自由壮美的人生追求。

任放不羁的艺术风格，有助于上述境界的表达。文中的"城头""凉州""琵琶""故人"，皆两次出现，形成了四处联珠修辞，文势一气贯通，如群峰颠连，如洪波涌起；加之中多"弯弯""萧萧""漫漫""琵琶"等叠音、双声词汇，给人造成一种酣畅淋漓之感，增强了狂欢气氛。首二句"弯弯月出挂城头，城头月出照凉州"，写新月由旷野而城头而空中冉冉升起、普照凉州之状如见，意象极佳。而字面相复沓，任意而发，在无技巧中寓技巧，于粗放之中见别致，外表的漫不经意里潜藏着作者的刻意创新。诗的前八句句句押韵，韵部四次转换，声如贯珠；而末四句共押一韵，收束有力（后所作《轮台歌奉送封大夫出师西征》韵式与此近之）。整个诗风是岑诗"好奇"风格的发展，成为他奇峭豪雄的边塞诗佳作之一，有着宝贵的艺术价值。

（葛培岭）

走马川行奉送出师西征

君不见走马川，雪海边，
平沙莽莽黄入天！
轮台九月风夜吼，一川碎石大如斗，
随风满地石乱走。
匈奴草黄马正肥，金山西见烟尘飞，
汉家大将西出师。
将军金甲夜不脱，半夜军行戈相拨，
风头如刀面如割。
马毛带雪汗气蒸，五花连钱旋作冰，
幕中草檄砚水凝。
虏骑闻之应胆慑，料知短兵不敢接，
车师西门伫献捷。

这是中国诗史上一首风格独特的杰作。

诗为送安西、北庭节度使摄御史大夫封常清出师西征而作。"行"是诗的一种体裁。"走马川"，即北庭川。对此，学界另有"且末河""龟兹川""玛纳斯河"诸说，皆未妥，兹不详及。"川"非河，而是平川，故得以"平沙莽莽黄入天""随风满地石乱走"

述之。笔者曾至其地考察，知岑诗所言有据。

开篇点题，直入"走马川"，以下描写天候、地气。"君不见"三字引人惊骇。诸本于"川"字后有一"行"字，当涉诗题衍入，故删去。"平沙"句境象远阔，"黄入天"三字传神。"轮台"句点明西征的出发地、季节、天气。"轮台"，古地名，人今新疆轮台东南，汉武帝得其地后置使者校尉。岑参诗中常以之代指北庭节度使府所在的庭州（治所在今新疆吉木萨尔北破城子）。下面以极夸张之语写塞上夜风，景象奇伟，惊心动魄。接着，由气候的恶劣写到军情的紧急。秋高马肥，正是异族入扰之时，言"匈奴"，是以汉时国名代称。"烟尘飞"，意象生动。在一番粗犷的铺张渲染之后，才引出唐朝将军的凛然形象："汉家大将西出师"。

下面开始集中描写唐军威势。"将军"三句，紧扣"夜"字着笔，摹状严寒，在酷烈的环境中刻画军人的风貌。从将军写到士兵，从军人写到战马，细节生动逼真而又新异，可以窥见作者丰富的军旅生活经验。"五花"，形作五花纹的名贵毛色。"连钱"，形似连钱状的名贵毛色。行军之外，帅帐中又在草写讨敌的檄文，却连砚中的墨水也被冻结。诗人由唐军的威势料断敌人定会闻风丧胆，不敢迎战而束手就擒。"车师"，指庭州，汉时为后车师王城，唐北庭都护府驻此。"伫（zhù）"，等待。诗末作者自言将在庭州西门等候举行献捷的仪式，既是祝颂，也是坚定的信心。

历代的战争诗多哀苦之声，而盛唐的大量战争诗却一反其调，唱出了激昂豪迈的高歌，成为历史上空的訇然巨响。岑参此诗即一代表。其中突出表达了唐军雄视西陲的声威，显示出从军事到心理上的强大优势。诗人于此次战后又有《北庭西郊候封大夫受降回军献上》诗云"甲兵未得战，降虏来如归"，证明了他在《走马川行》中提出的预言。

诗中显示的超迈气度、乐观精神，是与对边景的出色描绘密不可分的。这里，诗人显然运用了夸张的智慧。"大如斗"的碎石随风乱走，笔力千钧，想落天外。"轮台九月"而风雪骤至，亦塞外奇观。李白《塞下曲》云"五月天山雪"，岑参《白雪歌》云"胡天八月即飞雪"，九月自然更冷。但将马汗成冰、砚水凝冻与草黄马肥同列，毕竟少不了想象的驰骋。诗中意象有"声"有"色"，极富动感，如电影的蒙太奇，跳荡流转，而精神则一脉贯连。一般读者只有将自己的局部经验大力剪接，才能幻现出那雄奇的意境。诗中以酷寒衬起将军的壮勇，而酷寒本身亦成为独立的审美对象，赢得了不同时代读者的共同喷叹。

本诗引人瞩目的另一成就，是它的奇特的韵式。以秦时《峄山碑铭》韵式加以变化，句句押韵，三句一换，形成明显的节段，平韵仄韵交替，铿锵悦耳。犹如军乐进行曲中接连出现的三连音，急促亢烈。如此卓绝的创造，是一般才力的诗人所无法胜任的。

唐代诗评家殷璠曾称赞岑参诗"语奇体峻，意亦造奇"（《河岳英灵集》），但这话是在天宝十二载（753）前说的，他若见到天宝十三载后岑参边塞诗的这些代表性杰作，又当作何感想呢？

（葛培岭）

白雪歌送武判官归京

北风卷地白草折，胡天八月即飞雪。

忽如一夜春风来，千树万树梨花开。

散入珠帘湿罗幕，狐裘不暖锦衾薄。

将军角弓不得控，都护铁衣冷难着。

瀚海阑干百丈冰，愁云惨淡万里凝。

中军置酒饮归客，胡琴琵琶与羌笛。

纷纷暮雪下辕门，风掣红旗冻不翻。

轮台东门送君去，去时雪满天山路。

山回路转不见君，雪上空留马行处。

　　本诗不单纯咏雪，而以咏雪兼达送别之情。"白雪"是贯穿全篇的线索：始于雪，变于雪，终于雪。全诗音韵悠扬，奇境叠现。

　　首二句写雪来得突兀、迅猛。"北风卷地"，先声夺人，是大雪的前奏。西北的野草秋天变白，"冬枯而不萎，性至坚韧"（《汉书·西域传》王先谦补注），然而北风却把它吹断，其猛可知。若在内地，"八月蝴蝶黄，双飞西园草"（李白《长干行》），"菱熟经旬雨，蒲荒八月天"（杜甫《与任城许主簿游南池》），正是秋高气爽之时；而这里却是"胡天八月即飞雪"。着一"即"字，惊叹西部气候之诡异，奇情陡起。

"忽如一夜春风来，千树万树梨花开"，妙喻绝伦。它不仅突出了万树一白的特点，而且活现出积雪绵软疏松的姿态。同时还生出一种美妙的通感，使人仿佛觉得阵阵花香扑面而来。在这天才的比喻中，"北风"化为"春风"，严寒化为和煦，荒莽化为富原。这春色，不是现实的，而是艺术的；不是天然的，而是创造的；不是渐至的，而是"忽"来的。人们无法亲历，只能神游。这是一片奇异的天地，一处超绝的世界，一个白色的王国。它可以使人们在醉心的吟赏中，得到灵魂的净化、心绪的澄清。

风雪仍继续，而诗笔有转折。"散入珠帘"，用笔细腻，写出了雪的另一姿态。继而写到军帐内的奇冷。狐狸皮袄、锦缎绵被都已无法抵御严寒，将军的角弓硬得拉不开，甚至连都护（守边的都护府长官）的铁甲都穿不成了。以下笔锋又由内而外，拉出一个长距离空镜头："瀚海阑干百丈冰，愁云惨淡万里凝。"瀚（hàn）海，大沙漠。阑干，纵横貌。前句写地，后句写天，低沉旷远，富于主观色彩，这里已预为送人张本。

接着正面写到送人："中军置酒饮归客，胡琴琵琶与羌笛。"中军，指主帅营帐。胡琴、琵琶、羌笛，皆西域乐器，尽管一时齐奏，急管繁弦，无奈已在离别"愁云"的笼罩之下。"纷纷"二句再次咏雪，又出奇境。"暮雪"气象阴沉，是景词，也是情词。"掣"字为"风"传神。雪白万里红一点，娇艳无比。飞雪乱舞之中，红旗多像一炬飘动的火焰！但实际上它已由湿而冻，任风逞狂而不再翻卷。友人马上就要走向这冰雪的世界，沉重的愁情自然压上心头。本句化用虞世南"霜旗冻不翻"(《出塞》)句意。

诗的结尾，送别之情达到高潮。送友已从"辕门"送到"轮台东门"，只得分手了。望前程，"雪满天山路"，天地一体，浑然莫辨。"山回路转"，可见作者呆立注目之久，直至"不见君"。末句"雪上空留马行处"，人不见了，而仍在怅望，于马行处久久追忆着友人的身影，余味不尽。而仍归于"雪"字，形成了措意的融贯、结构的严谨。

杜甫说："岑参兄弟皆好奇。"(《渼陂行》)但岑参并不唯奇是求，走魔入怪，而是出奇制胜，以奇求美。其边塞诗之奇美，亦是壮美，不仅讴歌了祖国西部的锦绣山川，同时也表现出立功报国的雄心壮志，因而常于苦中见乐，野中见豪，形成了奇峭壮美的独特风格。宜乎如杜确《〈岑嘉州集〉序》所说："每一篇绝笔，则人人传写，虽闾里士庶，戎夷蛮貊，莫不讽诵吟习焉。"　　　　(葛培岭)

玉门关盖将军歌

盖将军，真丈夫，行年三十执金吾，
身长七尺颇有须。

玉门关城迥且孤，黄沙万里白草枯，
南邻犬戎北接胡。

将军到来备不虞，五千甲兵胆力粗，
军中无事但欢娱。

暖屋绣帘红地炉，织成壁衣花氍毹。

灯前侍婢泻玉壶，金铛乱点野酡酥。

紫绶金章左右趋，问着只是苍头奴。

美人一双闲且都，朱唇翠眉映明眸。

清歌一曲世所无，今日喜闻凤将雏。

可怜绝胜秦罗敷，使君五马谩踟蹰。

野草绣窠紫罗襦，红牙镂马对樗蒲。

玉盘纤手撒作卢，众中夸道不曾输。

枥上昂昂皆骏驹，桃花叱拨价最殊。

骑将猎向城南隅，腊日射杀千年狐。

我来塞外按边储，为君取醉酒剩沽。

醉争酒盏相喧呼，忽忆咸阳旧酒徒！

　　此诗所描绘的，是一幅边将生活的图景。盛唐时，朝廷对外用兵，优宠武臣。这里的玉门关盖将军，便是一位壮年得志的高级军官。"玉门关"，汉置，在今甘肃敦煌西北，唐时东移至今甘肃安西县双塔堡附近。诗中对盖将军作了多方的赞扬，却用逐句韵，一韵到底，形成繁富之中的主旋律，很有特点。

　　本诗层面丰盈。开头的"盖将军，真丈夫"是全诗的纲领，下面各段都是围绕这点展开，分别表现了盖将军的英武、权威、富贵、高雅、勇悍、豪爽等性格特征。

　　开头九句，写盖将军的相貌、功业，是第一个层面。盖将军功名早就，三十岁就职居显要，且生得长体美髯。"玉门关"三句，言其地理环境艰难而军事位置重要。"将军"二句则说明他威望很高，深受士兵信赖。"军中无事但欢娱"是一个过渡，此下便是对"欢娱"的展开描写。

　　"暖屋"以下十六句，集中写一次欢乐豪放的盛大夜宴，是第二个层面。毛织的地毯，挂在墙上作"壁衣"。"铛"是一种平底浅锅，"玉壶""金铛"，均极言贵重。"酏酥"，一种美味乳制食品。席间，连左右侍奉的奴仆（苍头）都是将军头衔。"紫绂（fú）金章"，即紫绶金印，是汉代将军服饰，此处借用之。下面写到艺妓献歌：一双美人娴雅而俊俏，浓妆艳抹，眉清目秀。二人"清歌"极妙，今日唱的是《凤将雏》这支名曲。她们比古代著名美女秦罗敷还要美丽可爱，当年太守曾被罗敷吸引而五马之车徘徊不进（见汉乐府《陌上桑》），今日看来，又何足道哉！美人的紫罗短衫上绣着美丽的野草图案，一同兴致勃勃地进行古代的博戏樗蒲。"马"

是用象牙或兽骨刻成的博具。"玉盘纤手撒作卢",是写美人博戏情景。掷出骰子后五枚皆黑,称为"卢",得彩最高。所以下面又云"众中夸道不曾输"。

"枥上"以下四句,写盖将军的豪勇射猎,是第三个层面。其中先说厩中都是气宇轩昂的良马,其中一匹"桃花叱拨"最为昂贵。骑着它驰向城南出猎,在腊日(大寒后辰日,腊祭之日)射得珍贵的千年老狐,激人意兴。

末四句归到自己奉使西边与盖将军意气相契,是第四个层面。"我来"句说明自己是作为军使来此考察边地军储的。为了使您席间一醉,要多多买酒。彼此醉争酒盏,大声喧呼,忽又使我忆起长安昔日的嗜酒朋友——而这正是对盖将军豪爽风度的赞词。

此诗作于天宝十四载(755)腊月"按边储"时。从"今日喜闻凤将雏"一句看,当是宴会上的即兴之作,所以宴会的场面着墨最多,成为全诗的主干。其他层面则是由此生发,从而形成了主次分明的布局。

本诗主要是写"军中无事"时的"欢娱",论者便说这是对盖将军骄奢淫逸生活的讽刺。其实,作者对有功边将的富贵奢华生活是素来向往的,亦盛唐人豪侠风气之反映,对此,似不必苛求。我们所首重的,是作者的贡献。本诗以生动的笔触,为我们描绘了边塞生活中于紧张的沙场角逐之外的另一侧面,人物灵动,画面鲜明。它与作者其他边塞诗一样,深蕴着雄迈的气概和"好奇"的精神。虽然境界高下有别,而其独立的认识价值和审美价值却是无可取代的。

(葛培岭)

太白胡僧歌 并序

　　太白中峰绝顶，有胡僧，不知几百岁，眉长数寸，身不制缯帛，衣以草叶。恒持《楞伽经》，云壁迥绝，人迹罕到。尝东峰有斗虎，弱者将死，僧杖而解之；西湫有毒龙，久而为患，僧器而贮之。商山赵叟前年采茯苓，深入太白，偶值此僧，访我而说，予恒有独往之意，闻而悦之，乃为歌曰：

　　闻有胡僧在太白，兰若去天三百尺。
　　一持楞伽入中峰，世人难见但闻钟。
　　窗边锡杖解两虎，床下钵盂藏一龙。
　　草衣不针复不线，两耳垂肩眉覆面。
　　此僧年纪那得知，手种青松今十围。
　　心将流水同清净，身与浮云无是非。
　　商山老人已曾识，愿一见之何由得？
　　山中有僧人不知，城里看山空黛色。

　　唐代佛教盛行。岑参早年即乐与和尚谈禅，时或表示"愿谢区中缘，永依金人宫"（《秋夜宿仙游寺南凉堂呈谦道人》）。晚岁居官蜀中，又谓"早知清净理……抽簪归法王"（《上嘉州青衣山中峰题惠净上人幽居寄兵部杨郎中并序》），并云"友人夏官弘农杨侯（兵部郎中杨炎）……与余有方外之约，每多独往之意"（同上）。以此与本诗的"予恒有独往之意""城里看山空黛色"对照，知本诗当作于任职长安期间，以广德元年（763）后的可能性更大。"太白"，山名，在今陕西眉县南，为秦岭主峰，山势陡峻。

诗由"闻"字生发，描绘了"太白山中峰绝顶"的一位胡僧。形貌奇异，事迹怪诞，显系传奇之笔。至于序中的"商山赵叟前年采茯苓深入太白，偶值此僧，访我而说"，也许只是用以加强真实性的话头，未必实有其事。即便"赵叟"真的曾经"偶值此僧"，显然也无法证明"恒持《楞伽经》"的可信。

诗、序以奇幻之想，写出了缥缈境界中一神奇僧人。年纪奇："不知几百岁"，"手种青松今十围"，其寿之长可想而知；相貌奇："眉长数寸"，"两耳垂肩眉覆面"，于一般胡人的高鼻深目更有发展；衣饰奇："身不制缯帛（丝织品总称），衣以草叶"，如原始人；行事奇："恒持《楞伽经》"，几百年读而不烂；法力奇："尝东峰有斗虎，弱者将死，僧杖而解之；西湫（水池）有毒龙，久而为患，僧器而贮之。"使人瞠目结舌，不知其"器"为何宝物；环境奇：不居尘间寺院，而居"太白中峰绝顶"，"云壁洞绝"，不知何以抵御海拔三千七百多米高空的严冬酷寒，也不知常年斋饭如何安排；旨趣奇："心将流水同清净，身与浮云无是非"，超尘出世，尽归空无。

其实，这最后一奇才是诗的根本立意所在。检读岑参一生作品，屡有向佛之语；但却始终停止在口头上，从未付诸实行。岑参一生的主导思想，是效力国家，博取功名，而谈禅论道，仅居次位。早年的"誓将依道风""庶割区中缘"，不过是有时想到的终南捷径，其基本思想、行事则是"功名须及早"，"十载干明王"。中年也一再说"誓将挂冠去""还欲向沧洲"，但那只是对"朝廷轻战功""未尽平生怀"的一种愤懑，内心深处则坚持"功名只向马上取"，"安能终日守笔砚"。晚岁口说"抽簪归法王"、"永从尘外游"，实则还是"图他五斗米""分忧幸时康"。及至终于离开官场，还仍在叨念"莫言圣主长不用，其那苍生应未休"，怀着无限的遗憾。总之，岑参的向佛并不笃诚、坚执，而多为不得用世时内心牢骚的排遣，并且杂有儒、道的影响。如本诗的"降龙伏虎"便含有扶弱抑强、为民除害之义。

明人胡震亨说："诗家拈教乘中题，当即用教乘中语义，旁撷外典补凑，便非当行。"（《唐音癸签》卷四）本诗深得是中三昧。其中所云"楞伽经"，为佛教经典，内载佛于楞伽山（在今斯里兰卡境内）讲道之辞。"兰若"，为梵语阿兰若省称，即僧人所居之处。"锡杖"，是僧人的杖形法器，头部装有锡环。"钵盂"，是僧人用的饭碗，底平，口略小，形稍偏。伏虎降龙也都包含佛教故事。"清净""无是非"，皆佛理要义。禅祖慧能曾作一偈："菩提本无树，明镜亦非台。本来无一物，何处惹尘埃？"讲的就是这个意思。

本诗构思上的特点是诗前设序，诗、序互补，共同表现了该胡僧的遗世绝俗。相对说来，序约其事，诗展其状，而归为抒情。而情之中心则是对"心将流水同清净，心与浮云无是非"的超尘境界的向往。末尾"山中有僧人不知，城里看山空黛色"，更将胡僧最后掩于一片迷蒙的青绿色中，充满神秘的色彩和幽绝的气氛，给人一种空寂高远之感，很好地实现了创作意图。 　　　　　　　（葛培岭）

沣头送蒋侯

君住沣水北，我家沣水西。

两村辨乔木，五里闻鸣鸡。

饮酒溪雨过，弹棋山月低。

徒开蒋生径，尔去谁相携？

岑参二十献书阙下，蹇而无成，蹉跎十秋。"揽惠草以惆怅，步衡门（代指隐居地）而踟蹰。"（《感旧赋序》）品味诗意，本篇所写蒋侯，可能即是他隐居终南山时的一位挚友。"沣"指沣水，今称沣河，源出终南山，西北流入渭河。诗中所写，集中于作者在沣水头送别蒋姓友人时内心的绵邈之情。

开首"君""我"对称，语气极亲切。"北""西"分住，如见沣水蜿蜒，已透出一派隐逸之气。三、四句又写两村的彼此邻近。"辨乔木""闻鸣鸡"，山野特征显然，感情色彩浓郁，令人想起陶渊明的《桃花源记》："有良田美池桑竹之属。阡陌交通，鸡犬相闻。"

在淡笔渲染的基础上，五、六句又忆写相聚时两个典型的画面：饮酒和弹棋。弹（tán）棋为一种古代博戏，相传为西汉成帝时刘向仿蹴鞠之制而作（见《西京杂记》），宋沈括《梦溪笔谈》卷十八："弹棋今人罕为之，有谱一卷，盖唐人所为。其局方二尺，中心高如覆盂，其巅为小壶，四角微隆起。"后棋法失传。此两句说，促膝对饮，意趣方浓，溪雨下过；相向弹棋，不觉夜深，山月将沉，表现出两人的欢洽相得。诗在末尾二句，才正面写到蒋侯将"去"，为之送行。"蒋生径"，用东汉蒋诩事。据嵇康《高士传》载，蒋诩，杜陵人，哀帝时任兖州刺史。王莽代汉，托病辞归，卧不出户，只在房前竹丛下开三径，同好友求仲、羊仲往来。本诗利用二蒋同姓，借喻自己和蒋侯的友情，得偶合之妙。"尔去谁相携"，深含依恋、遗憾，从中可以看出蒋侯在作者心中地位的无可替代。

欲写今日、别苦，偏忆昔日、合乐，其苦情却愈见特出。体势之妙，启人遐思。

（葛培岭）

陕州月城楼送辛判官入奏

送客飞鸟外，城头楼最高。

樽前遇风雨，窗里动波涛。

谒帝向金殿，随身唯宝刀。

相思灞陵月，只有梦偏劳。

这是一首送人诗，高迈雄远。

"陕州"，州治在今河南陕县。"月城"，偃月（半弦月）形城墙，防守之用。宝应元年（762）春，岑参为太子中允兼殿中侍御史，充关西节度判官。十月，天下兵马元帅雍王李适（后为德宗）会诸道节度使于陕州，进讨史朝义，以岑参为掌书记。"辛判官"当为其同僚，奉命即将入朝奏事，岑参等于月城楼为之饯行。诗即作于此间。

诗从饯行地点起笔："送客飞鸟外，楼头城最高。"高屋建瓴，气象轩敞。"飞鸟外"，言楼高，凌越飞鸟。两句入手不凡，而又如"风行水上，自然成文"。

接笔向楼外展开："樽前遇风雨，窗里动波涛。"上句申足高意，下句"波涛"，即指黄河，城楼北临黄河，故云"窗里"。两句写自然景象，风雨波涛，意境浑远；设想奇妙，由小即大，静中见动，俯仰之间，便有不凡之气。

继而写到辛判官入奏："谒帝向金殿，随身唯宝刀。"这里既写了辛判官使命的庄严，又写了他形仪的英武。当时，"胡寇尚未尽……圣朝正用武"（《潼关镇国军句覆使院早春寄王同州》），诗中表现了一种立功国家的志向和雄勇精神。

结末想象别后情景。"灞陵"本作霸陵，为汉文帝陵墓，在陕西长安县东。这里代指京城。这两句说：你走后，我将非常想念，只有在梦里才能去长安和你重会，流露出动人的情谊。

古诗写离别多凄恻哀苦，初唐渐有变调，盛唐时多出慷慨之音。岑参此诗仍是这种神韵。马茂元、赵昌平《唐诗三百首新编》评本诗说："盛唐诗人重'兴'，故同一题目，同一诗人，随地即兴，便有不同风貌，此其可贵处。"切中肯綮。

（葛培岭）

巴南舟中夜书事

渡口欲黄昏，归人争渡喧。

近钟清野寺，远火点江村。

见雁思乡信，闻猿积泪痕。

孤舟万里夜，秋月不堪论！

大历元年（766），岑参随同山南西道、剑南东西川副元帅，剑南西川节度使杜鸿渐入蜀平乱，次年六月赴任嘉州刺史，任职一年，罢官东归。此诗即作于东归途中。"巴南"，泛指今四川南部之地。

说是"夜书事"，实际所书始自黄昏前："渡口欲黄昏，归人争渡喧。"诗特将视线投向渡口，不无缘由，这缘由便是他的乡思。前在嘉州任上，他已一再咏叹思乡之意；解印之后，更是"平旦发犍为（嘉州），逍遥信回风"（《东归发犍为至泥溪舟中作》）；"梦魂知何处，无夜不先归"（《巴南舟中思陆浑别业》）。乡思已变为他的一种潜意识，极易被触动。眼下对黄昏渡口归人争渡的关注，亦近乎一种本能反应。那"喧"声的沸沸扬扬，尤令人怦然动心。

黄昏下来，才是静"夜"。但诗人的心却无法平静。"归人"已渡，而自己却仍在"巴南舟中"，耳目所及，一片凄清。诗人遴选了"钟""火""雁""猿"四事加以描写。"近钟清野寺，远火点江村"，其中"钟"是单数，"火"是复数，远近辅映，极有韵味。"清""点"二字精警，字凡而意不凡。有钟声而使野寺更清肃，有火光而使江村更朦胧，意境独造。"点"不是点火、点灯，而是点染、点缀，极其凄美。一本作"照"字，则逊色得多。中国古书中有"得雁，足有系帛书"和"猿鸣三声泪沾裳"的典故，"见雁思乡信，闻猿积泪痕"二句借之，而同用于巴南秋夜，婉切物情，极能感人。

最后，诗人又把思路引向辽远："孤舟万里夜，秋月不堪论!"说"孤舟万里"，显然已移想于故乡颍阳、长安去了。而遥隔天涯，举目无亲，更品出"孤"字滋味。末句化用南朝谢庄《月赋》之典："美人迈兮音尘绝，隔千里兮共明月。"此时此景，如此心境，又怎堪言说? 本诗题曰"书事"，重在书情，而无限乡情又尽在不言之中，余意悠远。

（葛培岭）

晚发五渡

客厌巴南地，乡邻剑北天。

江村片雨外，野寺夕阳边。

芋叶藏山径，芦花杂渚田。

舟行未可住，乘月且须牵。

　　"五渡"，今四川青神东有五渡山。《大清一统志》卷四百十：五渡山"在青神县东十里，水经上下，水流屈曲，渡处凡五，因名"。岑参于大历三年（768）离嘉州东归，阻戎泸间群盗，淹泊戎州。后改计北行，回至成都。此诗疑即作于北行途中。

　　"客厌巴南地，乡邻剑北天。"首联即用对仗，以强化心理背向的感情色彩。"巴南"，泛指今四川南部地区。岑参于此地并无留恋，而乡思愈甚。"剑北"，指剑山以北地区。二句同时暗含了作者"晚发五渡"的北归趋向。

　　"江村片雨外，野寺夕阳边。"为沿途即景。清丽空远中见出迷惘之思，是一幅很美的山水画。

　　"芋叶藏山径，芦花杂渚田。"承上生发。上二句为远景，此二句为近景。"藏""杂"二字妥帖生动，既摄取了"山径""渚田"的不同特征，又寄寓零落萧条之意。"渚（zhǔ）"，水中间的小块陆地。

"舟行未可住，乘月且须牵。"尽管沿途风景可人，然而还是不肯让行舟停驶。天色愈晚，日落月出，则命乘月夜行。"牵"，指拉纤。可知是逆水北上，正与归途契合。

本诗以情统景，疾徐有致。题曰"晚发"，归思已寓。诗起于归思，亦结于归思，一线流贯。中间四句则悠然宕开，写出巴南的美景异趣，使内容呈复线结构，富润丰盈。但毕竟诗人要乘月北进，则见归思居主。风景实际上又起着衬托归心的作用。两线主次分明而各有妙用，从中可以窥见作者诗艺的纯熟。　　　（葛培岭）

奉和中书贾至舍人早朝大明宫

鸡鸣紫陌曙光寒，莺啭皇州春色阑。

金阙晓钟开万户，玉阶仙仗拥千官。

花迎剑佩星初落，柳拂旌旗露未干。

独有凤凰池上客，阳春一曲和皆难。

乾元元年（758）春末，中书舍人贾至写了一首《早朝大明宫呈两省僚友》诗。"大明宫"原名永安，后改此名，是朝会行仪的地方。贾诗写得很好，中书舍人王维、左拾遗杜甫、右补阙岑参等都作诗和他，此诗即为岑作。

诗中着重描写了早朝的庄严雅丽。首联扣住"早"字描写，是入朝的背景。京城大道上晨鸡鸣叫时曙光尚冷，朝臣们即已向大明宫赶去，沿途只见帝都莺歌，春色将尽。接下额联着力突出宫中朝会的盛况：晨钟声里，宫内的千门万户一时打开；台阶上，盛大的仪仗簇拥着众官。庄严雅丽之外，诗中又十分注意其亲切秀美的一面，颈联的"花迎""柳拂"即为此设。朝臣身上所带木剑、玉佩，与自然景物中的"星初落""露未干"皆细微之节，而生动可人。整个描写刚柔相济、巨细结合，甚见光辉。尾联回照诗题，称赞贾至的原诗如高雅的《阳春白雪》（见宋玉《答楚王问》），绝妙难和。

华美的词藻，使本诗闪出动人的光彩。其中用"紫陌"称指京师街道，用"皇州"称指帝都，用"金阙"称指大明宫，用"玉阶"称指宫中的台阶，用"仙仗"称指皇帝的仪仗，用"凤凰池"称指中书省，用"阳春一曲"称指贾至原诗，等等，突出了宫廷的艳丽辉煌。可贵的是，诗中词藻华美而又不失分寸，不离真实。施补华《岘佣说诗》通过与王维、杜甫和诗的比较肯定了这一点："摩诘'九天阊阖'失之廓落，少陵'九重春色醉仙桃'更不妥矣，诗有一日短长，虽大手笔不免也。"故他在三诗中推此诗为第一。

本诗通过夸美朝仪，而表现出对国家中兴的希望和信心。它之具有长久的艺术生命，诀窍在此。

（葛培岭）

春 梦

洞房昨夜春风起，遥忆美人湘江水。

枕上片时春梦中，行尽江南数千里。

对于梦，艺术比科学给予了更早而且更多的关注。

本诗的梦，是一个美梦，系由"遥忆美人"而生。"美人"，古时可指容貌美，也可指品德美；可指女性，也可指男性。而诗中又有"洞房"一词，意为深屋，一般指女子所居，故知诗是拟一女子口吻写的。那么，她所思恋的"美人"，则当是男子了。

弗洛伊德说："最根本的诗意，在于克服我们对白昼梦的反感所用的技巧。"

本诗的技巧之一，即是措意微婉。在片时春梦中展开了江南数千里的追寻，情思缠绵而又意象旷美。诗中不忌重复地用了两个"春"字，因"春风"撩逗春兴，而有"春梦"，虽然春情缠绵，但表面上却似乎只是说明春季给人以美好、愉快的感觉。

本诗述事朦胧。"行尽江南数千里"，到底寻着了没有？凭你去想。仔细揣摩，该是寻着了的。寻着了情人，无比激动，所以才于"片时"间骤然醒来。而醒后又将如何？惊喜？追味？遗憾？怅惘？仍然任你去猜。含蓄无尽，而又符合梦境迷离惝恍的特点。

这确是一首美意丰盈的佳作，无愧于后人对它的爱赏和追摹。

(葛培岭)

逢入京使

故园东望路漫漫，双袖龙钟泪不干。

马上相逢无纸笔，凭君传语报平安。

忆家思乡，在诗歌中是一大主题。岑参此诗的佳处是在普遍主题中开出了独特的境界。小诗四句，恰有四处最堪寻味：

一是"路漫漫"。这不是一般的远离故乡，而是在黄沙浩瀚的丝绸之路上，与其"故园"长安迥隔天涯。作者《碛中作》诗云："走马西来欲到天，辞家见月两回圆。"意思是驰马需走两月之久，"路曼曼其修远兮"！

二是"泪不干"。乡思重时，纵使刚性男儿，也常会潸然落泪。但这里的落泪却特别多，竟至于"双袖龙钟"。"龙钟"，泪湿貌。

三是"马上相逢"。一般乡思多取月夜、秋风之境，而本诗却取境于天宝八载（749）作者首次从军西塞的路上。战马黄沙，别有一种豪壮风味。

四是"凭君传语"。戎马倥偬之中，只好托带口信了。口信自不能洋洋洒洒，淋漓尽致，所以双泪不干的浓情只化为短短二字："平安"——这是自己最关怀的人对自己行旅天涯时最关怀的事啊！

揆度情状，作者的袖泪龙钟，乃由一"逢"字所激。迸发之速，见蓄积之厚。真情所至，不假雕琢而感人自深。　　　　（葛培岭）

刘长卿

刘长卿（709—780?），字文房，河间（今属河北）人，开元间进士，至德间为长洲（今江苏苏州）尉，摄海盐（今属浙江）县令，因事贬播州南巴（今广东茂名）尉，入为监察御史，以检校祠部员外郎出为转运使判官，知淮南鄂岳转运留后。为鄂岳观察使吴仲孺诬陷，贬睦州（今浙江建德）司马，晚年任随州（今河北随县）刺史。史称刚正鲠直，有干吏之才。其诗内容丰富，各体皆工，写景状物，清秀雅致，意境高远，由锤炼而见自然之致。尤善五言近体，有"五言长城"之称。有《刘随州集》。

（刘伯阜）

铜 雀 台

娇爱更何日？高台空数层。

含啼映双袖，不忍看西陵。

漳水东流无复来，百花辇路为苍苔。

青楼月夜长寂寞，碧云日暮空徘徊。

君不见邺中万事非昔时，古人不在今人悲。

春风不逐君王去，草色年年旧宫路。

宫中歌舞已浮云，空指行人往来处。

《铜雀台》，是汉乐府古题，属相和歌辞，汉为房中乐曲，后多借用其名，另铸新意。

　　起首二句，写诗人对铜雀妓境遇的深切同情，也隐含对曹氏父子雄豪一时而终归黄土的慨叹之情。娇爱，指曹操的姬妾歌妓。高台，即铜雀台，一作铜爵台，曹操生前营建的行宫。台在邺都北城，殿宇嵯峨，气势恢宏，层台耸翠，飞阁流丹，顶铸一大铜雀，舒翼若飞，甚为壮观。后几经战乱，已是人去台空，故言"空数层"。诗以设问发端，通过强烈咏叹，突出诗的主旨，为全诗奠定沉郁基调。以下各句随感情起伏和自然场景的变换，来逐层加深主题。

　　第三、四两句，追述曹操死后，铜雀妓们空守铜雀台的惨状。双袖掩面，含泪吞声。"不忍看西陵"，正是铜雀妓们悲痛欲绝的生动写照。《乐府诗集·相和歌辞六》引《邺都故事》说，曹操临终前诏令诸子，死后将葬于邺之西岗，姜妓们依旧留居铜雀台，早晚供食，初一、十五至灵帐前奏乐歌唱，行奠祭礼。诗以"含啼映双袖"的具体动作，生动地揭示了铜雀妓们"不忍看西陵"的苦痛心情。

　　以下四句，承"不忍看"一语生发。第五、六句写实景，言漳水东流，有去无回，百花凋谢，古道犹存，而今已成满目苍苔，徒然唤起人们的无限追忆。第七、八句是虚拟，追思昔日铜雀妓们的凄怆冷落，并以浮云落日为衬托，构成时间和空间的比衬，从而给作品涂上浓厚的悲剧气氛，唤起读者对铜雀妓的共鸣与同情。句中的"长"和"空"字，形象而深刻地写出了铜雀妓们长年累月幽囚高台、度日如年的悲惨生活。

　　接下二句，由所见、所思引出深沉感慨。诗以"君不见"为呼告，回想当年邺都的繁华，已成过目云烟，称雄一世的曹操，也业已物化作古，如今留给后人的只有对往事的无尽幽思。诗人的感怀中对一代枭雄曹操语含微词。

末了四句，诗以委婉的笔触，进而对当年叱咤风云的曹操作了巧妙的揶揄。曹操霸业未遂，猝然离世，堪为哀叹，尤为可叹的是春风绿草毫不理会人意，依然年年送暖，岁岁抽绿，唯有空中浮云，仿佛通晓人意，竟然带走了昔日铜雀妓们的歌声舞步，也带走了早年魏王的显赫权势，唤取行人对往事的沉痛回忆。写来婉转含蕴，耐人寻味。对此，清人沈德潜评曰："不必嘲笑老瞒，淡淡写去，自存诗品。"（《唐诗别裁集》卷七）平心而论，诗人对曹操确实不曾鞭笞，也没作嘲讽，只是如实写来，而兴寄自在其中。从诗的结构上看，末尾二句，既回映了诗的发端，又照应了诗题。布局严谨，丝丝入扣，呼应自如。

刘长卿这首诗，内容不只是对铜雀台作客观的描写和发泄怀古情思，而是写出作者对历史的深切沉思，这就使所叙之事夹带浓厚的抒情色彩。结构以"青楼月夜长寂寞，碧云日暮空徘徊"之凄迷空灵为由古及今之过渡，上应起首之高台空锁，下启篇末之歌舞浮云。脉络贯通，和谐一体。大历时七古大不竞，本诗是较好的一首。

（刘伯阜）

秋日登吴公台上寺远眺

古台摇落后，秋日望乡心。

野寺人来少，云峰水隔深。

夕阳依旧垒，寒磬满空林。

惆怅南朝事，长江独至今。

这是诗人在江南时登临凭吊之作。吴公台，在今江苏扬州北，原为南朝宋沈庆之攻竟陵王所筑之弩台，后陈将吴明彻围北齐时加以扩建，因称吴公台。诗题下自注云："寺即陈将吴明彻战场。"

古台经宋、齐、梁、陈、隋各朝，已是残破不堪，面目全非了。虽然如此，但是秋日的岚光山影，却也明净宜人。登高俯瞰，思乡怀古之情油然而生。首联写因登台而起望乡之心。

中间二联具体描写，登台纵目环视，近见古寺荒凉、人迹稀少；遥看群峦叠嶂，白云萦绕，清流泛波，映带左右。又见夕阳余辉，光照吴公旧垒高丘，耳闻古刹钟磬悠扬，空山回响。五、六句中的"依"和"满"字，写出了"夕阳"与"旧垒"，"寒磬"与"空林"间的相互依存，使诗的意境显得更加苍凉寂寥，不但表现了诗人此时特定的复杂心境，也应诗题"远眺"。

可是，诗人并没有让自己的感情沉浸在对历史的凭吊和山川景物的描写中，而是想得更多，看得更远。南朝近一百七十年间，历经宋、齐、梁、陈四朝二十帝。这些帝王在政治上都没有什么建树，君主荒淫，贵族腐化，人民惨遭天灾人祸，这就更加速了南朝的灭亡。故诗尾联说"惆怅南朝事，长江独至今"。是啊，南朝的兴衰已一去不复返，只有滔滔的长江依旧东流不息：大自然才是永恒的啊！

（刘伯阜）

穆陵关北逢人归渔阳

逢君穆陵路，匹马向桑乾。

楚国苍山古，幽州白日寒。

城池百战后，耆旧几家残。

处处蓬蒿遍，归人掩泪看。

诗约作于代宗大历年间，时刘长卿在淮西。穆陵关，故址在今湖北麻城北。这首诗是诗人在穆陵关处途逢北归行客，有感而作。

唐经安史之乱，社会经济受到严重破坏，藩镇割据的局面日益加剧，民生凋敝、屡遭战祸的北方更是满目疮痍。对此，诗人压抑不住内心的忧虑和激愤，把实情告知这位相逢的归客。

行客的归地是渔阳（今天津蓟县），他的匆忙行色，引起诗人无限寻思：客人大概是旅居楚地久了，思乡心切吧，因此才急不可待地扬鞭策马北归。可是客人何曾知道，江南虽经战乱，但山河依旧，人民尚能苟活偷生；北方却完全不同了，那里是安禄山、史思明点燃战火的场所，如今战争虽已结束，但是遍地颓垣残壁，蓬蒿丛生，百姓不是死于战火，就是逃亡异地，残留下的能有几家？回去的人见此情状，无不肝肠寸裂，惨不忍睹。这是诗人的感慨，也是对北归行客的劝告。他痛心山河破碎，深忧生民涂炭，爱国忧民之心溢于言表。

诗从结构上看,是因眼前事引出追思,转为感叹。全诗把战后国破家残的惨状如实写来,情景逼真,加之语言简炼、对仗工巧,更使诗生色不少。如"楚国"与"幽州",是地名相对,"苍山古"与"白日寒",是两意举对,对照强烈而意脉通贯,情景并蓄。苍山虽系实景,白日却非真物,对仗工整,景象丰满,读来有意会不尽之感。

(刘伯阜)

碧涧别墅喜皇甫侍御相访

荒村带返照，落叶乱纷纷。

古路无行客，寒山独见君。

野桥经雨断，涧水向田分。

不为怜同病，何人到白云！

皇甫侍御，即"大历十才子"之一的皇甫曾，大历六年前曾官
殿中侍御史，与刘长卿友善。长卿赋闲碧涧，皇甫曾特意见访，写
有《过长卿碧涧别业》诗相赠，诗曰："谢客开山后，郊扉去水通。
江湖十年别，衰老一樽同。返照寒山满，平田暮雪空。沧洲自有
趣，不复泣途穷。"对此，刘长卿感触颇深，遂写下这首诗相答。
从诗意看二人此时均已贬官，当作于大历后期。

诗从荒村写起，以应皇甫曾赠诗。首联写落日余晖照射着荒凉
的村野，萧瑟秋风敲打着枯枝黄叶。这是诗人眼中傍晚的郊景，也
是诗人心中孤寂心情的流露。诗通过动词"带"字，把夕阳和大地
紧密连结了起来，组成一个荒村残照景象，外加落叶的渲染，使周
围景物倍觉苍茫。

次联由写景转入写人。放眼山路古道，只见蔓草丛生，行人敛
迹。故第三句说"古路无行客"。从诗的结构上看，这句起承转作

用。既承第一、二句写景，又转入第四句写人。正因诗人居在山野，息交绝游，对朋友的远道而来，感到格外喜悦，因此由衷迸发出"寒山独见君"一句来。"寒山"能"独见君"，是多么不寻常！用语看似平淡，但不仅写出了皇甫曾不随世态炎凉，独重友情的操守，同时还写出诗人见到老友时的欣喜神情。有了这一句，前三句的写景也就有了依附，而诗题中的"相访"也有了着落。

写朋友久别重逢，但并不叙相见言欢，而是有意宕开一笔，着意写荒原野渡，雨过水涨，桥断路阻，行走维艰。在这种情况下，友人远道来访，更显出友谊的深厚。第三联字面上是写景，而内在仍然是写人、写情。

"不为怜同病，何人到白云"二句，是直抒感情。说友人远来，是同病相怜。表明主客双方都曾尝遍官场的苦辣酸辛，境遇相似，感情相通，不然谁会愿意到这僻静冷落的山野来？两句是赞美友情的真挚，也是感叹世情的浅薄，同时又是对皇甫曾赠诗的酬答。诗写山野而言"白云"，这就给人一种既形象、又邈远的感觉，使诗更具画意、更耐寻味。

（刘伯阜）

宿北山寺

上方鸣夕磬，林下一僧还。

密行传人少，禅心对虎闲。

青松临古路，白月满寒山。

旧识窗前桂，经霜更待攀。

此诗又题作《宿北山禅寺兰若》。诗写作者投宿山寺见闻，并由此触发的诸般联想。

起首二句写山寺的宁静。诗选用晚间钟磬鸣响和林下僧人独归的景象，具体而形象地表现了山寺环境的寂静。作者无须多作描写，一座幽静的山寺自在山林间淡淡化出。常建《题破山寺后禅院》诗有"万籁此俱寂，但余钟磬音"句，同是以动衬静；所不同的是刘长卿在写钟磬传响同时，还出现了以丛林为背景的僧人独归的形象，画面显得更加丰满，视角更为开阔，也更深得天然之趣。

寄栖清静之境，耳闻钟磬之声，眼见林下之僧的诗人，此时顿悟到佛门禅悦的奥妙，于是呼出"密行传人少，禅心对虎闲"二句。意思是说佛家法师传人难得，只有思虑专一、心注一境，才算得道。禅心，是释家的一种"静虑"修养，对虎，用南朝高僧慧远在庐山说法，虎来听经之事。这里似含有几分禅意，而更重要的是反映了一个在仕途上奔波劳倦的人，渴求灵魂暂时安息的一种特殊感受。

当诗人从沉思中醒悟过来时，山寺的钟声停息了，独归的僧人不见了，眼前出现的是"青松临古路，白月满寒山"的景象。山寒、月白、道古、松青，自成画面。在这里，诗人不仅重视景物和色彩的谐和，而且还注意从远近、俯仰等不同角度，来塑造立体的艺术形象，充分发挥形象的通体感染力。

尾联由所见归结感受，用淮南小山《招隐士》"攀桂枝兮淹留"句意，两句谓旧地重游，又得禅境启示，顿生归隐之想。

全诗景情相生，显示了在秋日月夜山寺中心地发明的过程，语淡意深。一、三两联景语，提炼尤精，淡远中有萧索之致，是长卿诗的一贯特色。

（刘伯阜）

寻南溪常道士

一路经行处，莓苔见屐痕。
白云依静渚，芳草闭闲门。
过雨看松色，随山到水源。
溪花与禅意，相对亦忘言。

刘长卿生性喜爱山水，他创作了不少出色的山水景物诗。这类诗纯朴自然，常能把读者引入一种恬静淡雅的境界。《寻南溪常道士》便是这样的作品。道士，据篇末"禅意"观之，当为僧人。唐时，僧道均可称道人、道士。

"一路经行处，莓苔见屐痕"二句，写诗人兴冲冲朝南溪常道士山居走来，一路别无所见，唯有山石道上的青苔残留着疏落的足迹。"莓苔见屐痕"，化用孙绰《游天台山赋》"践莓苔之滑石"句意。孙赋只限于对客观物象的描模，而刘诗则注重在景物描写中传情寄意，既传达景物的形貌特征，又体现景物的内涵意象，故更具情趣。

"白云依静渚，芳草闭闲门"二句，写诗人沿莓苔石栈继续漫步前行，遥见袅袅白云笼罩水中小洲，近看山花烂漫，芳草凄凄，道人山居，柴扉紧闭。诗以"闭闲门""白云""芳草"点缀道人居处，隐示道人的品行高洁，含蕴丰厚。正如前人所云："长卿诗细淡而不显焕，当缓缓味之，不可造次一观而已。"(《唐音癸签》卷七引方回语)"过雨看松色，随山到水源"二句，继写道者山居周围景色。诗人带着寻山问水的雅兴，顺沿山间小道，观看雨后松叶的苍翠欲滴，欣赏山涧小溪的欢快奔流。

"溪花与禅意，相对亦忘言"二句，承上写山涧不知倦怠，淌洋不息，山花不受约束，自开自落的景象。流水与落花，本是常见自然现象，可是诗人却写得那么超然，那么闲适，把自我形象完全寄寓在"溪花"的无所拘束之中。

诗题为"寻南溪常道士"，诗中却不写是否寻到道士，只是描写一路寻来景色，转转入深。这样不写道士，而环境之幽静已可见道士之风调；不写相遇与否，更见出兴之所至，随缘任运，正不必执定一事之趣，这就是篇末所谓的"禅意"。

(刘伯阜)

送严士元

春风倚棹阖闾城，水国春寒阴复晴。

细雨湿衣看不见，闲花落地听无声。

日斜江上孤帆影，草绿湖南万里情。

东道若逢相识问，青袍今已误儒生。

此诗一题作《别严士元》。严士元，苏州名士，官员外郎。诗写严士元行将离吴赴楚，诗人特意前来相送的情景。当作于肃宗至德年间，长卿为长洲（今属江苏苏州）尉时。

首联写送别地点和时令。"阴复晴"，是送别时的天气，也是"水国春寒"的特征。而诗在"春寒"前冠以"水国"二字，这就把江南水乡的色彩涂抹得更加浓烈，同时也透露出诗人送别友人时的心境气氛。水国，初春，乍暖还寒，时晴时阴，给大地笼罩着一层薄薄的黯淡色彩，起句不凡，带有挈领全篇作用。

次联写天气阴晴无时，细雨迷迷蒙蒙、丝丝麻麻下个没完，别看其形不显，人站久了，浑身上下就湿漉漉的。枝头上的花儿，也随着微风细雨，三三两两、轻轻飏飏飘落到地上，四围静极了。"看不见""听无声"，写的是静景，"细雨湿衣""闲花落地"，是动景。景物的静与动，完全是通过物态变换和人物感觉来表现的，这便使情与景，人和自然的关系达到了和谐统一。在这里，诗人不仅捕捉了有代表性的江南暮春气候和景物特点，而观景之细，也含蓄地写出了诗人此时实已不堪离别之悲，有"此时无声胜有声"之妙。

三联写友人的远去。雨过后，斜阳经天，霞光万道，洒满江面，也洒在业已解缆扬帆的小船上，而小船正顺水向绿草成茵的湖南驶去。诗人采用绘画的透视法，打破时空限制，通过友情的纽带，把遥隔千里的湖南和苏州连结了起来。笔墨酣畅，画面壮阔，景色清丽，情意深长。

尾联以情结事，借请严转告沿途相识，发出青袍误身之叹。青袍，唐制：八、九品服青，也泛言官职卑微。"青袍今已误儒生"，语虽辛酸，却也真实地表达了诗人对人生旅程艰辛的感慨。杜甫在《奉赠韦左丞丈》诗中，也有"儒冠多误身"之叹。这不仅是一种穷极无奈的哀鸣，也是封建社会中千万个刚正之士潦落途穷的悲愤之言。

全诗风调浏亮，淘洗清空，写景言情均在有意无意、不迫不促之间，从而将离愁与身世之感表现得更为耐人寻味。　　　　(刘伯阜)

过贾谊宅

三年谪宦此栖迟，万古惟留楚客悲。

秋草独寻人去后，寒林空见日斜时。

汉文有道恩犹薄，湘水无情吊岂知？

寂寂江山摇落处，怜君何事到天涯！

　　唐代宗大历年间，刘长卿因鄂岳观察使吴仲孺诬陷，贬谪睦州（今浙江建德）司马，南行途中，路过长沙，瞻仰贾谊故居，怀古伤今，写下了这首诗。

　　首联追忆当年贾谊的谪居生活，并由此引发出万千感慨。贾谊是汉文帝时的著名政治家、文学家，有雄才大略、卓识远见，颇受文帝器重。因其政治主张触犯豪强大族权益，遭致谗贬，出为长沙王太傅三年，故诗言三年谪宦，万古留悲。悲愤之情，激越沉郁。句中的"楚客"，是指流落楚地的人，当然也包括诗人在内。两句总写，也应诗题。

　　颔联承转，写诗人在贾谊故宅前独自徘徊和寻觅。举目秋风萧瑟，衰草枯黄，落日余晖，映照寒林。景淡色清，写出了环境的荒凉冷落，也揭示了诗人内心的惆怅悱恻。"独寻"，独自寻觅；"空见"，别无所见。两者前后呼应，句意钩连。"人去后""日斜时"，化用贾谊《鵩鸟赋》的"庚子日斜兮，鵩集余舍""野鸟入室兮，主人将去"句，既切事，又表现了诗人的哀怨情思。用典而不见斧斤，可谓高手。前人评此曰："初读似悔语，不知其最确切也。"（《唐音癸签》卷二十三）

颈联由写景转入议论，意谓汉文帝还算是个贤明君主，尚且如此寡情薄恩，疏远贤良，借问川流不息的湘水，当年贾谊至此凭吊屈原的一番诚意可曾记得？言外之意是"有道"的汉文还不能重用人才，更何况志士遇上无道昏君？吊古惜今，运笔曲折，无须多作点破，读者自可推知。

尾联是以情作结。"寂寞江山摇落处，怜君何事到天涯。""怜君"，是怜贾谊，也是自怜。一个"怜"字，包容多少情思！诗人清楚地知道，"贾谊上书忧汉室，长沙谪去古今怜"（《刘随州诗集·自夏口至鹦鹉洲望岳阳寄阮中丞》）。而这里却说"何事到天涯"，明知故问，以一诘问直逼出诗人内心的强烈悲愤和不平，寄寓着作者万斛泉涌般的情思。

本诗名为吊古，实乃自伤，佳处尤在于将贾谊吊屈原、自己吊贾谊连成一体，情景相生，见出仁人志士万古之悲，其融今入古，达到了略无痕迹可寻的超妙境地。

（刘伯阜）

逢雪宿芙蓉山主人

日暮苍山远，天寒白屋贫。
柴门闻犬吠，风雪夜归人。

　　这是《刘随州诗集》开卷第一首。全诗仅二十字，却细腻形象地勾勒出一个隆冬寒夜行人投宿的艺术境界，成为传世名篇。

　　诗从日暮天寒落笔，衬以苍山茅屋，便构成了一幅寒冬旷野图。一、二两句虽未及人，但具体景象已使读者不难体会到人的存在。联句中的"白屋贫"，既承上句"苍山远"，同时也关联了下句中的"柴门"。

　　第三、四两句由远及近，宛如特写：夜幕中茅屋的荆扉内传来了几声狗叫，这声音在寂静空阔的旷野中显得那么亲切，它给几乎冻结的世界带来了生气，为奔走于风雪中行人的投宿献上了多少喜悦和温馨！这种心情和感受，恐怕不是身临其境所再难体验的。这里的犬吠，既丰富了诗的整个意象，同时也关照并引出了末句"风雪夜归人"，使人如闻其声，如见其人。

　　全诗用语平淡而有味，构思细巧而精切，使诗中人与自然、主观与客观、动与静、情与景，都达到了完美的统一，确是五言小诗中的精品。

（刘伯阜）

送灵澈上人

苍苍竹林寺，杳杳钟声晚。
荷笠带斜阳，青山独归远。

这是一首感情深沉的送别诗，也是一幅构图精美的景物画。

诗全由"送"字着意，从虚处取势，以虚映实。起句写润州（今江苏镇江）竹林寺，但不画屋宇旗幡，只显示了一个幽清遐远的意境。

次句紧承起句，用浑厚悠扬的钟声，既补足寺庙特色，又点出"晚"字，说明送别时间，为下两句造境铺垫渲染。

"荷笠带斜阳"，是全诗警策之句。夕阳西下，欲沉又浮，好像对人间怀有无限恋意，它把一天中最后、也是最美的光华集中投射在一个荷笠远去的离人身上。这是一幅多么清丽的山人夕照图！一个"带"字，不只点出"斜阳"与"荷笠"的关系，而且更是诗人对远归友人的感情投视。朋友远去，落日情深，诗人送行，追目难舍。

结句写诗人目送友人远去的情景。一"独"字、一"归"字，传达出诗人对由吴返越诗僧的无尽的惜别之意。对此，前人评曰：只此"独"字，尤属"青山"。诗无只字言送，而送别情状自出。景淡情浓，含蕴深厚。

（刘伯阜）

刘方平

刘方平（生卒年不详），河南洛阳人。少工词赋，善画山水，与元德秀交善，为萧颖士赏识。后隐于颍川（治所在今河南许昌），与李颀、皇甫冉等相唱酬。诗思悠远，笔致深婉，绝句尤蕴藉可喜。《全唐诗》录存其诗一卷。　　　（陈文华）

月　夜

更深月色半人家，北斗阑干南斗斜。

今夜偏知春气暖，虫声新透绿窗纱。

　　此诗一题作《夜月》。诗人写了自己在一个月夜的所见、所闻、所感，用笔细腻，写意深微。

　　前二句先写所见：夜已深沉，月渐西斜，房屋、庭院、街巷、树木，一半浸浴在月色里，一半沉睡在暗影中；天幕上，北斗星已经横转（阑干即横斜之意），南斗星也开始倾斜。二句通过星月移位这一静穆而富有诗意的自然景观来点题记时，既精确，又形象，而诗人留恋月色、夜深不寐之情亦已自见。

　　后二句写所闻、所感：在这静寂的夜半，忽然有一阵虫鸣声在庭院响起。这虫声透过绿色的窗纱，传入诗人的耳中；这虫声驱散了夜的寒气，让诗人感受到春的温馨！"虫"在春回时苏醒，"绿"

是春天的代表色，而"今夜""偏知""新透"都是为了强调变化刚刚开始。二句因果倒叙，写尽冬春之交物候的变换，反映出诗人特有的敏感及对物理的细心体验，读来既新鲜，又有风调。

宋顾乐《唐人万首绝句选》评此诗云："写景幽深，含情言外。"确实道出了此诗的妙处。但是，对于其所含之情是欣喜还是惆怅，后人却产生了不同的看法。这也是正常的。一首含蓄的好诗，本来是可以任读者驰骋想象，作出多种解释的。 　　　　　(陈文华)

元 结

元结（719—772），字次山，其先居太原（今属山西），后迁居鲁山（今属河南）。早年从学于宗兄元德秀，天宝十三载（754）进士及第。安史乱起，率家南下避难。乾元二年（759），以右金吾兵曹参军摄监察御史，充山南东道节度参谋，一度代摄荆南节度使事。后历任道州（治今湖南道县）、容州（治今广西北流）刺史，加授容州都督，充本管经略守捉使，政绩颇著。

元结诗文兼擅，为中唐古文运动和新乐府运动的先导。其诗多自写胸次、针砭现实之作。诗风简古，淳淡自然。所选《箧中集》体现了他反对"拘限声病，喜尚形似"的诗学主张。有《元次山集》。　　　　　　　　　　　　　　（陈文华）

舂 陵 行 并序

癸卯岁，漫叟授道州刺史。道州旧四万余户，经贼已来，不满四千。大半不胜赋税。到官未五十日，承诸使征求符牒二百余封，皆曰："失其限者，罪至贬削。"於戏！若悉应其命，则州县破乱，刺史欲焉逃罪？若不应命，又即获罪戾，必不免也。吾将守官，静以安人，待罪而已。此州是舂陵故地，故作《舂陵行》以达下情。

军国多所需，切责在有司。

有司临郡县，刑法竞欲施。

供给岂不忧？征敛又可悲。

678

州小经乱亡，遗人实困疲。

大乡无十家，大族命单羸。

朝餐是草根，暮食仍木皮。

出言气欲绝，意速行步迟。

追呼尚不忍，况乃鞭扑之！

邮亭传急符，来往迹相追。

更无宽大恩，但有迫促期。

欲令鬻儿女，言发恐乱随。

悉使索其家，而又无生资。

听彼道路言，怨伤谁复知！

去冬山贼来，杀夺几无遗。

所愿见王官，抚养以惠慈。

奈何重驱逐，不使存活为！

安人天子命，符节我所持。

州县忽乱亡，得罪复是谁？

逋缓违诏令，蒙责固其宜。

前贤重守分，恶以祸福移。

亦云贵守官，不爱能适时。

顾惟孱弱者，正直当不亏。

何人采国风，吾欲献此辞。

《春陵行》是元结初任道州刺史时的作品，这是一首使他赢得极高声誉的现实主义杰作。

道州（治今湖南道县）在湖南西南部，当时属边境地区，岭南诸州一有战乱，道州必首当其冲。州小民穷，由来已久。广德元年（763）冬，被称为"西原蛮"的少数民族武装又攻入了道州，在此城停留五十天之后，才被桂管经略使邢济击平。战争给道州人民造成的创伤是空前严重的。正在此时，元结被任命为道州刺史。他于广德元年九月授命，次年五月才到任。下车伊始，看到的是一片伤心惨目的景象，对此，他在《谢上表》中作过痛心的描述："耆老见臣，俯伏而泣；官吏见臣，已无菜色。城市井邑，但生荒草。登高极望，不见人烟。"但是，置民生疾苦于不顾的统治者并未因此而生恻隐之心，他们照样限期催逼，不到五十日，诸使征求赋税的文书竟达二百余封！面对这种情况，是应命强征，还是安民待罪？元结毫不犹豫地选择了后者："吾将守官，静以安人，待罪而已。"为了表明自己的立场和态度，也为了使下情上达，元结在上表请求放免科率的同时，写了这首诗，希望借助文学手段来达到为民请命的目的。

"癸卯"即代宗广德元年（763），"漫叟"为元结自称（因他曾号"漫郎"），"春陵"是汉侯封地名，故址在今湖南宁远附近，正在道州境内。全诗四十六句，分为两大部分。

第一部分自开头至"但有迫促期"，写道州现状。这一部分又可分为三小段。第一段四句，写官府征求赋税。由于战乱不断，国家财政需求增加，因此赋税也越来越繁多。于是，国家责令地方官催收，地方官又用严酷的刑法逼迫百姓。短短四句，不仅揭出了繁赋重税的根源，而且连用"切责""临""竞"等词，让人感到一种层层催逼的紧迫气氛。第二段自"供给岂不忧"至"况乃鞭扑之"，写百姓不胜赋税。"供给"句承上，写军国的供给是值得地方官忧虑的，"征敛"句一转，谓因此而向百姓横征暴敛又是令人悲悯的。紧接着的十句就以充满同情的笔调描绘了战乱后的道州民生凋敝的悲惨情状，补足"可悲"二字。诗人以"出言气欲绝，意速行步迟"十字刻画饥民形象，真可谓穷形尽相，读之令人心酸！第三段自"邮亭传急符"至"但有迫促期"，写官府催逼赋税。"更无宽大恩"意谓应予宽大，却不肯宽大，言下已有怨责之意，而"传急符""迹相追"的限期迫促，更无异于雪上加霜，不仅可悲，简直令人可恨了。一、三两段同样是写对官府催逼的不满，第一段讽意尚在言外，第三段却义愤溢于言表，这义愤正是来自二段所写对道州百姓悲惨现状的认识和同情。由此可见诗人构思安排之苦心。

第二部分自"欲令鬻儿女"至篇末，抒自己心声。诗人先用细腻的笔触写自己思想上的矛盾和变化：始而欲令百姓卖儿卖女以完税，继而欲抄没他们的家产以偿租，但前一种想法一出口就可能引起变乱，后一种做法又会断了百姓的生计！最后，还是百姓的载道怨声促使诗人认识到：这些从"山贼"的杀夺下逃生的人民，再也经不起驱逐逼迫了，他们希望朝廷派来的官吏能给他们慈惠，让他们休养生息。于是，诗人决心不徇权势，违令缓征，"安人天子命"以下，正是以正气凛然的诗句，表明了自己守官安人、为民请命的鲜明态度。

叶燮云："诗是心声，不可违心而出，亦不能违心而出。功名之士，决不能为泉石淡泊之音；轻浮之子，必不能为敦庞大雅之响。"（《原诗》外篇上）同样，没有先民后己、轻官爵重民命的思想，没有拳拳赤子、真忧真愤的感情，也决不能写出这种正直感人的诗篇。这正是元结为杜甫深服处，也是这首诗感人肺腑，千载以下读之仍令人气厚情深、不能去怀的一个重要原因。

（陈文华）

贼退示官吏并序

　　癸卯岁，西原贼入道州，焚烧杀掠，几尽而去。明年，贼又攻永破邵，不犯此州边鄙而退。岂力能制敌欤？盖蒙其伤怜而已。诸使何为忍苦征敛？故作诗一篇以示官吏。

昔岁逢太平，山林二十年。
泉源在庭户，洞壑当门前。
井税有常期，日晏犹得眠。
忽然遭世变，数岁亲戎旃。
今来典斯郡，山夷又纷然。
城小贼不屠，人贫伤可怜。
是以陷邻境，此州独见全。
使臣将王命，岂不如贼焉？
今彼征敛者，迫之如火煎。
谁能绝人命，以作时世贤？
思欲委符节，引竿自刺船。
将家就鱼麦，归老江湖边。

　　此诗与《舂陵行》作于同年，而且诗旨相同，都是为民请命之作，两诗堪称姐妹篇。序中"癸卯岁，西原贼入道州"云云，即指《舂陵行》中提到的广德元年（763）冬"西原蛮"占领道州五十天事。元结是广德二年五月到达道州任所的，不久，"西原蛮"又卷土重来，由于元结率众固守，他们才改攻永州（治今湖南零陵）和邵州（治今湖南邵阳），在邵留数月而去。道州此番得以保全，元结是立了大功的，但他在序中却故意说不是因为自己"力能制敌"，而是由于"西原蛮""伤怜"道州城小人贫，故未来犯就退走了。"贼"尚知道州百姓已不胜杀掠，那些朝廷派来的使臣却仍在"忍苦征敛"，相比之下，谁更残暴，就不言自明了。因为此诗是写给官吏看的，故称"西原蛮"为"贼"。"官""贼"对举，意在揭露"官"不如"贼"。

　　全诗共三段。第一段自开头至"日晏犹得眠"，写昔之太平安乐。元结从开元二十三年（735）亦即十七岁那一年"折节向学"，至天宝十三载（754）进士及第，二十年间或从学鲁山，或浮游江淮，或习静商余，可以说一直生活在山林。这二十年，又正是唐帝国的太平盛世，朝廷推行租庸调法，按期按户口征取定额赋税，人民安居乐业，不受惊扰。其中"泉源"二句已为三段"归老"伏根，"井税"二句则与二段"使臣"四句构成强烈对照，皆有深意。

　　第二段自"忽然遭世变"至"迫之如火煎"，写今之变乱苦难。"世变"指安史之乱。"戎旃"，军帐，此处指代军旅生活。天宝十四载（755），安史乱起，元结再也不能自安山林，他亲身参加了抗击叛军的战斗；广德元年（763），他被任命为道州刺史，又适逢

"山夷"（即"西原蛮"）作乱。四句诗，写自身之遭遇，见世道之变乱，而"今来"二句又从写自身过渡到写道州，以下八句即转入对道州现状的叙述。当时的道州人民正处在水深火热之中，他们既遭"贼"之焚烧杀掠，又受"官"之急征暴敛，受着双重苦难。现在，连"贼"也感到他们可怜，而不再来屠，"官"却依然"迫之如火煎"，相比之下，难道不是"官"不如"贼"吗？诗人以四句写贼，四句写官，对比鲜明，褒贬自见。

　　第三段自"谁能绝人命"至篇末，写己之决绝态度。"时世贤"指世俗眼中公认的"贤吏"。"时世贤"却是"绝人命"者，这无疑是矛盾而不合理的。诗人在用反诘语表示对这类人的不屑和讽刺后，又公开表明了自己弃官（委符节）归隐的决心。诗人这种决绝的态度，不仅是对那些"忍苦征敛"的"时世贤"们的批判，也是对其他官吏的劝谕，而这，也正是此诗的写作宗旨。

　　同是反映道州人民的苦难、抨击横征暴敛的使臣，与《舂陵行》相比，此诗更以其清朗激切的风格令人大快心目。诗人将沉痛之感、愤怒之情全部倾注笔端，钟惺云《舂陵行》"悲"，而此诗"愤"，确实道出了它的特色。也正因为此，它和《舂陵行》同时受到杜甫的高度评价："观乎舂陵作，欸见俊哲情；复览贼退篇，结也实国桢。""两章对秋月，一字偕华星。"杜甫还特别指出，这两首诗是"比兴体制，微婉顿挫之词"（《同元使君舂陵行并序》），从这个角度来说，此二诗又堪称中唐新乐府诗的先声。

　　　　　　　　　　　　　　　　　　　　　　　　（陈文华）

贫 妇 词

谁知苦贫夫，家有愁怨妻。

请君听其词，能不为酸凄。

所怜抱中儿，不如山下麑。

空念庭前地，化为人吏蹊。

出门望山泽，回头心复迷。

何时见府主，长跪向之啼？

　　元结是唐代最早创作批判现实的讽谕诗——新乐府诗的作家之一，他用自己的诗笔描写时事，针砭现实，并主张用诗歌来补救时弊。这一点，在《系乐府十二首序》中说得很清楚："天宝辛未中，元子将前世尝可称叹者为诗十二篇，为引其义以名之，总命曰系乐府。古人歌咏，不尽其情声者，化金石以尽之，其欢怨甚耶戏。尽欢怨之声者，可以上感于上，下化于下，故元子系之。"所谓"上感于上，下化于下"，就是要求诗歌发挥上感君王、下化风俗的社会作用。《系乐府十二首》正是这样一组作品。这十二篇作于天宝十载（751）（"辛未"疑为"辛卯"之误，"天宝辛未"即天宝十载）的作品，分别吟咏了十二件托曰"前世"，实暗喻当世"尝可称叹"的事。各诗自有主题，如《贫妇词》《农臣怨》等为感君之作，《陇上叹》《贱士吟》等为化俗之作，虽编为一组，却各不相关。但也正因为是一组，每一首诗的篇幅结构、表现手法基本上是相同的。这种结构、体制统一的乐府组诗已导白居易《新乐府五十首》的先声。

这十二首诗中，形象最鲜明、艺术感染力最强的是《贫妇词》。这首诗通过一位贫妇的控诉，来反映苛政繁赋下民不聊生的现实，希望以此感动统治者，拯民于水火。

全诗由两部分组成。第一部分四句为作者之开场白，“苦贫”“愁怨”四字定下了全诗的基调。“苦贫”故生“愁怨”，“愁怨”则欲倾诉，而愁怨之词必悲，闻者能不“酸凄”乎？作者未道其词，先抒“酸凄”之感，是为了引起读者、府主乃至当今天子的注意，希望他们都来“听其词”，悯其情。第二部分八句为贫妇之诉词。“所怜抱中儿”至“化为人吏蹊”四句写贫妇之处境。通过“抱中儿”与“山下麑”的对比，“庭前地”为“人吏蹊”的变化，揭露了官府横征暴敛、贪得无厌的狰狞面目，刻画了贫苦人民生计丧尽、牛马不如的悲惨生活。“出门望山泽”以下四句写贫妇之心境：彷徨、凄迷，在绝望中幻想见到太守，求得其怜悯。“何时”二句似写其希望，实见其绝望。至此，一个求救无门、绝望挣扎的贫苦妇女形象便跃然纸上了。

愁苦之辞，一般都是婉转悲啼，以缠绵为工的，此诗却以朴素的言语、白描的手法，代贫妇直抒胸臆，收到了“愈直愈悲”（钟惺《唐诗归》）的艺术效果。

（陈文华）

石鱼湖上醉歌 并序

漫叟以公田米酿酒，因休暇则载酒于湖上，时取一醉。欢醉中，据湖岸，引臂向鱼取酒，使舫载之，遍饮坐者。意疑倚巴丘酌于君山之上，诸子环洞庭而坐，酒舫泛泛然触波涛而往来者。乃作歌以长之。

石鱼湖，似洞庭，夏水欲满君山青。
山为樽，水为沼，酒徒历历坐洲岛。
长风连日作大浪，不能废人运酒舫。
我持长瓢坐巴丘，酌饮四坐以散愁。

这首诗是元结在道州时所作。元结性嗜酒，曾说过"非酒徒则为恶客"，晚年任道州刺史期间，常载酒出游，遇佳山水，必流连尽醉方归。在他的眼中，窊石堪为樽，石尊能寒酒，石凹处可修之贮酒，水涨时可浮杯载酒。真是酒场别趣，独有千古！石鱼湖在道州（治今湖南道县）东，湖名为元结所取。元结《石鱼湖上作》诗序云："漫泉南上有独石在水中，状如游鱼。鱼凹处修之可以贮酒。水涯四匝，多欹石相连，石上堪人坐，水能浮小舫载酒，又能绕石鱼洄流，乃命湖曰'石鱼湖'。"

此诗也有一篇颇为奇奥的序。序中首先说明自己"以公田米酿酒"。"公田"即公廨田，唐时给官署收取地租以供不时之需的土地。晋代大诗人陶渊明曾用公田种秫酿酒，元结此举即有学陶之意。不过，较之陶渊明，元结此诗及序在真率自然之外，似乎还有一股豪放奇肆之气。从这一点来说，又稍近于李白。李白在《陪侍郎叔游洞庭醉后》一诗中曾大言要"划却君山""醉杀洞庭"，元结则将君山、洞庭、巴丘都移到了石鱼湖，其奇想妙喻，实与太白在伯仲之间。

诗由两大部分组成。前半部分写酒场之奇。诗人把石鱼湖比作夏水初涨、碧波齐岸的洞庭湖，把石鱼比作君山。于是，山成了酒杯，湖成了酒池，湖边的洲岛则成了酒徒们的坐凳。诗人用两个三三七言句绘出的这个酒场奇境，为酒徒们提供了豪饮酣咏的天然背景。后半部分写酒兴之豪。"长风"二句极写天时之恶劣，以反衬酒徒之豪兴；"我持"二句则突出"我"之放情纵饮，微逗借酒消愁之隐衷。一首放情山水、抒写豪情逸兴的作品却以"愁"字作结，可见这位忧国忧民的诗人关心政治、留心民瘼的一贯态度。虽是"云山韶濩"之音，却非萧散闲适之风，这正是元结山水诗的独特之处。

吴瑞荣《唐诗笺要》评此诗云："石鱼为樽，器皿已奇，巴丘、君山、洞庭，须弥世界乃藏芥子，真耶？幻耶？有古怪兴会，始有古怪文章。豪于饮者，也不乏人，吾断推次山第一。"吴氏在推崇元结"豪于饮"的同时，指出其诗"古怪"。元诗这种尚怪的倾向，与他创制的新乐府体制一样，对半个世纪后的元和诗坛产生了深远的影响。

（陈文华）

欸乃曲

（五首选一）

湘江二月春水平，满月和风宜夜行。

唱桡欲过平阳戍，守吏相呼问姓名。

 这是一首船歌。大历二年（767），身为道州（治今湖南道县）刺史的元结因军务前往长沙，返州途中，"逢春水，舟行不进，作《欸乃曲》五首，令舟子唱之"（作者原序），目的是给寂寞而艰难的旅途增加一点乐趣。"欸乃"，摇橹声，因为是供船夫歌唱的，故名《欸乃曲》。五首诗皆以风谣语写舟中见闻及旅途感受，而湘中山水、时代气息，"轻轻浅浅，悠然在目，味正在逼真"（宋顾乐《唐人万首绝句选》评）。

 这是其中第二首，写春江夜行，在平阳戍遇津吏盘诘事，体现出战乱未息的时代特征。一、二句写春江夜色：早春二月，江潮初涨，水平岸阔，风和月朗，一派和平宁靖的气氛。白日风急浪高，夜间风平浪静，"春水平"给行船带来的困难因"满月和风"而稍减，故曰"宜夜行"。此境非亲历不知，由此可见诗人体验之细微，描写之真切。三、四句写津吏盘诘。"唱桡"指船夫边打桨边唱歌，画出悠然自得之态。平阳戍在今湖南耒阳西南，为湘江上的一个关卡。从"唱桡"到"守吏相呼问姓名"，笔调一转，景色顿异，极感慨曲折之致。

在变乱频生的年代，江上实行宵禁，津吏问名放舟，本司空见惯之事，此诗独能标出，是其新奇之处。　　　　　　　　（陈文华）

王季友

王季友（生卒年不详），河南人。少有才学，家贫卖履，见弃于妻。早年隐于近洛之山中，后为李勉所识，先后任司仪郎、监察御史，从佐洪州幕府三年。大历二年（767）还京，未几即归隐山林。其诗爱奇务险，气格高古，为杜甫、岑参、元结等推崇。《全唐诗》存其诗十一首。

（陈文华）

观于舍人壁画山水

野人宿在山家少，朝见此山谓山晓。

半壁仍栖岭上云，开帘放出湖中鸟。

独坐长松是阿谁？再三招手起来迟。

于公大笑向予说，小弟丹青能尔为！

这是一首题画诗，为诗人早期作品，当作于开元、天宝间季友隐于洛阳附近山林中时，此由篇首自称"野人"及见录于殷璠所编《河岳英灵集》（收诗起于开元二年，终于天宝十二载）可知。

王季友属中唐《箧中集》诗派。反对"拘限声病"、追求质朴古淡是这一诗派的共同倾向，季友也不例外。这首诗采用了七言古诗的形式，诗的前六句写画中山水人物逼真传神："谓山晓"，"是阿谁"，"开帘放鸟"，"再三招手"，诗人以画为真之态可掬；而以

"半壁仍栖"写半散半聚的山中朝云，以"起来迟"写欲起未起的松下隐者，更是以动态写静景，十分传神。当然，这一切都是以诗人的错觉为前提的，诗人的错觉则由画之逼真引起。这种将人情画景融为一体的夸张写法把画给题活了，而作画者技艺之超妙亦于此可见。

最后二句写作画者于舍人。见到诗人痴迷的神态，于舍人得意地大笑着说："你看，我的画已达到让人着迷的境界了吧!""能尔为"即"能为尔"，亦即"能做到这样"。浅浅俗语，却把于舍人豪放、洒脱的性格栩栩如生地勾画出来了，诙谐的语气又给全诗增加了风趣。至此，读者也不禁要颔首微笑了。

殷璠《河岳英灵集》曾赞季友诗"爱奇务险，远出常情之外"，还特别提出这一首，认为"甚有新意"；可后人却有以此诗末二句"语意浅陋，类儿童幼学者"（吴子良《吴氏诗话》）。殊不知唐人本有以俚语入诗的习惯，季友一派更是以质朴为工，加之其时题画诗尚处于初发展阶段，能写到这样，确实堪称有"新意"了。殷璠生于当时，深知诗坛风尚，他的评语当是可信的。　　　　　　（陈文华）

钱 起

钱起（722—780），字仲文，吴兴（今浙江湖州）人。天宝十载（751）进士，曾任蓝田尉，官至尚书考功郎中，大历中为翰林学士。钱起是"大历十才子"之一，诗以五言为主，尤工律体，擅送别酬应山林隐逸之作。工于写景，洗练清秀，细腻不滞，颇有韵致。与刘长卿齐名，亦与郎士元并称，有时誉。高仲武《中兴间气集》以为首选，并谓："士林语曰：前有沈、宋，后有钱、郎。"有《钱考功集》。

（邓乔彬）

裴迪南门秋夜对月

夜来诗酒兴，月满谢公楼。

影闭重门静，寒生独树秋。

鹊惊随叶散，萤远入烟流。

今夕遥天末，清光几处愁。

　　这是一首咏月诗，又题为《裴迪书斋玩月之作》。裴迪是王维的好友，二人曾在蓝田辋川过着"浮舟往来，弹琴赋诗，啸咏终日"的生活。钱起与王维、裴迪都有交往，当作客裴迪家时，赏月作诗，其情趣亦近王、裴的山水清音。

　　首联点明时间、地点、事由，谓与知己相逢，诗情助酒兴，不觉已经入夜，只见明月清光洒满楼台。此处"谢公楼"当指裴迪住处，宋谢灵运、齐谢朓皆以山水诗著称，裴迪钟情山水，亦长于诗，拟之大小谢堪称妥帖。中二联正写"对月"，颔联为近景，谓重门将月景闭锁，一片静谧；独树沐秋月银光，渐生寒意。颈联写楼上所见的月下远景：因夜静，故月明而使栖鹊惊起，枯叶随之洒落，而溶溶月色之下，见流萤远去，渐入烟霭之中。更增清夜凄寒之意。这一近一远两重景物，含而不露地表现了诗人的情绪转换。这清寒的月光，这迷濛的月下景物，使诗人起始之高兴转化为淡淡哀愁。"今夕遥天末，清光几处愁"，诗至末尾方点明主旨。这种玩月与寄兴融化无迹的组织才能，使全诗形成了空灵窅远的艺术境界。

全诗实由谢庄《月赋》："美人迈兮音尘阙，隔千里兮共明月。临风叹兮将焉歇？川路长兮不可越。"蜕化而来，但体物微妙，刻画精工，绪密思清，最见大历诗承二谢、沈宋一脉而加以淘洗，自成一格的特点。沈德潜《唐诗别裁集》评颈联云："月夜萤光自失，然远入烟丛，则仍见其流矣，此于体物最工。"论析句意不可谓不细，但未由意兴窥入，终觉尚隔一间。

（邓乔彬）

省试湘灵鼓瑟

善鼓云和瑟，常闻帝子灵。

冯夷空自舞，楚客不堪听。

苦调凄金石，清音入杳冥。

苍梧来怨慕，白芷动芳馨。

流水传湘浦，悲风过洞庭。

曲终人不见，江上数峰青。

这是钱起所作的一首试帖诗，题目出自《楚辞·远游》："使湘灵鼓瑟兮，令海若舞冯夷。"《旧唐书》卷一六八《钱徽传》谓此诗之成得之于鬼助：钱起在月夜独吟客舍，闻人吟于庭："曲终人不见，江上数峰青。"寻声而不见人，就试之时，李暐以《湘灵鼓瑟》为诗题，钱起用"鬼谣"为落句，深得李暐嘉许，是岁登第。这当然是后人附会而生的故事，但李暐称之为"绝唱"，并非没有道理。

试帖诗所受限制颇多，难以驰骋才思；然而钱起却游刃有余，就《楚辞》诗意，结合幽怨动人的湘水女神传说，脱化出远神不尽的意境。作为试帖诗，起二句的"帝子"扣"湘灵"，"云和"扣"瑟"，点题而善作概括。云和，古山名，《周礼·春官·

大司乐》有"云和之琴瑟"一语。帝子，人多以为即帝尧之二女娥皇、女英，嫁作舜妻，《楚辞·湘夫人》起句："帝子降兮北渚，目眇眇兮愁予。袅袅兮秋风，洞庭波兮木叶下。""帝子"出此，诗中结撰亦关乎此。湘灵鼓瑟的优美乐声萦绕于楚山湘水，河伯冯（píng）夷随乐声起舞，"楚客"深知湘灵幽怨，不忍卒听。《远游》中对乐舞极尽铺陈。蒋骥《山带阁注楚辞》云："至乐之中，有至悲者存，不可不察也。"从屈原、贾谊到历代被贬的"楚客"，想及死于苍梧之野的"帝子"之命运，对湘灵鼓瑟当然是"不堪听"了。悲苦的音调使金石亦为之凄怆，清越的乐音入于杳渺的远方。"苍梧来怨慕"，语涉大舜及二妃，"白芷动芳馨"，乐声令芳草散发馨香。一写神灵，一写芳草，极言音乐的动人力量。"流水传湘浦，悲风过洞庭。"进而写乐声传播、涵盖之广，"湘浦""洞庭"二语，与前面的"帝子""苍梧"，构成了这美妙幽怨音乐的历史传说背景。至此，对湘灵鼓瑟所产生的感染力正渲染至极，由妙音而想佳人，终于引出了湘水女神，帝子之灵常闻，女神真容难见。"曲终人不见"，直述之下惟觉惘然，抬眼望去，"江上数峰青"，如梦、如幻、如画、如诗，余音似在峰际缭绕，情思也因此绵绵不绝。

以试帖诗而不见敷衍、拼凑之迹，潜气内转抚起瑰丽的想象，限韵之作写得运掉自然，确属不易。诗中对音乐作了由近至远、由人及神的多方抒写，且化无形为有形，不作拟声之笔而专写效果，实在李白写蜀僧弹琴、李颀写觱篥外另辟一音乐境界，并与后来白居易《琵琶行》、李贺《李凭箜篌引》成前后辉映之势。作者作五言长律而不展衍无余，以曲终人杳、江上峰青作结，在将《列子·汤问》"余音绕梁"典故翻出新意境同时，更具情思绵渺难尽之妙。

(邓乔彬)

题玉山村叟屋壁

谷口好泉石，居人能陆沉。

牛羊下山小，烟火隔云深。

一径入溪色，数家连竹阴。

藏虹辞晚雨，惊隼落残禽。

涉趣皆流目，将归美在林。

却思黄绶事，辜负紫芝心。

　　高仲武《中兴间气集》称钱起"文宗右丞，许以高格。右丞没后，员外为雄"。这首《题玉山村叟屋壁》所表现的归隐之意和艺术风格，都逼近王维。诗中所写玉山，即陕西蓝田的蓝田山，是骊山的南阜，因山出美玉，故名；又以山形如覆车，亦名覆车山。此诗为题壁之作，当是作者游览所得。

　　诗开头两句就点出隐居之意：谷口泉石美好，使人能于此隐居，"陆沉"以无水而沉喻隐居。《庄子·则阳》："方且与世违，而心不屑与之俱，是陆沉者也。"即此意。

　　当中六句描绘玉山景色，二句一组，随山行过程展开。前二句是入山前远望，但见牛羊下山，愈远而愈小，而云雾阻隔之中，居人烟火袅袅上升，倍见深静。中二句写入山至村居所见：一条小径沿溪岸蜿蜒而伸，诗人缘溪而行，随意领略沿途风光，终于在一片竹阴下，见到了一个数家相连的小村落，这就是陆沉之隐者的世外桃源了。后二句写到后展望所见：一阵晚雨后，山峰间一道彩虹半隐半现，故曰"藏虹"；虹至晚霁方现，故曰"辞晚雨"。在这明净如洗、长虹横曳的天空中，矫健的鹰隼惊起翱翔，击落凡鸟。这一"惊"、一落的动景在上句静景衬托下，显出山中的高远自由、充满生气。

对此美景，诗人怎能不神驰心往，于是结四句由写景转入抒怀："涉趣皆流目"，收束上文，谓过目之景，皆成山居之趣。经此句过渡，引出自己"将归羡在林"之意，与前"居人陆沉"相应。"却思黄绶事，辜负紫芝心"，更伸足归隐之想的根由。"黄绶"，黄色印绶。据《汉书·百官公卿表》："凡吏秩……比二百石以上，皆铜印黄绶。"唐人多以指县尉。"紫芝"指秦末商山四皓，因世乱而退隐，以琴曲歌辞《采芝操》（四皓歌）起句"晔晔紫芝，可以疗饥"，而被称为"紫芝客"。诗至此，才真正申足题壁明志之意。

此诗当作于蓝田尉时，临近安史之乱，"黄绶""紫芝"之叹多少反映了当时士人的一种失落感。也正是这种心情，使诗人们普遍追尚王维后期诗风，试以本诗与王维《渭川田家》等对读，虽境界有宽狭之分，气调有厚薄之别，但传承之迹甚明。

诗中"牛羊下山小，烟火隔云深""藏虹辞晚雨，惊隼落残禽"是名句。前联化用《诗经·王风·君子于役》"日之夕兮，牛羊下来"之句，而能自成清幽；后联体察极细，下词极精，动静相生，构图简洁而富于层次，饶有韵味。这种使典造语的工细是大历诗的特征，其得失都在于此。

（邓乔彬）

赠阙下裴舍人

二月黄鹂飞上林，春城紫禁晓阴阴。

长乐钟声花外尽，龙池柳色雨中深。

阳和不散穷途恨，霄汉常悬捧日心。

献赋十年犹未遇，羞将白发对华簪。

钱起的诗常多追慕隐逸之意，而本篇却是"干禄"之作，诗人赠诗掌进奏、参议表章的近臣中书舍人裴某，希望得到援引录用。此类诗不能不恭维对方，但又不能自失身份，以不迫不缓、不亢不卑为宜。通观全诗，其颂扬不露痕迹，求助未落寒乞，能融本旨于景象，婉而有讽，十分得体。

前四句盘马弯弓，先描绘宫阙春色：二月春早，黄莺在上林苑中飞鸣（上林原是汉武帝所建御苑，此处借汉为唐），紫禁城拂晓笼罩在一片薄薄的轻阴之中。长乐宫（西汉宫殿，借指唐宫）的钟声越宫墙而来，又消逝在草树花丛之外，龙池（李隆基为帝前王府中的小湖，后王府改为兴庆宫，玄宗多在此听政）畔的柳树经春雨滋润绿色渐次转浓。诗中以上林、紫禁、长乐、龙池描摹宫苑春景，并非仅是歌颂祥和，表示艳慕，而是处处关合裴舍人：作为随侍皇帝的近臣，无论临朝、游幸，都不离御前，故前四句，句句写宫苑春景，又句句含裴舍人得幸得志之意，这里固然有恭维，而更暗藏微讽。所以后四句笔锋一转，挑明主旨：与宫苑锦色相反，虽然同处于阳光和煦之中，而在我却难以遣散穷途之憾，尽管我志在霄汉，犹如魏程昱梦见双手捧日(《三国志·魏书》)一样，长怀效忠皇上的赤心，但十年来不断像班固献赋一样参加科举考试，却未得知遇。今日自己以斑斑白发相对您这位华簪贵人，确实惭愧之至！这样就在前后对照中，婉委地道出了希望汲引之意。

由此诗很容易让人想到孟浩然的《临洞庭湖赠张丞相》，以赠诗求援引，二者题旨相同，艺术则各有所长。但相较而言，孟诗之"临洞庭湖"，采用即景生情的写法，气势雄浑，言志自然而出。钱诗铺写阙下内苑，将恭维裴舍人之意融入写景笔墨，适见人工之巧。孟近自然天成，钱见组织之工，盛、中唐诗风由此可判。

（邓乔彬）

山中酬杨补阙见过

日暖风恬种药时，红泉翠壁薜萝垂。

幽溪鹿过苔还静，深树云来鸟不知。

青琐同心多逸兴，春山载酒远相随。

却惭身外牵缨冕，未胜杯前倒接䍦。

此诗外，钱起另有《谷口书斋寄杨补阙》一首，意在邀约杨补阙来书斋小叙，中有"秋花落更迟"之语；而本篇所写却是春天，二者若有因果关系，当是秋约而春访，倘非，则见二人过从颇频。此诗属酬应之作，以写景见长，流露归隐之意。

钱起虽是吴兴人，却长期在长安与京畿为官，玉山谷口屡见诗中，《暮春归故山草堂》更以谷口为"故山"，本篇所写山景，亦当在此。诗的前四句写景，后四句抒怀，为通常所见的先景后情格局。首句点明春日时分，次句泛写山景，"日暖风恬"与"红泉翠壁"相对，且因日暖风恬，才得花映泉红，草生壁翠，前言"种药"，后言"薜萝"，亦非无关，"药"为芍药，可入药，而花似牡丹更可观赏；薜萝为薜荔女萝之省称，《楚辞·山鬼》曰"若有人兮山之阿，披薜荔兮带女萝"，二者均野生香草。诗人于如此幽僻馨香的环境中种药以怡情，一种恬淡之韵油然而生。颔联细写山景，先鹿后鸟：鹿过而苔静，更见溪幽；云来而鸟不知，更见树深。二句深得梁王籍（《入若耶溪》）名句"蝉噪林逾静，鸟鸣山更幽"的以动写静之妙。颈联在深化山中幽僻之情的基础上，折入对杨补阙的过访。"青琐"为宫门上镂刻的青色图纹，借指作宫门，"青琐同心多逸兴"，言自己与杨补阙虽在宫中为官，却又逸兴遄飞，有共同之好，后句续写杨补阙因逸兴所驱，载酒远来自己所居的春山。末联就"酒"生发感慨，说：自己为官冕所牵，虽有美酒良朋，既不能无所系心，也就不能尽情酣醉，有负"同心"人的美意。"倒接篱"用晋人山简之典。接篱，头巾名。山简为"竹林七贤"之一的山涛之幼子，曾任征南将军，镇守襄阳，性好酒，常往荆州园池游赏，醉酒而归。儿童为之歌曰："山公出何许？往至高阳池。日夕倒载归，酩酊无所知。时时能骑马，倒著白接篱。"（《晋书》卷四三）诗人于此化用，语带调侃，益见与杨补阙亲近之意与山居来友的愉悦之情。

就"青琐"句观之，诗当作于诗人大历中为朝官时。其生活范式和情趣颇类王维居辋川的半官半隐，而诗较王维所作更工巧，然失之漓薄。其原因则可于诗僧灵澈状写当时世态的名句"相逢尽道休官好，林下何曾见一人"中悟出。钱起当时正在最得意之时，并无王维那种虽为官中朝却心向佛门的情志。诗中"却惭"云云，是不必认真看待的。

（邓乔彬）

归　雁

潇湘何事等闲回？水碧沙明两岸苔。
二十五弦弹夜月，不胜清怨却飞来。

　　大雁是候鸟，秋天为避寒趋暖而南飞，春天因天气转暖而北飞，诗人们亦多借咏雁以寄托羁情旅思。本篇题旨与此无异，谋篇布局与笔法技巧却有新颖独到之处。

　　作者身在北方，以"归雁"为题是写从南方归来的春雁。诗以设问开局："潇湘何事等闲回？"言涉潇湘，是因为大雁南飞不逾衡山回雁峰，故写归雁自然从此处落笔。曰"等闲"，是因为潇湘景色太美好了："水碧沙明两岸苔。"为什么大雁竟轻易置美景而不顾，飞回北方呢？三四句即作答说，那是因为湘水女神在夜月下拨动了二十五弦，大雁也不忍听这清怨之瑟声，所以飞回来了。这里，将《省试湘灵鼓瑟》的"楚客不堪听"的感情移之于雁，取之于美丽动人的潇湘神话传说，不着力状物，却婉转拟人，确非常人可到。

　　作者以南人而长期宦游北方，岂能无故山之想？《归雁》一诗正是寓寄客愁之作。其含蓄婉约，非直言浅露者可望项背。瑟曲有《归雁操》，瑟、筝同用于瑟调曲演奏，而筝柱之斜列有如雁行，这些都可令人有宽泛的联想，以越出诗的本身形象。《中兴间气集》谓钱起诗"体格新奇，理致清赡"，本篇最足当之。

（邓乔彬）

张 继

张继（生卒年不详），字懿孙，南阳（今河南南阳）人。天宝十二载（753）进士。大历中，以检校祠部员外郎分掌财赋于洪州（今江西南昌），大历末年卒于任。其诗不事雕饰而风姿清迥。有《张祠部诗集》。
（陈文华）

枫桥夜泊

月落乌啼霜满天，江枫渔火对愁眠。

姑苏城外寒山寺，夜半钟声到客船。

　　这是一首行旅诗，又题作《夜泊松江》《夜泊枫江》。诗人长夜无眠，随手纪事，本无深刻的寓意，亦无新奇的比喻，却创造了一个声色俱佳、情景浑成的"愁眠"之境，以至名垂千古，传播万口，而寒山寺也因之成了驰名中外的名胜古迹。

　　前二句先写夜泊之景。诗人选取残月、啼乌、严霜、江枫、渔火作背景，镜头时远时近，色调有冷有暖，景物或动或静。而这一切，又皆由"愁眠"入眼中、耳中、心中得之，都染上了"愁"的色彩，真可谓"客情水宿，含悲俱在言外"（黄叔灿《唐诗笺注》)！

　　后二句突出"夜半钟声"。正因愁不成寐，才能听到"夜半钟声"；也正是这"夜半钟声"，进一步烘托、渲染了气氛的寥寂和诗

人的羁愁。这是全诗的点睛之笔。值得玩味的是，诗人在这里连用
了"姑苏"和"寒山寺"两个地名，不但使情景更为真切，而且也
使意境更见清雅。

欧阳修曾讥此诗"句则佳矣，其如三更不是打钟时"（《六一诗
话》），实疑所不当疑，后人纷纷致辩，遂成诗坛一段公案。考唐人
诗中言"夜半钟"者甚多，然意境最美的还是这一首，因此流传最
广的也只有这一首。

（陈文华）

阊门即事

耕夫召募逐楼船，春草青青万顷田。
试上吴门窥郡郭，清明几处有新烟？

安史乱后，张继一度滞留吴越，目睹苏州农民应募从军，致使田园荒芜、人烟寥落的悲惨现象，因感愤而作此诗。

全诗重点在"清明几处有新烟"一句。古代风俗，寒食节家家禁火，至清明重新举火，称为新火或新烟。诗人清明登上阊门城楼，呈现在眼前的不是处处新烟、充满生机的美景，而是郡郭无烟，满目荒凉的惨象，即此已可见战乱对农村经济破坏之残烈。"几处"二字，既写出"新烟"之稀，又与"窥"字相应，画出了诗人焦灼、关切的神情。

诗用倒拈法写：明明是先登上城楼，见到新烟稀少，才联想到无烟之因——耕夫被募，随军出征，以及无烟之果——田地荒废，野草丛生；而诗中却先写耕夫被征募、田野满青草，最后才推出郡郭无新烟的特写镜头。这样安排，重点更突出，也更让人触目惊心。这种把重心放在后半篇、前半但作铺垫、渲染的写法，正是唐人绝句的常用手段。

（陈文华）

郎士元

郎上元（生卒年不详），字君胄，中山（今河北定县）人。天宝十五载（756）进士，历官渭南尉、右拾遗，出为郢州刺史。郎士元是"大历十才子"之一，擅五律，多送别酬应之作，格调清丽闲雅，颇有佳句。与钱起齐名，高仲武《中兴间气集》卷上谓："士林语曰：'前有沈、宋，后有钱、郎。'"有《郎士元集》，存诗七十余首。

（邓乔彬）

送李将军赴定州

双旌汉飞将，万里独横戈。

春色临边尽，黄云出塞多。

鼓鼙悲绝漠，烽戍隔长河。

莫断阴山路，天骄已请和。

此诗又题作《送彭将军》，然诗中语及"汉飞将"，似以李将军为更切。定州辖境近今之河北满城，为义成军节度使所在地。西汉时北平的治所在今河北满城北，名将李广曾任右北平太守。今李将军赴定州，以"双旌汉飞将"开局为送别之诗，确是最妥。据《史记·李将军列传》，李广居右北平，"匈奴闻之，号曰：'汉之飞将军'，避之数岁，不敢入右北平"。首二句借古李将军拟今李将军，可见作者对今之李将军的颂扬、期许。句中"双旌"为唐制，节镇大将出镇赐双节双旌，以之领起，益增大将威严。颔联写边塞景色，造语警拔，春色临边地而尽，即"春风不度玉门关"之意，出塞之后，可见片片黄云，杜甫亦有"陇草萧萧白，洮云片片黄"之语，写北地黄云确为常见。颈联进而从边塞风光写至军旅生涯，绝漠鼙鼓、长河烽戍，造就了寥廓的意象和悲壮的情调，战争毕竟不是浪漫游戏，"古来征战几人回"，前人不是这样感叹么？最后二句尤有深意，"天骄请和"言边患已弭，合前句"莫断阴山路"而连此句的"已"字，则又见作者识见：对外战争在于制止侵略，与北方少数民族政权通好是十分必要的。其意与杜甫《前出塞》之"苟能制侵陵，岂在多杀伤"相近。至此诗旨顿现。原来前文极写李将军声威，只为末联之反跌蓄势，而所作景语雄健中含悲凉之意，则已为此一反跌张本。因此而使本诗滋味醇厚，挹之不尽。

郎士元的送人之作，时得之者以为荣，而本篇寄意深切，更非可以一般应酬诗目之；而其苍凉悲壮之气，又可见郎诗风亦非仅闲雅一体。

（邓乔彬）

柏林寺南望

溪上遥闻精舍钟，泊舟微径度深松。
青山霁后云犹在，画出东南四五峰。

这首七绝确是诗中有画之作。题为《柏林寺南望》，其实并非静观，四句写出了登山、入寺、南望的全过程。

首句"溪上遥闻精舍钟"，未得睹寺，先写闻钟，因钟声传得远。此钟声不仅点出柏林寺，且令人心有向往。次句"泊舟微径度深松"，由溪上而来，至此泊舟登岸，沿小路穿深松而行，"微"字、"度"字、"深"字都下得极好，将路径之小、松林之密、步履之缓写得十分精到。深松度尽，到达禅寺，此处无物障目，可以放眼远眺。故第三句始入"柏林寺南望"本题，却不道精舍只字，而紧扣"南望"，写望中所得："青山霁后云犹在"，雨洗轻尘，更显霁后山色之青，白云缭绕。于是生出第四句"画出东南四五峰"，青山、白云，一静一动，鲜妍明润。"画出"二字极传神，有点睛之妙，这是豁然开朗之后得于目而寓于心的真切感受，足当苏轼《答谢民师书》所说得物之妙的"辞达"。

宋人林逋的"阴沉画轴林间寺"（《孤山寺端上人房写望》），潘阆的"好是雨余江上望，白云堆里泼浓蓝"（《九华山》），或许从郎诗得到启发。明人杨慎《画品》中诗云:"会心山水真如画,巧手丹青画似真",可谓深明真与假的辩证关系,而读《柏林寺南望》,则可足证其所言之不虚。

(邓乔彬)

韩 翃

韩翃（生卒年不详），字君平，南阳（今河南南阳）人。天宝十三载（754）进士。宝应元年（762）后，在淄青节度使侯希逸幕府为从事，罢职后闲居十年。建中初因其《寒食》诗为德宗所赏，擢驾部郎中、知制诰，官至中书舍人。他和柳氏悲欢离合的爱情故事，盛传一时，后许尧佐撰成传奇小说《柳氏传》。有诗名，为"大历十才子"之一。"韩员外诗，匠意近于史，兴致繁富。一篇一咏，朝野珍之。"（《中兴间气集》）《全唐诗》存其诗三卷。　　（展望之）

酬程延秋夜即事见赠

长簟迎风早，空城澹月华。

星河秋一雁，砧杵夜千家。

节候看应晚，心期卧正赊。

向来吟秀句，不觉已鸣鸦。

友人程延写了一首诗送来，撩拨起了韩翃的诗兴，于是他酬答了一首。诗是五律，体现了韩翃兴致繁富的风格。

首联描述了一个静谧的境界。入夜，秋风早起，诗人坐卧的长席已觉微凉；如水月光，轻笼城郭。

颔联中是秋景。星河耿耿，一只秋雁孤零零的，盘旋了几圈，然后向远天飞去，发出一声悠长而单调的凄鸣；应和它的，是万户捣衣声。这儿，被诗家写烂了的对征人怀念心绪虽仍存在，而更主要是表现秋夜的寂寥。

五、六句，过渡自然，承上启下，即事兴感。满目秋肃，两相期许的信念，时时盘桓于心，使人久久难眠。

尾联，诗人向着程延居住方向，彻夜吟诵见赠的诗篇，不觉曙光微露，满园鸦噪。朋友间的深情和对程延的赞慕尽寓其间。

全诗风格疏淡，章法严密，是中唐特色。　　　　　　　（展望之）

送冷朝阳还上元

青丝绋引木兰船，名遂身归拜庆年。

落日澄江乌榜外，秋风疏柳白门前。

桥通小市家林近，山带平湖野寺连。

别后依依寒梦里，共君携手在东田。

送别诗占韩翃所存作品的半数以上。同类的诗写多了，容易落套；但是韩翃却能时出新意秀句。这首诗就写得落笔无滞，纵横得宜，节制精严而神采焕发。

冷朝阳也是个诗人，江宁（今江苏南京）人。大历四年（769）登进士第，不待授官，即归省亲。当时著名诗人李嘉祐、李端、钱起、韩翃等为他饯行，赋诗送别。这首诗为其中的佼佼者。

首联有实有虚，美化行人的舟楫，暗示他的功名成就，并祝贺他回乡省亲一路顺风。

接着诗人悬想船在鲜红的夕阳晚照下，在清澄如练的江流中，渐去渐杳；远远地，故乡上元城门前金风吹拂，疏柳飘荡，仿佛在迎接久别的游子。这一联写尽旅程，自然新颖。乌榜即船橹；白门，南朝宋都城建康城西门，西方属金，金气白，故称。后遂称金陵为白门。乌榜白门，色彩反差强烈。又各在句中形成多种色彩的相互掩映，最见韩翃诗工于设色炼辞的特色。

颈联，诗人更想象行人弃舟上岸，穿度白门，走过贯通小市的古桥，家村在望。随后一笔荡开，没有接写与家人重逢团聚的情形，而是轻淡地描述了连着山湖的野寺，其情全在不言之中，使人尽可去作各种联想。

尾联又回到韩翃自己这里。江南的景色是如此秀丽迷人，思念又是如此的深沉执着，诗人不由得企望能在秋夜梦里度越关山，与远去的友人携手漫步于上元的郊野。东田，在上元，原为晋宋时谢氏别业，诗用其事，更微微透露出送者、行者共同的祈向。

（展望之）

送客知鄂州

江口千家带楚云，江花乱点雪纷纷。

春风落日谁相见？青翰舟中有鄂君。

客不知其名，从诗题知道他将去鄂州为官。鄂州，春秋属楚，汉为郡，隋废，改置鄂州，炀帝初改为江夏郡，唐复置鄂州，州治故地在今湖北武昌。

第一、二句从想象中描写客船至鄂州时所见：江口宽阔，千家万户，鳞次栉比，连接着莽莽苍苍的两湖之地，"带"字尤佳，拓展了境界。点点江花，宛若纷纷雪花，点缀行程两岸。这景象秀丽中带有一丝凄迷，似乎传送出诗人为友朋高兴，又为远别哀伤的心态。

接着诗人设问：远去了，当你薄暮系舟时，又有谁来迎接相伴呢？从而突出最后一笔。古书记载，楚王母弟，鄂君子皙泛舟于新波之中，越人悦其美，拥楫而歌赞之。韩翃从鄂州自然而然想到鄂君，不仅神话般地渲染了气氛，更衬托出客人的清逸神采，从而使这首送别诗具有浓郁的浪漫色彩。同样用这个典，与李商隐诗："鄂君怅望舟中夜，绣被焚香独自眠"（《碧城三首》之二）有着不同的含义和境界。让复杂难言的感情熔铸在多层次、意况难以言传的景物中，使这首送别诗，摆脱了一味感伤的陈式，有无尽的味外味。

（展望之）

看调马

鸳鸯赭白齿新齐，晚日花中散碧蹄。

玉勒乍回初喷沫，金鞭欲下不成嘶。

这是一首描述调驯骏马的七绝，写得神采飞扬。

起句写马的毛色神态。赭白，乃骏马名，《尔雅·释畜》："彤白杂毛，骃。"晋郭璞注："即今赭白马。"晋末十六国前燕慕容廆有骏马曰赭白。南朝颜延年曾撰《赭白马赋》。此处当是借用，以鸳鸯形容马毛红白杂毛。马齿新齐，正见骨力坚劲。第二句叙写骏马轻捷矫健的风姿，碧蹄散放，腾踔于夕阳照耀下的花树丛中，红碧辉映，缤纷绚丽。

最后将调马的激烈过程，凝炼成两句。桀骜不驯的骏马岂肯轻易任人摆布？它要与驯马人较量一番，看看是否相配。玉勒金鞭统属贵重鞍具，用到它们的人，自是身手不凡的骑士，只见他玉勒紧扣，金鞭高举，使马长嘶未成，飞沫喷吐。至此，马的骁腾、人的威武，如近镜头的特写被定格在纸上，诗戛然而止，没有冗笔，形象鲜明而有余味。

（展望之）

寒　食

春城无处不飞花，寒食东风御柳斜。

日暮汉宫传蜡烛，轻烟散入五侯家。

　　古代风俗，冬至后一百零四日为寒食节，禁举烟火。唐仍用铅木取火法。寒食节熄灭旧火宿火，到清明节再钻榆柳以取新火。按例需至清明，宫中方取新火以赐近臣。事实上到了唐代，在寒食节内，宠臣贵族已得赐火。此诗即写这件事。

　　第一句取全方位镜头，将整个长安花絮飞舞、春意喧闹之景摄出。不说"处处"，而说"无处不"；不用"开"或"放"，而用"飞"，可见诗人长于炼字。这使此句大为生色，成了千古传诵的名句。

　　第二句镜头对准飘拂在和煦东风中的皇宫垂柳。唐代天宝以来，流行清明戴柳的习俗。民间俗语曰："清明不戴柳，来生变黄狗。"这里虽未明写，却有意点出"柳"字让人去联想。

　　三、四句写随着时间推移，暮色渐浓，宫中传出蜡烛，赐予权要中贵，那舒展飘浮的轻烟很快散入了高府大宅。此情此景，恰与寻常百姓形成鲜明的对照。五侯，西汉与东汉都有五人同时封侯之事有外戚有宦官，此泛指权要中贵之家。

　　在这首诗里，有人看到了对风俗的描绘，有人看到了对特权的讽刺，可谓见仁见智。有趣的是，当朝皇帝德宗看了，倒是非常欣赏，还为了这首诗赏了韩翃一个不太小的官。原因即在于第一句写得太好了，它以富有魅力的艺术形象展示了春天的美景，使人在一种美的感受中淡化了对全诗含义的探究。

(展望之)

皇甫冉

皇甫冉（717—770?），字茂政，郡望安定朝那（今甘肃灵台），润州丹阳（今属江苏）人。十岁能文，并得当时名相张九龄的赏识，叹为清才。天宝十五载（756）进士，调无锡尉，大历初入河南王缙幕府，辟掌书记。不久，入朝任拾遗，转补阙，后奉使江南，至丹阳省亲而卒。诗以神思悠远，气韵幽逸见称。唐高仲武称其诗"可以雄视潘（岳）张（载、协），平揖沈（约）谢（朓）"（《中兴间气集》）。有《皇甫冉诗集》。　　　　　　　　　　　　　　（刘伯阜）

巫　山　高

巫峡见巴东，迢迢出半空。

云藏神女馆，雨到楚王宫。

朝暮泉声落，寒暄树色同。

清猿不可听，偏在九秋中。

巫山高，本是汉乐府鼓吹曲辞铙歌中的曲名，内容原为望远思归，后因各人感遇而异，但大多杂以阳台神女故事，与原意相去已远。如六朝的王融、范云，唐代的沈佺期、卢照邻等人所作便是。

此诗起笔应题，点明巫山的地理位置和雄伟气势。诗人由巫峡眺望巴东，更是峰峰峻秀，山山奇峭，犹然拔地而起，高插云天，故言"出半空"，前用"迢迢"叠音词修饰，更见群山绵延起伏，不知其止。

领联怀想巫山神女与楚怀王相遇事。据宋玉《高唐赋·序》称,楚怀王游高唐,梦见神女"愿荐枕席",临行自称:"妾在巫山之阳,高丘之阻,且为朝云,暮为行雨,朝朝暮暮,阳台之下。"嗣后,怀王为之"立庙,号曰'朝云'",即诗言"神女馆"。诗人点化其事分置云、雨二词于馆宫,又由"藏"而"到",从而暗示出这一神人恋爱故事,极尽奇诡凄丽之致。

颈联转写峡中景物:乐声朝暮,终古如此;寒暖变化,而树色常青。这景物动中有静,静中有动;这一联也转中有承,正以蕴有时空之思的景物,陪衬出神女故事之千古不泯的哀怨情思。

尾联二句,化用"巴东三峡巫峡长,猿鸣三声泪沾裳"的古谚,申足怀古之思。清猿啼声凄厉,又正逢深秋萧索,这景象,既是实写当时景物,更传送出诗人对神女楚王之事的百代同情,而这同情,也正是使实写的景物显现出凄惋的主观色彩的原因所在。

这是一首咏古诗,妙在以行旅笔法写出。虚幻的神话使实景带上了空灵凄惋的情致,而峡中萧索的秋景,又为神话故事增加了哀丽的韵味,虚实相生,遂臻妙境,故唐人以为巫山诸作中最佳的四篇之一。

(刘伯阜)

送李录事赴饶州

北人南去雪纷纷，雁叫汀洲不可闻。

积水长天随远色，荒林极浦足寒云。

山从建业千峰起，江自浔阳九派分。

借问督邮才弱冠，府中年少不如君。

这是一首诗情浓郁的送别诗。诗题中的李录事，疑即大历诗人李嘉祐从弟李永。录事，又称录事参军。李嘉祐有《送从弟永任饶州录事参军》诗（见《全唐诗》卷二〇七）。同是送李永赴饶州（今江西波阳）任所。从两诗的内容看，送别当在润州。

"北人南去雪纷纷，雁叫汀洲不可闻"二句，写送别的环境和气氛。诗从飞雪落笔，点明时属严冬。霰雪银砾，满天飞扬，连沙洲宿雁的鸣声，也被遮隔得难以听清。偌大空间，似乎别无他物，文字之外，读者似能见到主客惜别的茕茕身影。

中间二联，悬拟友人驾舟而去的情景。诗人通过两组长镜头的描述，表明诗人目送时间之长和友谊之深。荒林，一作"孤舟"。极浦，遥远的水边。屈原《九歌·湘君》："望涔阳兮极浦，横大江兮扬灵。"诗以"极浦""寒云"为关连，把水天相接的渺茫景象完全凝集到读者的视野之内，从而组成一个江天寥廓、旷远浩茫的图景。从中似乎能看到一叶小舟渐行渐杳，消失在烟水寒云之中，于是很自然地引出建业的群山和浔阳的众水来。

"山从建业千峰起，江自浔阳九派分。"又悬拟舟行所经途程，循江水南过建业（今江苏南京），更西南行经浔阳（今江西九江），浔阳过后，饶州也就不远了。诗写建业言"千峰起"暗藏隔断之意；写浔阳而云"九派分"，又寓迷茫之意；而气势浑成、景象阔大，给人"近而不浮，远而不尽"之感。诗自然流转，见舟行之势。

末尾两句，写诗人目送客人远去之后，遥思远视之意绪万千的情景。从字面上看，这两句是赞扬李永的年轻有为，前途无量。督邮是汉官名，为郡守佐吏，掌督察纠举所领县违法事。此借指李录事当为司法录事参军。两句意谓李君年少有为，暗含当好自为之之意。

全诗寓情于景，炼思极精而气脉流畅，含蓄地再现了人生聚散的情景，颇见大历诗的特色。

（刘伯阜）

皇甫曾

皇甫曾（？—785），字孝常，润州丹阳（今属江苏）人。天宝十二载（753）进士。官殿中侍御史。一度出任舒州、阳翟地方官。其卒年由卢纶《同兵部李纾侍郎刑部包佶侍郎哭皇甫侍御曾》（《全唐诗》卷二七七）诗推知，应在贞元元年（785）。诗与兄冉齐名，唐高仲武把他们比作晋朝博学善文的张载、张协兄弟。并说曾文辞在其兄之上。诗语言精工，秀丽清雅，有《皇甫曾集》。

（刘伯阜）

早朝日寄所知

长安雪后见归鸿，紫禁朝天拜舞同。

曙色渐分双阙下，漏声遥在百花中。

炉烟乍起开仙仗，玉佩成行引上公。

共荷发生同雨露，不应黄叶久从风。

这是一首宫廷体诗，而颇见中唐特色。

起首一联总写春雪之后南雁北归，在此万象更新之时，长安百官拜舞上朝。

中间两联具体描写早朝。前一联写入殿前景象，钟动漏催，百官在曙色春光中进入宫禁，并显示宫殿雄伟景象；后一联写上殿朝拜情景和皇帝临朝的盛况。唐制："凡朝日，殿上设黼扆、蹑席、熏炉、香案,皇帝升御座,宰执当香案前奏事。"(《资治通鉴》卷二百二十)"炉烟乍起",宫扇开处,君王已肃穆升座,玉佩锵锵,导引着三公六卿进趋跪拜,气氛庄严宏大。皇甫曾稍前的贾至写有《早朝大明宫呈两省僚友》诗,其中一联是:"剑佩声随玉墀步,衣冠身惹御炉香。"可与此两句互参。

"共荷发生同雨露,不应黄叶久从风"二句,由前六句极写王朝兴旺气象转出新意,谓君王雨露,一体均同,所知者必不见弃,反过来则是期望所知共扶社稷,担负恩泽生民责任,莫似黄叶从风,不合时宜。这个"所知"为谁,诗人没有明指,而其忠厚之情,无不溢于字里行间。这是点睛之笔,也回应诗题"寄所知"。

初唐以来,宫廷诗人均以高华典雅为尚,本诗继承了这一传统而又有所发展。由一味颂圣纪功而转为讽示友好,立意新颖,此其一;由早春景色领起,颈联之"百花"、尾联之雨露发生均草蛇灰线,一以贯之,篇末转出黄叶从风,既谓其不可能,也谓其不合时宜。针法细密,此其二;"曙色""漏声"一联,写景精丽工切,而流动清利,似可见百官步踪,如与许敬宗、沈佺期、王维、杜甫等同类诗对读,可悟宫廷七律由板重向流利、由肤廓向工切发展的演变趋势,此其三;诗作于大历初,其春归大地之气象,亦隐见大乱之后,朝臣期望复振之心态,此其四。

宫廷诗是唐诗中惰性最大的一种体格,因为它必须顺应颂圣的规制。然而即便在这一诗体中,也可以见到各期的演进,足见唐代诗人之创造。就诗论诗,本诗未为上乘,就体论诗,本诗则可重视,故以入选。

(刘伯阜)

李嘉祐

李嘉祐（？—779？），字从一，赵州（今河北赵县）人。天宝七载（748）进士，授秘书正字，累迁监察御史，坐事谪鄱阳令，调江阴，入为中台郎，上元中出为台州刺史，一度入为工部，司勋员外郎，大历中为袁州刺史。与严维、刘长卿等友善，多赠别、游览、题咏之诗，得齐梁余绪，绮丽婉靡，而济以王、孟以下清新之笔，每能自成佳境。今存诗二卷。　　　　　　　　　　　　（邓乔彬）

送王牧往吉州谒王使君叔

细草绿汀洲，王孙奈薄游。

年华初冠带，文体旧弓裘。

野渡花争发，春塘水乱流。

使君怜小阮，应念倚门愁。

这是一首赠别之作。沈德潜在《唐诗别裁集》中称其"天然名秀，当时称其齐、梁风格，不虚也"。

起二句化用汉淮南小山《招隐士》："王孙游兮不归，春草生兮萋萋"，谓王牧年少，久游不归。三、四句是对王牧的称颂、赞美：年华正当青春，文章得承父业。古人二十行冠礼，加冠以示成年，此处"冠带"为偏义复词，只用"冠"义。《礼记·学记》："良冶之子，必学为裘；良弓之子，必学为箕。"言冶炼、造弓能手，其子

727

弟惯闻多习，故能善继世业，诗中"文体旧弓裘"意本此。五、六句是名句：当送君南浦之时，只见渡头野花争发，处处春塘，水溢而漫流。不经烹炼，却是天然好语，颇有谢灵运《登池上楼》"池塘生春草，园柳变鸣禽"的神韵。末二句设想王牧叔父吉州刺史思念侄儿殷切。"小阮"原指晋人阮咸，与其叔阮籍同列"竹林七贤"，时人称阮咸为"小阮"，后以作侄子之通称。此写刺史倚门愁望盼归，既隐含王牧到达之意，又上应首联久游不归之意。通篇不言送行，而送行之意贯彻始终，是大历诗的新巧处。

　　此诗在结构上颇有独特之处。起二句言事由，点出题旨，若紧接"薄游"，出以"野渡""春塘"可谓顺理成章，然而作者却落笔于"王孙"，以"年华"二句成顿挫之势，再转为写景，豁然开朗，更落到使君候归，又上承三、四，并呼应一、二，得奇笔破常之秘。颈联如清水芙蓉，自然清新，称李嘉祐为"吴均、何逊之敌"，谓其"振藻天朝，大收芳誉"（《中兴间气集》），若摘句评之，洵非虚美。

（邓乔彬）

自苏台至望亭驿人家尽空春物
增思怅然有作因寄从弟纾

南浦菰蒋覆白蘋，东吴黎庶逐黄巾。

野棠自发空临水，江燕初归不见人。

远岫依依如送客，平田渺渺独伤春。

那堪回首长洲苑，烽火年年报虏尘。

　　李嘉祐诗被认为绮靡婉丽，涉于齐梁，却并非忘情世事，本篇就是反映现实、感叹时势之作。中唐时期，安史之乱的血泪尚未拭干，唐朝政府又对人民横征暴敛。肃宗宝应元年（762），租庸使元载至江淮间，向人民追征天宝末年以来所欠的八年租调，"不问负之有无，赀之高下，察民有粟帛者，发徒围之，籍其所有而中分之，甚者什取八九，谓之'白著'。有不服者，严刑以威之。民有蓄谷十斛者，则重足以待命。或相聚山泽为群盗，州县不能制"（《资治通鉴》卷二二二）。时有歌谣："上元官吏务剥削，江淮之人多'白著'。"官逼民反，农民起义不断。最著名的是袁晁领导的浙东起义，同时又有以浙西、江西、宣歙三道交界为据点，东起苏州，西至江西的方清、陈应起义。与此相先后的大小起义，尚有多次。本篇所涉历史背景与地域范围，当与此相关。时李嘉祐作宦江南，多次过苏州，唯具体年月难以详定。

　　诗以对句起。"菰"即"蒋"，俗称茭白，其结实即雕胡米，"蘋"亦称田字草，夏秋开小白花，菰米为水乡人家重要食物之一，今为蘋衣所覆，隐含无人采食，时局动乱之意。"东吴"即诗题所言苏州、望亭一带，"黄巾"，以汉末张角兄弟起事借言江浙民变，挑明首句之意。三、四句以野棠自发、碧水空流、江燕初归、难觅人迹的四组意象写江南乱后景象。五、六句承前"无人"之意而兼入行旅之意，作者行经这一带，因人烟稀少，唯有远山似在送客，而平田渺渺，更引动诗人那孤独的忧思。最后归到独自伤春。历来繁华的佳丽之地冷落到如此地步，本已令人喟叹不已，何况还是烽火年年，竟然有更沉痛的历史积累呢！长洲苑在今江苏吴县太湖北，是古代名苑，左思《吴都赋》曾写及，如今竟然烽火连年、虏尘不断，作者的情怀实在不难体会。诗中"年年虏尘"之叹自不无封建官吏对义军的敌意，但反映民生凋敝的真实又使之有"诗史"的价值。

　　全诗以"远岫依依如送客，平田渺渺独伤春"二句之物我相对为中枢，将人事与景物，今时与古时错综写来，极尽"春物增思"之题意，其气脉之动荡不平，在大历诗中尚不多见。　　　　（邓乔彬）

严 维

严维（生卒年不详），字正文，越州山阴（今浙江绍兴）人。初隐桐庐，至德二年（757）进士，擢辞藻宏丽科，授诸暨尉，官终秘书郎，约卒于建中年间。与钱起、耿湋、皇甫冉、丘为等人交往，与刘长卿酬唱尤多，所作长于送别酬赠，名虽不在"大历十才子"中，然诗风相近。今存诗一卷，计六十余首。

（邓乔彬）

酬刘员外见寄

苏耽佐郡时，近出白云司。

药补清羸疾，窗吟绝妙词。

柳塘春水漫，花坞夕阳迟。

欲识怀君意，明朝访楫师。

　　这首诗是为酬答刘长卿而作。刘长卿与严维友善，长卿大历中以检校祠部员外郎任淮南鄂岳转运留后，为郭子仪婿吴仲孺诬陷贪赃入狱。大历十二年（777）昭雪，为睦州司马。在任上作诗寄赠严维："陌巷喜阳和，衰颜对酒歌。懒从华发乱，闲任白云多。郡简垂容钓，家贫学弄梭。门前七里濑，早晚子陵过。"（《对酒寄严维》）前六句自道居陌巷、看白云、对酒、垂钓、弄梭的闲官生涯，后二句以严子陵比严维，表示盼望严维前来过访。严维因作诗相酬，即为本篇。

首句的苏耽见于《水经注》，传说为汉末湖南郴县人，少丧父，养母至孝，一日忽辞母登山成仙。次句中"白云司"即刑部，一、二句倒装，谓长卿冤狱昭雪而为睦州司马。其用苏耽之典，当因长卿有孝行，唯史无明文可征。三、四句悬想服药补身除痰、吟诗陶冶性情，正承"近出白云司"而来，可悟上联倒装之匠心；又画出长卿骚客形象。四、五句更悬想睦州春日景色，亦为骚客作烘托。前三联写足其人可怜可敬，其景可爱可赏，自然引出最后二句以"怀君"而"访楫师"，表明自己欲雇船造访，以答"子陵过"之邀。

宋梅尧臣与欧阳修论诗，对其五、六句评价甚高。欧《六一诗话》记梅语，以"必能状难写之景，如在目前；含不尽之意，见于言外"为至，称此二句"则天容时态，融和骀荡，岂不如在目前乎"？梅氏此见，可谓善评。夏日"野水连村暗"，秋天"芦花秋水明"，冬时"溪冷泉声苦"，唯柳塘春水适称之"漫"。《毛诗正义》笺《豳风·七月》"春日迟迟"云："迟迟者，日长而暄之意。春秋漏刻，多少正等，而秋言'凄凄'，春言'迟迟'者……人遇春暄，则四体舒泰，觉昼景之稍长，谓日行迟。"故"天容时态，融和骀荡"确是"如在目前"，不独属对工稳而已。

（邓乔彬）

司空曙

司空曙（720? —790?），"大历十才子"之一。字文明（一作"文初"），广平（今河北永年）人。登进士第，性情耿介真率，不以干谒权贵为务，多与方外往还。大历初，曾任左拾遗；大历后期，贬为长林（今湖北荆门）丞。贞元初，为剑南西川节度使韦皋幕僚，检校水部郎中，官终虞部郎中。其诗工于五言近体，承王、孟之余绪，情意跌宕，清言隽永，胡震亨称其"婉雅闲淡，语近性情"（《唐音癸签》卷七）。　　　　　　　　　（刘初棠）

云阳馆与韩绅宿别

故人江海别，几度隔山川。

乍见翻疑梦，相悲各问年。

孤灯寒照雨，深竹暗浮烟。

更有明朝恨，离杯惜共传。

　　云阳，县名，在今陕西泾阳西北。韩绅，生平不详。《全唐诗》注："一作韩升卿。"诗写其与韩绅多年睽隔，乍逢即别之情怀。首联以"故人""江海""山川""几度"数语，极言二人相隔之远、分别之久、交情之笃、相思之殷，逗出下文。其中"江海""山川"，语意稍复。第二联形其邂逅相遇、悲喜交集之状。叠经离乱，音息久乖，不意之中，蓦然重逢，始有"疑梦"的错觉；此前着一

"翻"字，谓本应"喜"却反而疑，反常得奇，描出其刹那间惊喜、愕然的神态。二人阔别多年，历经沧桑，音容俱变，故"相悲各问年"。范晞文称此联"情融神会，殆如直述"，"最能感动人意"（《对床夜语》卷五）。第三联摹驿馆凄寂的夜景，夜雨纷飞而孤灯映之，故觉焰青而"寒"；室外竹林，笼于雨雾之中，隐现于孤灯影外，益觉其既"深"且"暗"。夜景如此，相对已觉难堪，何况别绪萦怀！此联景中暗蕴诗人从逢到别、由喜而悲的情绪变化。末联抒惜别之情。分别是一恨，乍遇即别又是一恨，故曰"更有"；明旦即别，今夕"离怀"相传，故人叙旧之酒，即为饯别之觞，一酒二用，故共为之"惜"也。

　　大历诗人多工五言律，然其风格已由初盛之高华渐变为省净，脉理细腻，时于平淡之中，着一入情切景之语，如空山独行，忽闻兰气。此诗清空一气，于"几度隔"与"明朝恨"的别绪之中，抒似梦的情怀，状如幻的景色，语朴情真，承接无痕，是话别诗中的杰构。

（刘初棠）

喜外弟卢纶见宿

静夜四无邻，荒居旧业贫。

雨中黄叶树，灯下白头人。

以我独沉久，愧君相见频。

平生自有分，况是蔡家亲。

　　司空曙约于永泰元年（765）到大历二年（767）间至长安；大历十一年（776）已贬为长林丞。卢纶于大历初入长安，诗当作于大历中。外弟，表弟。

　　这是一首抒情诗。首联言独居山野之悲。卢纶《过司空曙村居》有"南北与山邻，蓬庵庇一身。繁霜疑有雪，枯草似无人"之句，可参照。第二联状眼前之景，而无限凄凉之情即寓其中，是一篇之警策。此诗前四句诉悲，实为后文之喜陪衬；后四句扣住"喜"字而言。第三联以"独沉久"反挑前四句，一"愧"字隐隐喜中带悲，与前文相应，转接无痕。末联言卢纶频访、见宿之由：二人相契已久，自有情分（谊），何况又是表亲（羊祜系蔡邕外孙，后世称表亲为"蔡家亲"）。

　　前半首诉"独沉"之悲，后半首抒相聚之喜，而语意深沉，悲喜相生，读之，竟不知究竟是悲还是喜，曲尽贬宦之心态。"雨中"

一联，流传千古。白乐天"树初黄叶日，人欲白头时"与此联"同一机杼，司空为优"（谢榛《四溟诗话》卷一）。盖此联蕴情于景，语兼兴象，沉宛有含，具"玄水一酌，群醪覆杯"（胡震亨《唐音癸签》卷七）之效。"雨"与"黄叶树"、"灯"与"白头人"，均由虚字粘合，意蕴内蓄。这种渐由虚字充诗眼，是中唐律诗的特色之一。

（刘初棠）

酬李端校书见赠

绿槐垂穗乳乌飞，忽忆山中独未归。

青镜流年看发变，白云芳草与心违。

多逢酒客春游惯，久别林僧夜坐稀。

昨日闻君到城阙，莫将簪弁胜荷衣。

　　李端，"大历十才子"之一。大历五年（770）登进士第，任秘书省校书郎。司空曙与他髫年相知，二人均喜结交禅僧，有归隐之志，往来唱酬颇密。此诗称李端为"校书"，当作于大历五年以后，大历十一年司空曙贬为长林丞之前。李端《忆故山赠司空曙》："汉主金门正召才，马卿多病自迟回。旧山暂别老将至，芳草欲阑归去来。云在高天风会起，年如流水日长催。知君素有栖禅意，岁晏蓬门迟尔开。"可参照。

　　此诗抒己欲归隐而不得之情。首联借初夏之景逗出春归人未归之意，本属寻常；然诗着"忽忆"二字，托出诗人蓦然惊觉之状，颇能传神。第二联承"忽忆"而来，上句言对镜自照，黟然黑者已变为星星华发，始惊韶年流逝。下句谓栖芳草、卧白云之志迄今未遂。第三联忆及近年作为：时与酒客结伴游春，少和林僧夜坐谈禅，遂使归隐之念日淡。这既是反挑首联之"独未归"，也转入酬答正意。末联规劝李端勿眷恋"簪弁"——仕途富贵而忘却"荷衣"——隐逸山林。

司空曙的七律已变盛唐的亢亮高华为冲淡流荡,于一气回旋之中渐露筋骨,于此可见诗坛风气的变化。诗中虽用"白云芳草"等字,乃叙生平素志,皎然《诗式》批评大历诗人"窃占芳草白云",又云诸君晚乃改辙,此诗可见一斑。

(刘初棠)

皎　然

皎然（720？—？），诗僧，字清昼。俗姓谢，吴兴（今属浙江）人。谢灵运十世孙。早年出入儒、墨、道三家，安史乱后，皈依空门。受知于湖州刺史颜真卿，预《韵海镜源》修撰事。有诗声于大历、贞元年间。其诗先学盛唐，又出入大历诸家，意格清丽而稍放。后期常以南宗禅思想入诗，愈重主观抒情，渐趋放荡清狂，对元和诗风有一定影响。有《杼山集》，又有论诗著作《诗议》《诗式》。

（赵昌平）

观王右丞维沧洲图歌

沧洲误是真，萋萋忽盈视。
便有春渚情，褰裳掇芳芷。
飒然风至草不动，始悟丹青得如此。
丹青变化不可寻，翻空作有移人心；
犹言雨色斜拂坐，乍似水凉来入襟。
沧洲说近三湘口，谁知卷得在君手。
披图拥褐临水时，翛然不异沧洲叟。

这是一首题画诗，据诗意，当是以洞庭水云之乡为背景的。王维是后世所谓南宗画的开山祖师，其真迹今已不传；所存王维有关画论，也多不可靠，所以本诗于研究王维画风亦颇具史料价值。

王维《为画师谢上表》曾云："传神写照，虽非巧心；审象求形，或皆暗识。"可见颇强调心神与物理之切合，以达写形传神的艺术境地。皎然论画云："如何万象自心出，而心淡然无所营。……盼睐方知造境难，象忘神遇非笔端。"（《观玄真子置酒张乐画洞庭三山歌》）则更强调略形取神，心境合一。因此在本诗中，他特别以心灵的感受来传达画作的神韵。

起笔先写对画之际，只见草色凄凄满目，疑以为真，竟萌动游足之兴。正欲挽起衣襟去采撷那芳草，这时一阵风来，草竟不动，才恍然悟得原来这是幅逼真的丹青。于是后半顺势盛赞王画变化无迹，翻空作奇。但尽管已明白是画幅，却仍感到画上的蒙蒙雨丝似乎飞到了座中，凉飕飕的水珠沾湿了自己的衣襟。于是诗人感慨，远在千里之外的三湘沧洲，竟卷舒于画家笔底，自己对此顿然而生画中老人那样的沧江垂钓之趣。至此，观者真与画面合而为一了。

全诗并不对画面的具体景观作介绍，只是在疑真真假的二次翻覆中一步深入一步地表现了王画的神韵，疑真欲撷，还是说此画可以假乱真；而雨脚出幅，进而写出了画的精神流溢；至拥褐临水，则更深入画境的韵趣，可见皎然确乎是王维的隔代知音。

大历时期七言歌行多不竟，刻画形相，虽不乏秀句，但气格卑萎，结构平衍，索寞而乏生气。这是因为七古一体最尚鼓荡气势，开合排宕，而"十才子"诗工秀而每少真性情，故律体尚可，施之古体，尤其是七古，顿觉才力窘迫。皎然七古在大历、贞元之间独树一帜，其《诗式·明势》倡立意得气，气动为势，势主作用（艺术构思），作用以见气势之论，故所作极善利用顿束开合、纵横挥洒以尽其意。本诗以"飒然风至草不动，始知丹青得如此"、"沧洲说近三湘口，谁知卷得在君手"二处顿束转折，将观画之感分作三层来写，正是好例。论其源流，则前承谢灵运、杜甫，下开韩、孟派七古，虽然其笔力尚不及后者雄劲。

（赵昌平）

寻陆鸿渐不遇

移家虽带郭，野径入桑麻。

近种篱边菊，秋来未著花。

扣门无犬吠，欲去问西家。

报道山中去，归时每日斜。

　　本诗大历后期作，陆鸿渐即陆羽，至德中避乱到湖州，与皎然为忘年之交，自号桑苎翁。时陆羽移徙新居，皎然往访不遇而作此诗。湖州归安今尚有桑苎园遗址，当即皎然所访之处。

　　选家录此诗，每着眼于其通篇不对，可为孟浩然《舟中晚望》、李白《夜泊牛渚怀古》接武。其实本诗之妙不仅在此，而在通篇禅意而不落言诠；题为寻人不遇，却活画出一随缘任运的高士形象。近郊而带廓，隐而不隐，不隐而隐；种菊而未花，有心而无心，适意乘兴；有门而无犬，则有家又似无家，正不以外物为累；归来每日斜，见出行无常处、浮云野鹤之态。陆羽《自传》有云："往往独行野中……夷犹徘徊，自曙达暮，至日黑，兴尽号泣而返。"可与此诗参看。禅家称心地法门，倡言心外无物，以无住、无著、无我为胜境，本诗即言此意。

　　诗至大历，律对精严，皎然《诗式》则力斥时俗之拘制声病，

《诗议》所论八种对，旨意亦在变工俪为宽散，《杼山集》中新体平仄出律者十居其三，通篇不偶者亦尚有数首（如《独游》二），颔联不偶者更比比皆是。如"暑退不因雨，陶家风自清"（《酬乌程杨明府华》）；"遥知秣陵令，今夜在西楼"（《山中月夜寄无锡长官》）；"何似南湖近，芳洲一亩间"（《题湖上兰若》）；"亭皋春色遍，游子在荆门"（《秋晚登佛川南峰怀裴冽》）等。

由此可见本诗之不用偶对并非偶然，实与其禅家思想相表里。盖不羁之意兴，正未可以不变之格律来拘束。又大历、贞元之交，吴中诗人新体诗破散为律，实是风尚，颔联不对，更为普遍。试以秦系、朱放等诸家诗验之，当可自明。这正与当时南国禅风弘扬有关。《升庵诗话》"晚唐二诗派"条论贾姚一派五律云："起结皆平平，前联俗语十字一串带过，后联谓之颈联，极其用工。"其实此格大历已甚多，吴越尤然。

（赵昌平）

待 山 月

夜夜忆故人，长教山月待。
今宵故人至，山月知何在？

　　此诗构思极佳。题为待山月，实写待故人，而借山月为中介，叠出奇想，曲尽衷怀。

　　前二句云夜夜思念故人，无心玩月，遂教山月夜夜空待于我。后二句云今宵故人到来，佳兴勃发，欲赏山月，山月则又不知在何处了。从无心赏月到有心觅月，从月待我至我待月，这一细节的对比显示了友朋到来的喜悦，这是一层意思。

　　又诗以山月为中介并非故弄机巧。僧家以明月为心证，不须远引，皎然诗中即多见。如"花空觉性了，月尽知心证。永夜出禅吟，清猿自相应"(《送清凉上人》)；"禅性在方丈，寂寥无四邻。秋天月色正，清夜道心真"(《秋宵书事寄吴凭处士》)等，均是好例。此际山中独居，山月本来更为重要，而今却长令山月待我。足见禅心都无，思心正切。一旦故人来访，即急欲与友同赏山月，故又生待月之想。

　　友人来访，依理当在上半夜，前二句云山月待我，则上半夜已有之山月为上弦月。然而"今宵故人至，山月知何在"，则其时月尚未升起，是当为下弦月，已在月之下旬。正因待人之久，故一旦相见，致有待月而怪山月因何还不来之嗔。据此可知此诗必为故人来后即兴所作，其巧思自然，尤耐咀嚼。

禅宗忌执着，忌嗔语——是为六十四种恶口之一。而此诗偏写执着以至嗔怪，却于执着、嗔怪中见出一片赤子真心。末句"山月知何在"，尤令人绝倒，此正为禅宗之活趣和放荡清狂之情怀。南宗禅风气影响中晚唐文人诗风，皎然正为滥觞。其《偶然》五首之一："乐禅心似荡，吾道不相妨。独悟歌为笑，谁言老更狂。"可为本诗注脚。

（赵昌平）

顾　况

顾况（生卒年不详）字逋翁，苏州（今江苏苏州）人。约生于唐玄宗开元中，约卒于唐宪宗元和间。唐肃宗至德二年（757）进士，抑郁不得志。李泌为相时，召为著作佐郎，后因得罪权贵，贬为饶州（今江西波阳）司户参军，不久即归隐茅山，自号"华阳山人"。

顾况生活在安史之乱后社会矛盾加剧的时代，不避权贵，"傲毁列朝"，"为众所排"，仕途失意。他既尊奉儒家诗教，又深受道、佛思想影响，时见反映人民疾苦之作，更多抒情写景、脱俗超尘之章。诗以清丽自然，气机流畅为尚，往往不避俚俗，以口语入诗，奇思逸想，别有韵致；长短错落，参差变化。皇甫湜评其"偏于逸歌长句，骏发踔厉，往往若穿天心，出月胁，意外惊人语非寻常所能及"（《唐故著作佐郎顾况集序》），甚为允当。有《华阳集》。　　　（王启兴）

黄鹤楼送独孤助

故人西去黄鹤楼，西江之水上天流，
黄鹤杳杳江悠悠。
黄鹤徘徊故人别，离壶酒尽清丝绝。
绿屿没晓烟，白沙连晓月。

　　本诗可能是诗人早年游江汉时所作。在唐诗中黄鹤楼送别之作很多，而且不乏名篇，顾况的这首古体送别诗，也是别具一格的佳制。诗一开始即点题，同时说明友人独孤助离黄鹤楼而西去。次句因友人西去，诗人送别江畔，极目西望，西来奔腾汹涌的大江，好像流于天上。这句虽没有写送别情景，但通过诗人远眺西江茫茫似流自天上的情景，可想见是二人江畔执手、然后目随舟行的依依惜别之情。接句以黄鹤、江水与上二句复沓。"黄鹤杳杳"，一去不返；江水悠悠，东流无尽。于回环之中极尽悠长邈远的离情别绪，耐人寻味。这三句诗句句用韵，平缓舒长，正与诗人送别时悠远深长的思绪相谐。

后四句在艺术表现上为倒叙。黄鹤楼送别，诗人很自然地联想到仙人子安所乘黄鹤，并出人意表地想象黄鹤也因惜别而徘徊不去，物犹如此，人何以堪？这是借物抒怀，更深一层地表现诗人的真挚之情。接下写别筵及侑酒之音乐。"离壶酒尽"见其开怀畅饮的情怀，也表明宴终而分别在即；"清丝绝"，即清弦已止，也就是曲止乐终，正好话别，情中有景。末二句写江边晓景，葱绿的洲屿被拂晓的烟霭所笼罩，晓月挂空，朦胧的月色和江畔白沙浑然一体，描绘得真切清新。不过从写景中可以看出，诗人在黄鹤楼设宴饯别是从晚至晓，天晓后友人独孤助才离楼西去。后四句换韵，用入声屑韵与月韵，短促激越，也与送别时情感起伏不平一致。这首送别诗，艺术构思新巧，景中含情，情中有景，两者妙合无垠，在唐人送别诗中可说是别具风韵。

（王启兴）

杜秀才画立走水牛歌

昆仑儿，骑白象，时时锁著狮子项。

奚奴跨马不搭鞍，立走水牛惊汉官。

江村小儿好跨骋，脚踏牛头上牛领。

浅草平田榇过时，大虫著钝几落井。

杜生知我恋沧洲，画作一张障床头。

八十老婆拍手笑，妒他织女嫁牵牛。

顾况不仅善诗，也能作画，不过作画时的样子十分怪诞，"每画，先贴绢数十幅于地，乃研墨汁及调诸色各贮一器，使数十人吹角击鼓，百人齐声嗷叫。顾子着锦袄缠头，饮酒半酣，绕绢走十余匝，取墨汁摊写于绢上，次写诸色。乃以长巾一，一头覆于所写之处，使人坐压，己执巾角而曳之，回环既遍，然后以笔墨随势开决，为峰峦岛屿之状"（《封氏闻见记》卷五）。诗画虽异科，但其理相通；顾况画今虽不可见，但这首不拘成法的歌行，正可为其狂怪不羁的艺术风格提供一个印证。

这首题画诗是诗人接受杜秀才赠画后，在观赏之余而作。诗题为《杜秀才画立走水牛歌》，但从诗中所描绘的画面来看，不仅有水牛，而且有白象、狮子、马、大虫等等，人物有"昆仑儿""奚奴""江村小儿"等。其起笔先写各陪衬人、物、对来自南亚的"昆仑儿"，只状其具有鲜明特征的"骑白象"，以及锁狮而驯等，着笔不多。对"奚奴"的描绘亦仅摹其跨马驰行并不搭马鞍，以见善骑的本领。然后"立走水牛惊汉官"一句承上启下，导入"江村小儿"这一画面主角的描绘。所谓立走水牛，即直立于水牛背上驱牛奔走。"惊汉官"，即使汉官吃惊。由上下文关系看，"立走水牛"之主语当是下句之"江村小儿"，则昆仑儿、奚奴等则为汉官之随从。汉官骑从炫煌，仪仗都丽，因"江村小儿"走牛而惊之，这样以"立走"句作中峰运掉全篇，于句法错综、开合跌宕中以宾形主，顿见揶揄之意、诙谐之致。

"江村小儿好跨骋"四句，是诗人观画后审美感受最深，着力描摹之所在。"江村小儿好跨骋"是诗人鉴赏画后的理性判断，因为"好跨骋"是主观精神活动，作为"空间艺术"的绘画，不可能在画面绘出，但丹青妙手可以在写照传神中暗示，鉴赏的行家里手，可以结合自己丰富的审美经验，窥见画中人物的精神活动，顾况作为工山水的画家，自然独具慧眼。"脚踏牛头上牛领"，写"江村小儿"上牛的行动过程，这当然也是诗人兼画家的顾况据画面所绘的神情而得。我们从中既见出杜秀才所绘的精妙，又见诗人非常的艺术鉴赏眼光。"浅草平田檪过时"，不唯传画中"江村小儿"立牛领驱牛踏浅草、过平田之生动神态，同时还写出牛蹄踏草之声。这绘形绘声的描写，传神动态的刻画，已经超越画面而有诗人的深切感受灌注其间。"大虫著钝几落井"，是以夸张之笔写画中水牛勇钝有力，大虫著力与其较量，也几乎落井。这四句既写了画中"江村小儿"立走小牛，又写水牛之勇力，给人以深刻的印象与艺术美感。

结尾四句极有风趣，可以看出诗人的生活情趣与诙谐性格。诗人归隐茅山，一方面是不见容于当权者，另一方面也是受道家思想影响而向往林泉幽静之境。杜秀才深知其志趣，所以才绘画相赠，障于床头，引起"八十老婆拍手笑"，真可谓妙趣横生。

这首歌行体的咏画诗，层层递进，主次分明，爽朗明快，几近口语。其传神写照，灵动跳脱，其笔法古拙显见汉以前诗影响，而造语，最见顾况诗复古通变、自成一格的艺术个性。　　　　(王启兴)

黄　菊　湾

时菊凝晓露，露华滴秋湾。

仙人酿酒熟，醉里飞空山。

　　此诗为《临平坞杂题》组诗中的一首，似为诗人早年游杭州时所作。诗题为《黄菊湾》，所以起句即紧扣题面，由菊花着笔。深秋，菊花应时而开，诗人清晨赏菊，只见晓露凝聚朵朵黄菊之上，鲜活可爱。这一句既传秋菊生机盎然之神，又见诗人赏菊雅兴。次句贯联而下，描绘一湾秋菊，露华晶莹，进一步点染黄菊湾的秋色，而又毫无萧瑟之感，相反秋菊盛开的黄菊湾，花团锦簇，给人以秋光胜似春光的审美感受。

　　后一联因秋菊盛开而引发奇绝的艺术想象。古人有重阳饮菊花酒之俗，文人雅士更有饮酒赏菊之兴，诗人因一湾秋菊观赏不尽，激起豪情逸兴而亟思酣饮沉醉。于是似乎见到仙人也酿熟了菊花酒，开瓮酣饮，并乘醉飞升遨游在空寂无人的山林丘壑。至于这仙人是谁，诗人，恐怕已是"不知蝴蝶之为庄周，庄周之为蝴蝶"矣。这诗显受道家思想影响，神韵壮逸，饶有兴味。　　　　　（王启兴）

过山农家

板桥人渡泉声，茅檐日午鸡鸣。
莫嗔焙茶烟暗，却喜晒谷天晴。

这首六言诗可能是诗人归隐茅山后所作。六言诗创自汉代谷永，魏晋间曹丕、陆机等诗人有续作，到唐代由于近体诗成熟、发展，作者不多。顾况集中有三首六言诗，这首《过山农家》不唯是顾集中的佳什，就是在唐诗中，也是别具一格的上乘之作。

因为诗人去拜访山农，全诗依次描摹山行途中情景，以清丽的笔触，点染勾画，绘声绘色，构成一幅明净淡雅、清新恬静的山居风俗画。首句以"板桥泉声"凸现山间景色，并烘托环境。山泉奔流，置板桥以利人渡，泉水潺潺，则反衬出山间的寂静。虽仅六字，未写山而山自现，寂处有音，更显山行之幽静。次句是诗人过板桥后来到山农家门前所见景象。"日午"二字巧妙点出时间，表明有时间和空间的推移过程。茅檐写出山农居室的特色；太阳高照，景物明丽；日当午而群鸡鸣叫，充满浓郁的生活气息，极富诗情画意。

三四两句笔锋一转，写山村劳作。诗人抓住节候天光中一个看似矛盾的侧面，以跳脱的笔墨，着意表现。这应当是一个晴和的秋日，秋茶始下，晴天正好抓紧焙制，但家家炉烟，不免使晴光灰暗，颇有不慊；但同时晴天又宜晒谷，金色的谷粒与日光辉映，岂不更增添了生活的情趣？"莫嗔""却喜"，可以理解为诗人自己的观感；但如理解为山农待客，因"焙茶烟暗"而向客致歉，又因"晒谷天晴"而向诗人夸言，则更觉有味。全诗只淡淡几笔，便曲尽景物，顿生妙趣，真可谓着手成春，天然芙蓉。　　　　　　（王启兴）

小 孤 山

古庙枫林江水边，寒鸦接饭雁横天。

大孤山远小孤出，月照洞庭归客船。

这首七言绝句是顾况游楚返吴时舟中所作。诗人在舟中远眺，以其独特的审美经验，抓住特征性很强的景物予以凸现，以寄托情思。首句写出古庙为枫林掩映、江水相带，虽然没有重彩图摹，而疏淡之笔中先见萧瑟凉冷的意况。"江水边"既点明古刹、枫林之所在，又补出诗人行舟江中。次句紧承之，"寒鸦接饭"与古庙相照映，隐含寺僧施食，因而群鸦鸣叫飞下"接饭"，同时表明枫林为群鸦栖息之处。"雁横天"则是诗人仰望所见，不唯境界旷远，而且与"寒鸦"相照，画面高下层次分明。这句与上句一动一静，相映成趣，又有在宽远之中深化了冷寂之感。

三句诗人转换笔触，写出江中行舟，景物也随舟前行而不断变换的境况。沿江景物很多，但诗人只标举大小孤山以概其余。大孤山扼鄱阳湖口，孤峰独峙，挺拔矗立。小孤山也在长江中，突兀嶙峋，一柱直插半空，与大孤山遥遥相对，诗人用"远"字"山"字，而间以二"孤"字，既见江行流动、景物变换，又万变而不离其孤，其意直探结句。"月照"一孤舟，写尽旅人孤清之感，骚客孤独之怀。

全诗意象跳跃，却无断裂之弊，而于草蛇灰线中见一气盘曲，颇见特色。

（王启兴）

山 中

野人爱向山中宿，况在葛洪丹井西。

庭前有个长松树，夜半子规来上啼。

　　本诗为诗人客居越中所作。顾况受时代风尚及友人李泌的影响，崇尚道教，因而仰慕羽化登仙。前二句诗人先自称山野之人，喜爱在林木苍翠、清幽静谧的名山居宿。这里的"山"，当为杭州灵隐山，东晋时建灵隐寺。山是名山，又在晋代著名道者葛洪炼丹井之西，更增加诗人流连之情。灵隐山附近名山古刹甚多，诗人不去叙写，单点出葛洪丹井，一方面表现其对葛洪服丹飞升的向往，另一方面也有突出葛岭为仙山宝境之意。这样，诗人慕道而宿名山的内心世界便展示无遗。

　　三四两句看似写景，实际是别具匠心的转折，同时含蓄而有情韵。诗人虽眷恋葛洪丹井之西的名山胜地，但羁旅之思并未泯灭，所以当参天挺立的苍松上，夜半万籁俱寂之时，子规栖止而鸣啼，这"不如归去"的凄切啼声，深深地牵动诗人的客愁，自然有欲归姑苏故里的情思。短短四句二十八字，由爱名山仙境而宿，突然因子规半夜啼叫而思归，思绪突变，转折有致而无斧凿之迹，情韵不匮。诗歌语言通俗明畅，"有个""来上"等，直是口语，却毫不显得粗俗，可谓别开生面。

（王启兴）

李 冶

李冶（？—784），字季兰，乌程（今浙江吴兴）女道士。善弹琴，尤工诗，曾与陆羽、皎然、刘长卿等交游唱酬，被尊为"女中诗豪"。晚岁被召入宫，后因上诗叛将朱泚，为德宗所扑杀。诗以五言为长，风格真率自然，工炼流畅，胡震亨称之为"大历正音"（《唐音癸签》）。今存诗一卷。　　　　　　　（陈文华）

寄校书七兄

无事乌程县，差池岁月余。

不知芸阁吏，寂寞意何如？

远水浮仙棹，寒星伴使车。

因过大雷岸，莫忘几行书。

这是一首赠远诗，寄赠的对象是诗人的一位作校书郎的兄长，当时正在奉使远行的途中。

前两联一联写己，一联写兄，由己及兄，款款道来，给人一种写家书、叙家常的亲切感。"差池"即"参差"，唐人作"几乎"解。岁月匆匆，又将年余，自己独居无事，校书（"芸阁"为宫中藏书之所，用以称秘书省，"芸阁吏"即校书郎）孤身远行，自然都很寂寞，但诗人不言己之寂寞，只问对方寂寞得怎么样，这就不但表达了对校书的无限关切、深深思念，连自己的寂寞、无聊，也尽在不言之中了。

三联是名句，被前人称为"五言之佳境"（高仲武《中兴间气集》）。其佳不仅在以幽闲淡远之景衬出七兄舟车劳顿、旅途寂寞之情，更在于用典入景，妙不着迹。"仙棹"即仙槎，指仙人所乘之筏。《博物志》云："天河与海通，近世有人居海渚者，年年八月，有浮槎去来，不失期。"《荆楚岁时记》更有张骞出使大夏，乘槎探河源，见到牛郎、织女之说。"远水"句正是暗用此说来描写校书奉使乘舟远行的。"寒星"指使星。《后汉书·李郃传》载，和帝分遣使者微服至各州县，李郃因见到有两颗使星向益州方向运行而预知有两位使者将到。"寒星"句即化用这个典故来写校书乘车出使。二句都是以写景手法用典，一写水行，一写陆行，工炼自然，毫无雕琢之迹，真正达到了出神入化的境界，难怪前人要击节称赏，认为"孟浩然莫能过"（胡应麟《诗薮》）。

如果说，"芸阁吏"交代了"校书"的官职，三联突出其使者的身份，末联则意在点明兄妹关系。南朝诗人鲍照在途经大雷岸（在今安徽望江）时曾写信给其妹令晖，这就是著名的《登大雷岸与妹书》。鲍令晖也有诗名，所以季兰以令晖自况，希望七兄勿忘寄书给自己。这一典故用在此处极为得体，不仅切合双方身份，而且把诗人殷殷叮咛、切切企盼的神情刻画了出来，七兄读之，能不动情？

全诗不求深邃，但感真切，用典既自然，运笔亦轻捷，三、四句不作对偶，却神韵自逸，而这，正是季兰五律的特色。　（陈文华）

秦 系

秦系（生卒年不详），字公绪，号东海钓客，越州会稽（今浙江绍兴）人。久隐若耶、剡溪。大历五年（770）辞河北薛嵩之聘，大历末一度因家事获谤出客泉州。后辞张建封聘东渡秣陵，年八十余终。研《易》《老》，性疏放，诗工近体，亦以自然为大归，不斤斤于形似，笔走轻灵，点染之间，自成妙趣，清新中有逸荡之致。最见大历诗风演变之走向，有《秦隐君集》一卷。　　　　　（赵昌平）

题章野人山居

带郭茅亭诗兴饶，回看一曲倚危桥。
门前山色能深浅，壁上湖光自动摇。
闲花散落填书帙，戏鸟低飞碍柳条。
向此隐来经几载，如今已是汉家朝。

　　人们常说庄子是悲观厌世的，其实庄学的真谛却在于超越世尘的心灵之绝对自由，所以他安贫不染，更称这种快乐为"至乐"。人们又常说禅宗是寂灭的，然而禅学发展到唐代与庄学合流以后，成为中国式的禅学，其本质却又是活泼向上的。应接万事而不执着于事物，心地发明而万象皆真，形于诗，就使六朝以来逐渐发展的"兴象"的观念发生了变化，由心境默契、写形传神而转为任性写意，点染生色。于是就有一种活趣浮现在淡化了的景象之上。这个转化始于大历贞元间吴中地区，经元和之行播，后衍为宋调诗的一种表现。秦系此诗，正可见这种变化。

章野人当为章八元，越人，严维弟子，与秦系同时。诗以"诗兴饶"领脉，写倚桥回看章野人山居之景观情趣。末联化用陶潜《桃花源记》"不知有汉，无论魏晋"之意，挑明超世脱俗之意，"汉家朝"，实指唐代，以汉代唐，是唐诗的惯用手法。

造境的轻灵是本诗区别于"大历十才子"的显著特点，中二联，"能"与"自"，"闲"与"戏"四字是点睛之笔，"能"与"自"互文，能者亦自，自者亦能；"闲"与"戏"互文则闲静中见活泼，活泼亦无不归于闲静之趣。于是庄禅之任运自在，以虚静为质游戏人生的主观意趣，就在山色、湖光、花鸟、柳条的景物中透现出来。对比钱起《九日宴浙江西亭》中二联："渔浦浪花摇素壁，西陵树色入秋窗。木奴向熟垂金实，桑落新开泻酒缸"，可以见到，钱诗多用名词精心修饰，雅丽密致，而"门前山色能深浅，壁上湖光自动摇"一联，则纯以自在取胜，人与自然似乎更加融为一体了。

笔法的跳脱是又一显著特点。"带郭茅亭诗兴饶，回看一曲倚危桥"，以"回看"两字置二句首，既写出了茅亭远带城郭，近护曲栏的自在景色，又以"回看"之诗人活泼的情兴统领之，物我拍合，隐透以下景色。由"回看"而"能""自""闲""戏"，诗人的情兴跳跃于景象中，结尾"向此隐来经几载"一问，画龙点睛，使山色湖光闲花戏鸟均带有久远的时间意味，这生动的景象，存在至今又有多少年月了呢？于是逼出末句作答，野人之脱俗意态就可任人去想象了。

（赵昌平）

山中赠诸暨丹丘明府

荷衣半破带莓苔，笑向陶潜酒瓮开。

纵醉还须上山去，白云那肯下山来。

萧统《陶渊明传》记："江州刺史王弘欲识之，不能致也。渊明尝往庐山，弘命渊明故人庞通之赍酒具于半道栗里之间邀至，——（渊明）既至，欣然便共饮酌。俄顷弘至，亦无迕也。"本诗即就此事化出。浙西诸暨县令丹丘，是秦系密友，诗当是秦系赴丹丘约请，还山后戏作以赠。诗人说，即使醉了，也要回到隐居的山中，白云无拘，又怎肯下山受那世事万物的羁绊呢？

可注意的是诗中的自我形象。他芰荷为衣，不仅弊破，还沾着莓苔，他一见酒瓮，就笑逐颜开；尽管他常嫌官场之尘秽，但正像陶潜一样，官场朋友的酒，还是照饮不误。而且喝过了还要颠颠地扶醉上山，更写了这样一首诗来调笑打趣。于是"白云"与敝荷沾苔构成了"清中狂外"的意象。

清中而狂外，是大历、贞元间吴中诗人的特殊风气。张志和衣大布裘，十年不换；陆羽行吟于道，至暮狂哭而返；朱放著白接䍦鹿皮裘盘桓酒家以终日，连高僧皎然，也与诗妓李季兰交往，有调笑之作。贞元间疯僧广陵大师食肉饮酒，屠狗斗殴，老僧责之，大师答曰：燕雀安知鸿鹄之志，"吾辈清中而狂外"，岂是你斤斤于小节者所能领会的？这种源自马祖一脉的狂禅作风，就是此诗的底蕴，于是也引起了诗歌体格的演化。素以蕴藉空灵称的唐人绝句，在他们手中就变得跳脱自恣、流荡可喜了。细咏此诗，便能在浅俗中领会到这样一种活趣。

（赵昌平）

朱 放

朱放，生卒年不详，字长通，南阳（今属河南）人。安史乱中，南隐浙江镜湖、剡溪，大历中辟为嗣曹王皋节度参谋，不乐而归。贞元二年（786）诏拜左拾遗，不就，卒于贞元五年前。性放荡，尝著白接䍦，鹿裘笋屦，盘桓酒家，与两皇甫、皎然、陆羽、灵澈等交好，为大历贞元间吴中重要诗人。工近体，律中微拗，流荡自恣，于衫不履中见风度清越、萧散出尘之致。《全唐诗》录存其诗一卷。

(包国芳)

游石涧寺

闻道幽深石涧寺，不逢流水亦难知。

莫道山僧无伴侣，猕猴长在古松枝。

  诗人着意表现的是石涧寺的幽深，但是这种幽深，并无王维及其流裔十才子诗的那种寂灭之感，而透露出一段活泼泼的意兴。石涧寺是幽深的，然而"闻道""不逢"，"亦难知"相连，可以感到诗人对石涧寺的企慕，以及他缘流探源，好不容易寻得这一幽静胜境时的欣喜；山中的老僧是孤寂的，然而借着古松枝上的一只活泼的猕猴，又显示了他身居幽谷之中的那一点长在不灭的灵明。

  全诗不像王维诗那样对深山幽谷的形态声光作刻画，使人感到一种在静观默识中的领悟；而是纯为随缘任运，具有一种触目皆真的机趣。对于传统的诗歌格调来说，此诗笔走偏锋；但在大历、贞元时吴中诗人群中，却又是一种常格，有一种活趣、一种异味。

顺便指出，唐诗中"猿"字随手可得，而"猴"字入诗，朱放此作大约是第一首；后来韩愈又以"猪"字入诗，有句"乃一猪一龙"（《符城南读书》），才使十二生肖在唐诗中都齐全了。仅此而言，也可看出唐诗以俗为奇的风气之所由。　　　　　（包国芳）